KEY·可以文化

Котлован

Андрей Платонов

基坑

[苏] 安德烈·普拉东诺夫 著

徐振亚 译

浙江文艺出版社
Zhejiang Literature & Art Publishing House

图书在版编目（CIP）数据

基坑/（苏）安德烈·普拉东诺夫著;徐振亚译. —杭州：
浙江文艺出版社,2024. 1
ISBN 978-7-5339-6307-1

Ⅰ.①基… Ⅱ.①安… ②徐… Ⅲ.①中篇小说-小
说集-苏联②短篇小说-小说集-苏联 Ⅳ.①I512.45

中国国家版本馆 CIP 数据核字（2020）第 222349 号

策划统筹	曹元勇
责任编辑	易肖奇
营销编辑	耿德加　胡凤凡
责任印制	吴春娟
装帧设计	道　辙　at Compus Studio
封面插画	仟　禧
数字编辑	姜梦冉　诸婧琦

基坑

[苏] 安德烈·普拉东诺夫 著
徐振亚 译

出版发行	浙江文艺出版社
地　　址	杭州市体育场路 347 号
邮　　编	310006
电　　话	0571－85176953（总编办）
	0571－85152727（市场部）
印　　刷	上海盛通时代印刷有限公司
开　　本	889 毫米×1240 毫米　1/32
字　　数	228 千字
印　　张	10. 75
插　　页	4
版　　次	2024 年 1 月第 1 版
印　　次	2024 年 1 月第 1 次印刷
书　　号	ISBN 978-7-5339-6307-1
定　　价	69. 00 元（精装）

译者序

普拉东诺夫——震惊世界的文学天才

上面这个标题并非我的发明，而是借用俄罗斯评论家韦林的话。他的原语是："安德烈·普拉东诺夫是继十九世纪经典作家之后，重新使世界感到惊讶并为之战栗的二十世纪俄罗斯文学的民族天才。"

持类似评价的还有俄裔美籍诗人、诺贝尔文学奖得主布罗茨基："普拉东诺夫是与普鲁斯特、卡夫卡、福克纳、贝克特齐名的二十世纪最杰出的作家。""他是二十世纪唯一继承了十九世纪俄罗斯文学光荣传统的苏联作家。"

英国学者钱德勒说："普拉东诺夫或许是俄罗斯过去一百年最伟大的作家。"

但是，安德烈·普拉东诺夫这个响亮的名字，对于大多数中国读者来说，却是十分陌生的。这不难理解，因为我们没有系统地出版过他的作品，广大读者无从了解这位杰出的作家。其实，即使在他的祖国，普拉东诺夫也一直被视为"异类"，他的作品生前无法出版，直到二十世纪六十年代才开始与读者陆续见面。而真正的"开禁"和"回归"，使读者有机会全面认识这位伟大的作家，已经是上世纪八十年代的事了。近三十年来，普拉东诺夫的作品大量出版，各种单行本、选集和皇皇八大卷的文集相继问世。对这位作家的研究日益广泛和深入,涌现了许多学术含金量相当高的专著,形成了一支阵容整齐、生气勃勃的研究队伍。

自上世纪九十年代开始,俄罗斯科学院俄国文学研究所(普希金之家)每年召开普拉东诺夫研讨会,吸引了世界各国的专家学者参加,会后出版研究论文集,从不间断,形成了一个完整的系列,颇受学界的重视和欢迎。

二〇一九年适逢普拉东诺夫诞辰一百二十周年,彼得堡的俄罗斯文学研究所、莫斯科的世界文学研究所和作家故乡的沃罗涅日大学都举行了规模空前的纪念活动。更加耐人寻味的是,俄国科学院哲学研究所联合俄罗斯高等经济学院和莫斯科大学召开了主题为"俄罗斯的自我认识问题"的普拉东诺夫国际学术研讨会。由此可见,普拉东诺夫不仅是伟大的作家,也是有影响的思想家和哲学家。可以说,二十世纪的俄罗斯作家中很少有人像普拉东诺夫那样享有如此崇高的荣誉,研究普拉东诺夫几乎成了一门炙手可热的显学。

普拉东诺夫不仅是俄罗斯文学的骄傲,他的艺术成就也得到了世界各国的普遍承认,他的主要作品已经翻译成英、法、德、日、西班牙语等语言,他在二十世纪俄罗斯文学和世界文学中的经典地位已经无可动摇。

安德烈·普拉东诺维奇·普拉东诺夫(1899—1951)原姓克里缅托夫,生于沃罗涅日市郊区驿站镇一个工人家庭,父亲是铁路上的钳工,母亲是钟表匠的女儿。这个家庭共有十一个孩子,安德烈是长子。他父亲是自学成才的发明家,在当地颇有名气,报纸上多次报道过他的事迹。普拉东诺夫热衷于发明创造,显然是继承了父亲的性格。他非常爱母亲,从小对母亲的命运十分同情。他七岁进乡村教会小学读书,十五岁中学没毕业就开始工作,当过火车司机的助手、铸铁工、机车修理工,以自己稚嫩的肩膀协助父母挑起这个人口众多的家庭的重担。普拉东诺夫回忆说:"我的日子过得非常艰难,生活一下子把我从孩子变成了成年人,使我失去了青年时代。"一九一八年初,他进铁路中等技术学校电工专业学习,同时积极投入沃罗涅日的文学生活,在当地报刊上发表诗歌、小说和政论文章。一九一九年夏天,担任沃罗涅日地区国防委员会《消息报》战地记者,同年应征加入红军,先担任军用列车的副司机,后主动请求转到铁道兵部队,与白军作战。复员后继续学业,同时从事文学创作。一九二〇年他代表沃罗涅日赴莫斯科出席全俄无产阶级作家代表大会,在回答大会调查与会者属于哪种流派时写道:"我不属于任何流派。我有自己的流派。"一九二一年出版小册子《电气化》和诗集《蔚蓝色深处》。普拉东诺夫早期的文章和诗歌充斥了改天换地、征服宇宙、消灭个性、否定传统、割断历史的革命豪情和浪漫理想,其狂热和虚妄与当时流行的无产阶级文化派作品如出一辙:

> 我们要熄灭疲惫的太阳,
>
> 在宇宙中燃起别的光芒;
>
> 我们要给人们换上钢铁心脏,
>
> 要把行星从轨道上彻底扫光。

他号召人们充当革命的螺丝钉:"标准的螺丝钉是社会主义的最好零件。""标准化的工人是最优秀的共产党人。"

他崇拜科学技术的物质力量,贬低甚至否定一切感情和思想文化价值:"社会的物质生产组织化越完善,哲学、宗教和艺术越有害……

如今,基督、雪莱、拜伦、托尔斯泰难道比电气化更有意义吗?"

但是,普拉东诺夫毕竟是从事实际工作的技术人员,也是特别善于思考、具有独立思想的人,他的政治虚火不会持续太久,他从虚幻的云端逐渐降到真实的人间。他很难绝对相信"飞驰向前的革命火车头会立即把人们带入美妙的理想世界",在鼓吹暴力、破坏的社会变革和重新安排河山、彻底改造宇宙的豪言壮语后面,渐渐产生了怀疑:在鲜血上建立"难以置信的世界"合理吗? 这样的世界为谁而建? 将来谁来居住?

诗集《蔚蓝色深处》受到象征主义大师勃留索夫的注意和肯定,勃留索夫希望这位文坛新秀今后在文学道路上大显身手。出人意料的是,普拉东诺夫主动远离了热闹的文坛。其中最重要的原因是严酷的现实,那就是一九二一年的大饥荒。"一九二一年的干旱给我留下深刻的印象,作为一名技术人员,我再也无法袖手旁观——从事文学创作了。"这一年饿死的人不计其数,然而许多党的干部却认为"共产党人属于未来",因而千方百计为自己营造"舒适的生存环境"。目睹哀鸿遍野的惨象和这些共产党人的所作所为,普拉东诺夫不由得怒火中烧,公开撰文怒斥这些"官方革命家"为"不成体统的畜生",并且呼吁大家"在苦难中应该平等"。

一九二一年普拉东诺夫被选为沃罗涅日省抗灾特别委员会主席,一九二三年出任省农业局土壤改良师,主管农业电气化工作。他奔走于穷乡僻壤,修堤坝、挖水井、建水库、造电站,为改善农业生产和农民生活呕心沥血。

一九二六年二月,全俄土壤改良师代表大会上普拉东诺夫当选为农林协会中央委员;同年六月,他告别故乡,举家迁往全国的政治中心和文化中心莫斯科,从此生活进入了一个新的阶段。谁也没有料到，普拉东诺夫担任土地规划局副书记不到一个月，便莫名其妙地被撤职了。他后来回忆说："我留在了莫斯科……带着老婆孩子，没有工资……孩子病了……只能去变卖那些极其珍贵的专业书籍。"当时的艰难处境由此可见一斑。

一九二六年秋，农业人民委员会任命普拉东诺夫为坦波夫省土壤改良处处长，于是他走马上任，只身前往坦波夫。怀着爱国爱民的满腔热情和科技工作者的严谨精神，他全身心地投入工作。偏远省份的现实景象让他加深了对农村的认识和了解。他从坦波夫给妻子写信说："辗转于那些穷乡僻壤的时候，我目睹了种种令人伤心的事情，简直无法相信在某处还有个莫斯科，还存在着艺术、小说。不过我觉得，真正的艺术、真正的思想只能在这样的穷乡僻壤产生。"

对于俄罗斯文学来说，一九二七年是永远值得记取的一年。这一年，普拉东诺夫的创作热情和艺术才华犹如井喷般爆发出来。《通天之道》《叶皮凡水闸》《格拉多夫城》《捉摸不透的人》《驿站镇》《建设国家的人们》等六部中篇小说相继完成，其数量之多、速度之快、质量之高恐怕在世界文学史上也不多见。

一九二九年是苏联历史上称为"伟大转折的一年"，大规模的工业化和农业化全盘集体化如火如荼地展开。在这不平凡的一年，普拉东诺夫完成了长篇小说《切文古尔》。作品描写一些革命者试图在偏远的县城切文古尔创建共产主义，他们杀死资产阶级，毁灭森林，拆除房屋，停止一切生产活动（因为劳动产生财富，财富导致剥削），露宿原野，以草充饥，过着"心灵共产主义的生活"，最后以失败而告终。《切文古尔》凝聚了作者对早期思想的痛苦反思以及对现实的深刻理解和忧虑。《切文古尔》排出了清样，最终未能问世。短篇小说《疑虑重重的马卡尔》得以在杂志上刊出，却遭到严厉批判。

马卡尔是个普通农民,他不明白为什么苏维埃国家制定了种种宏伟的美妙计划,结果都搞得一团糟,于是到首都寻找答案。他发现莫斯科也有两种人,一种人脑袋空白、只会干活,另一种人不会干活、只会出主意。他梦见一个科学人站在高山之巅,目光远望前方,想的是全局规模,却漠视底下百姓的实际和愿望。这个短篇被认为是在影射领袖,带有个人主义和无政府主义的有害倾向,其作者是"不亚于明目张胆喊着法西斯口号的反革命"。于是,苦难接二连三地降临到这位根红苗正的作家头上。

一九三〇年初,普拉东诺夫根据在俄罗斯中部农村考察的结果,仅用十几天时间写出了中篇小说《立此存照——贫农纪事》。小说在杂志《红色处女地》上刚发表,立即引起了一场轩然大波。《真理报》《消息报》《文学报》等中央和地方报刊对作者展开了一场大规模围剿。"诽谤农业集体化""污蔑社会主义改造""攻击总路线"……一顶顶吓人的政治大帽子铺天盖地般飞向普拉东诺夫。从此以后,再也没有哪一家刊物和出版社敢于发表他的作品,作家似乎从文坛上消失了。

普拉东诺夫被剥夺了发表作品的权利,失去了经济来源,生活陷入困顿,但他并没有屈服,以顽强的意志克服了种种难以想象的困难,继续在自己既定的人生道路上奋力前行。他深入伏尔加河和北高加索地区的农村,进一步观察和思考现实生活。他认为,"在建设社会主义时代,要当一名纯粹的作家是不可能的。如果不深入生产第一线,只当一名作家,是一种可耻的行为"。

《立此存照》遭批后的孤立岁月,成了作家创作的丰收期。从反映全盘集体化导致大饥荒的悲剧《十四间小木屋》(1932)到最有思想哲理深度、最富艺术创新的里程碑式中篇小说《基坑》(1929—

1930），从"技术小说"《原始海》（1934）到最后一部长篇小说《幸福的莫斯科娃》，这些作家生前无法发表的重要作品，都完成于这一阶段。《基坑》无疑是普拉东诺夫的代表作。小说分两部分，上半部写工人们为建造供全体无产阶级居住的大厦挖掘基坑，象征实现人间天堂的美好理想，下半部写农业集体化，即实现理想的具体途径，联结全书的是一位寻找真理的主人公，他看到挖土工人已经精疲力竭，瘦得皮包骨头，可是上级决定要扩大基坑规模，建设一座能容纳全世界无产者的高塔。为了支援周边农村的集体化，挖土工人被派去开展铲除农村资本主义根子的阶级斗争，所到之处，满眼是一片凄凉的景象：农民们感到生活无望，男女老少早就准备好了棺材，等待着死亡；组织大院里集中了留恋私有财产、在振奋时期哭过鼻子、脸上有过"异己表情"的农民，他们正在接受积极分子的教育；一头熊带领人们到村里凭着它的嗅觉确定谁是富农，然后将富农押上木筏流放到汪洋大海；领导集体化的积极分子一夜之间掉进了"右倾"机会主义的"左倾"泥坑，成了无产阶级客观上的敌人而死于乱拳之下；无产阶级大厦的基坑最后成了埋葬孩子的坟墓……普拉东诺夫把这场政治运动的荒唐和危害表现得淋漓尽致，揭示了理想和现实、目的和手段、生与死、物质与精神、个人与集体等等形而上的哲理问题，迫使人们思考人类的命运和前途。

《立此存照》风波过去六年之后，普拉东诺夫才有机会出版了小说集《波图坦河》。在当时大清洗的具体情势下，即使这部作品探索爱情之类永恒的主题，依然难逃受责难的厄运。一九三七年二月，作家乘马车从列宁格勒到莫斯科，准备仿效拉季谢夫的《从彼得堡到莫斯科旅行记》这部反农奴制色彩浓烈的作品，写一部《从列宁格勒到莫斯科》的长篇小说，计划于第二年七月交稿。

谁知道厄运再次降临到他头上。一九三八年五月,他钟爱的独生儿子,十五岁的中学生因"从事间谍和破坏活动"的莫须有罪名而被捕。在审讯中他拒绝认罪而惨遭毒打。审讯人员威胁说再不承认就要逮捕他的父母。他被迫承认后判处八年徒刑,在监狱和集中营里受尽折磨,染上了肺结核,虽经肖洛霍夫向最高当局说情后于一九四三年释放,但出狱后不久就死了。儿子的被捕和夭折对普拉东诺夫是巨大打击和终身难以抚平的精神创伤。他虽然没有像古米廖夫、比里尼亚克、巴别尔、曼德尔施塔姆等文人遭到监禁、流放、枪毙的命运,但中年丧子的精神折磨伴随了他一辈子。

从一九三八年起,普拉东诺夫只能为儿童文学出版社写些作品。在儿童文学领域,作家也显示了出众的才华,故事集《七月的雷雨》成了广受孩子欢迎和喜爱的精品。他为中央儿童剧院写的剧本《外婆的小屋》《善良的季特》和《继女》在他生前均没有上演。

第二次世界大战期间,普拉东诺夫一家撤离到乌法,他主动要求上前线抗击法西斯,经批准,于一九四二年初以《红星报》记者身份奔赴战场,写了大量的揭露和鞭挞法西斯及歌颂红军官兵英勇抗敌的通讯报道和故事,陆续出版了《斗志昂扬的人们》《祖国的故事》《铜墙铁壁》和《朝着太阳落山的方向》四本书。他用自己勇敢的行动和手中的笔为反法西斯战争的胜利做出了贡献,在血与火的洗礼中再次证明了对人民和祖国的赤胆忠心。

一九四六年,普拉东诺夫发表的短篇小说《伊凡诺夫的家庭》(后来改名为《归来》)首先触及了战争给苏联人民造成的心灵创伤,比肖洛霍夫的《一个人的遭遇》早了整整十年。这样一篇优秀作品却被臭名昭著的文学打手叶尔米洛夫说成是"污蔑苏联人民和苏联家庭的大毒草",虽然这个告密老手和文坛恶霸后来公开承认错误:"我未能进入安德烈·普拉东诺夫的艺术世界,我用了一把远离生活复杂性和艺术复杂性的尺子去衡量这部小说。"文霸的迟到忏悔无法改变作家最后几年生活的困境,更不能抹去他精神上受到的创伤。

一九五一年一月五日,普拉东诺夫这位天才作家、俄罗斯人民的忠诚儿子,在贫病交加中,凄凉地走完了自己艰难崎岖却又光辉灿烂的人生道路。

普拉东诺夫是俄罗斯文学的骄傲,他留下的文学遗产是俄罗斯人民,也是全人类的宝贵精神财富。如同他拥有多项技术专利一样,他的文学作品也是别开生面,独具一格,富有创新精神,让人耳目一新,直到今天还魅力不减,发人深省。他用反讽、扭曲、变形、夸张、荒诞等丰富新颖的艺术手法,借助倒置、稚拙、质朴、杂糅、奇崛的独特语言构筑的艺术世界,或者如学界形容的"普拉东诺夫之谜""普拉东诺夫奇迹",值得我们深入研究。

徐振亚

二〇二三年二月定稿

目　录

格拉多夫城

一

　　格拉多夫城的英加雷切夫、捷尼舍夫和库古舍夫这三大贵族世家,是史书上被称作莫尔多瓦大公的鞑靼大公和贵族的后裔,格拉多夫的农民至今还记得他们。

　　格拉多夫离莫斯科五百俄里,但革命还是向这里一步步逼近。自古以来就是世袭领地的格拉多夫省很长时间都没有向革命屈服:直到一九一八年三月才在省城建立了苏维埃政权,而在各个县城建立苏维埃政权已经是秋末的事情了。

　　这不难理解:格拉多夫有大量黑帮分子,这在俄罗斯帝国的其他地方是不多见的。光圣徒的干尸就有三具:穴居修道士叶夫菲米、不喜女色的彼得和拜占庭人普罗霍尔。此外,这里还有四口能治病的咸水井和两个能预测未来的老太婆,她们活着的时候就躺在舒适的棺材里,单靠酸奶油为生,闹灾荒的那几年她们就从棺材里爬出来到处行骗。大家都忘记了她们是圣徒,因为那时候人们都在为生存而四处奔波,忙得顾不上这些了。

一位路过的科学家告诉当局,格拉多夫城位于沿河的台地上,当局为此还专门发了个通告。

日玛耶夫卡河穿过格拉多夫,滋润着这座城市——小学课本里就是这样说的。但是这里的夏天十分干燥,孩子们也从没有见过日玛耶夫卡河滋润格拉多夫的景象,因此他们弄不明白课文。

城市周围有几个小镇,那些祖祖辈辈住在格拉多夫城里的市民骂住在小镇上的人是无赖,因为那些人不再种地了,千方百计地想到政府部门捞个一官半职,而在过渡时期,即没有谋到职务之前,他们往往从事修鞋、蒸馏焦油、贩卖黑麦之类的小本经营。不过,格拉多夫城全部生活的问题也出在这里:镇子里的人步步进逼,渐渐夺走了城里人的饭碗,而格拉多夫城里的人觉得受了欺负,竭力排斥那些乡下无赖。因此,每年三一节、尼古拉节和主显节,城里人和城外人之间总要发生斗殴。而吃皇粮的城里人都很瘦弱,始终打不过吃饱喝足的乡下人。

如果你不坐火车而是走土路到格拉多夫,那你会不知不觉地进入城里:先是一片片农田,继而是一间间用泥土、麦秸和树条盖的农舍,接着是一座座教堂,最后展现在你面前的是一个广场。广场中间是个大教堂,教堂对面是一幢两层楼房。

“这城在哪儿?”来人会问。

“这不就是城么!”马车夫准会这样回答他,而且指给他看那座老式的两层楼房。楼房的墙上挂着一块牌子:“格拉多夫省执行委员会”。

集市广场边上,还有几座千篇一律的官府式样的房子——里面也住着那些必不可少的省府机关。

格拉多夫城里也有几幢比农舍漂亮的住宅,屋顶是铁皮的,院子里有厕所,临街的一面有小花园。有几家还有小果园,果园里栽着一棵樱桃树和一棵苹果树。樱桃用来做露酒,苹果则渍起来。

这些住宅里住的都是职员和粮食商人。

夏天的傍晚,城里回荡着教堂的钟声,缭绕着茶炊的袅袅青烟。

城里人的日子过得优哉游哉,他们无须为过上更好的生活而操心。他们遵守省里的各项规定,工作勤勤恳恳,但是缺乏劳动的激情。他们做买卖都是小本经营,决不冒险,但是挣的钱总能养家糊口,不愁吃穿。

这座城市没有自己的英雄,大家毫无怨言地一致拥护关于世界问题的各项决议。

也许,格拉多夫有过英雄,但是严格的法规和相应的措施把他们全部扼杀了。

由此造成的后果是,无论上面给多少钱,这个了无生气、屡遭匪患、遍地牛蒡的省份没有任何起色。

省里的领导到莫斯科向政府汇报说,虽然说不清去年的五百万农业拨款是怎么花的,但这五百万肯定会产生效果:这笔钱反正花在了格拉多夫省,而不是别的什么地方,将来会有结果的。

"说不定十年之后,"格拉多夫省执行委员会主席说,"我们那儿的黑麦壮得像车辕,土豆大得像车轮。到那时候就会知道这五百万是怎么花的了!"

事情是这样的。格拉多夫省因为干旱而发生了饥荒,为了赈济灾民和修建特殊的水利工程,上级拨下来五百万卢布。

格拉多夫省执行委员会主席团开了八次会:这笔钱怎么花? 这个严肃的问题讨论了整整四个月。

区别灾民和非灾民的依据是阶级原则:那些既没有牛也没有

马、现有牲畜不超过两只羊和二十只鸡（包括公鸡）的农民才能得到救助；其余那些拥有一头牛或一匹马的农民，只有经过科学鉴定他们的身体确实出现饥饿症状，才会给予一定份额的粮食。

科学鉴定饥饿标准的工作由兽医和乡村教师担任。后来，格拉多夫省执行委员会还详细制定了一个《关于我省某些地区局部歉收可能在某种程度上影响农民经济的恢复、巩固和发展的调查报告》。

除了食物赈济，他们还决定开始水利工程建设。他们成立了一个招聘技术人员的特别委员会，结果连一个技术员也没有招到，因为要打一口农用的水井，技术员必须通读卡尔·马克思的全部著作。

该委员会断定，全国的市场上都招不到这样的技术员，于是根据某人高明的建议，决定把这些工作交给原来的那些战俘和农村里自学成才的人，他们不仅能筑田埂或者挖水坑，而且还能修钟表。招聘委员会的一位委员还大声朗读了一本书，这本书讲的是一个名叫米基什卡的农奴造了一架飞机，他驾驶着这架飞机给伊凡雷帝做表演——他用这个例子使委员会完全相信无产阶级和劳动农民身上蕴藏着无穷的潜力。因此，委员会断定，上级拨给省里用于跟歉收做斗争的这笔款子将有助于"开发、利用、统计以及今后重新利用无产阶级和贫苦农民的内在智力，从而使我省的水利工作产生间接的文化效益"。

总共筑了六百条堤坝，打了四百眼水井。没有用过技术人员，也许用过一两个。没到秋天，这些堤坝就被夏天的几场小雨冲垮了，而那些水井几乎都是干的。

不仅如此，"输入"农业公社开始建造一条十俄里①长的铁路。

---

① 昔日俄罗斯使用的一种长度单位，一俄里即 1.0668 公里。——若无特殊说明，本书脚注均为译者注

这条铁路要把"输入"公社和另一个"信仰、希望、爱情"公社连接起来。"输入"公社有五千卢布,这笔钱本来是用来灌溉果园的。结果铁路没有建成:"信仰、希望、爱情"公社因其名称问题而被省里撤销了,而那个被"输入"公社派到莫斯科,用两百卢布购买火车头的管理人员不知为什么竟然再也没有回来。

另外,几个工长还擅自动用两百卢布造了八架运送邮件和干草的滑翔机和一架用湿沙做动力的永动机。

二

伊凡·菲多托维奇·施马科夫到格拉多夫是带着明确任务的——深入了解实际情况并使省里的各项工作健康开展。施马科夫三十五岁,因为奉公守法并且具有行政管理的才能而颇负盛名,受到最高国家机关的赏识并被派到重要的负责岗位上。

施马科夫所考虑的,恰恰就是他所了解的格拉多夫的现状。他只知道格拉多夫是个暮气沉沉的城市,那里的人们在稀里糊涂混日子,连肥沃的黑土地也寸草不生。

在抵达格拉多夫前两小时,施马科夫顺便在一个车站下了车,朝四处张望了一下,然后提心吊胆地在小店里匆匆喝了点伏特加,因为他知道苏维埃政权不喜欢伏特加。他走过阴暗的无处栖身的车站大厅的时候,突然产生了一种寂寞而不安的特殊感觉。三等车厢里坐的是失业工人,他们在吃廉价的灌肠。孩子们在哭闹,他们的哭声更增添了惊恐不安的气氛和无助的怜悯感。小功率的机车发出一阵阵凄凉的吼叫声,正准备穿越那人烟稀少、贫困荒凉、秋风萧瑟的旷野。

乘客们好像不是生活在自己的祖国,而是在另一个星球上旅行;人人都在自顾自地吃东西,不愿让邻座分享,但大家还是紧紧地挤在一起,在这可怕的交通线上彼此寻找着保护。

施马科夫走进车厢,点燃了一支烟。火车启动了。一个卖苹果的乡下女人慌慌张张跳下火车,她因为多找了一位乘客几分钱而耽搁了。

施马科夫因为路途遥远而气得啐了一口,然后坐了下来。窗外,一个小镇的一间间农舍迅速掠过,一座磨坊正不紧不慢地转动着破旧的风轮,艰难地磨着粗粮。

一个小老头正在给坐在旁边的几个旅客讲笑话,大家笑得前仰后合,不住催促他:

"那个莫尔多瓦人后来怎么了?"

"那个莫尔多瓦人很有钱,"老头说,"莫尔多瓦人招待俄罗斯人好好吃了一顿,给足了他面子。俄罗斯人对莫尔多瓦人说:'我现在很穷,等我发了财,一定请你来做客。'"

"莫尔多瓦人是怎么回答他的?"

"莫尔多瓦人就是等呗!过了一年,两年,后来又过了两年。那俄罗斯人还是没有发财,而莫尔多瓦人还在等——那俄罗斯人什么时候请他去做客啊?莫尔多瓦人苦苦等了四年,他想起了那个俄罗斯人,就去找他。一走进茅屋……"

"是那个俄罗斯人的家吧?"

"当然是俄罗斯人的家,你听我说就知道了。俄罗斯人一把摘下莫尔多瓦人的帽子,一会儿挂到这个钉子上,一会儿又挂到那个钉子上，一会儿又换到了另一个钉子上。'你这是怎么啦?'莫尔多瓦人问他。'找不到合适的地方。'俄罗斯人回答。'这样表示尊敬?''当然是尊敬。'莫尔多瓦人在一张空荡荡的桌子前面坐下来，看究竟怎样招待他。这不，俄罗斯人拿来一个坛子。'喝吧!'俄罗斯人说。莫尔多瓦人端起坛子，他以为是什么饮料，其实只是一坛清水。莫尔多瓦人喝了几口。'够了。'他说。'喝吧。'俄罗斯人说，'多喝点，千万别让我生气。'莫尔多瓦人当然是个懂礼节的人，只得端起坛子再喝。没等他喝完这一坛，女主人又提来了一大桶，男主人从桶里往坛子里灌，灌满了又请客人喝。'甭客气，'他说，'看在上帝分上，多喝点!'莫尔多瓦人喝完了三桶水才回家。'俄罗斯人招待得怎么样?'莫尔多瓦人的老婆问。'挺好，'莫尔多瓦人回答，'幸好喝的是水，要是酒的话早就喝死了——我喝了整整三大桶……'"

火车隆隆前行，施马科夫迷迷糊糊睡着了，再也听不见老头在说些什么。他做了个噩梦，梦见铁轨不是铺在地面上，而是铺在用虚线标出的地图上，也就是属于间接控制。施马科夫嘟嘟囔囔说了几句梦话，然后就醒了。那小老头连同他装食品的袋子不见了，坐在他那位子上的一个共青团员正在做宣传:

"宗教应当受到法律的制裁!"

"这种事为啥还要经过法律呢?"那个刚才还在议论萨拉托夫和拉宁堡粮价的陌生人刨根究底地问。

"我来告诉你吧!"年轻人说着，脸上露出老年人的那种漠然的笑容，显然在向听众表示一种怜悯。"让我详详细细地说给你们听吧。因为宗教就是滥用大自然! 明白了吗? 事情很简单:太阳晒热牛粪，先冒出臭气，再长出青草。世界上所有的生命都是这样来的——很简单……"

"请您原谅,共产党员同志,"还是那个熟悉粮价的陌生人怯生生地说道,"假如把牛粪放进炉子里,再点上柴火,既有热又有光,您看牛粪还能长出草吗?"

"那还用说,当然能长出来!"学问很深的年轻人回答说,"炉子也好,太阳也罢,反正都一样……"

"放在火坑上也行吗?"陌生人巧妙地问道。

"那是明摆着的,可以!"共青团员肯定地说。

"请您告诉我们,共产党员公民,"说话的是个出差到科兹洛夫屠宰冷藏联合企业的人,他的声音有点嘶哑。"听说要拦住第聂伯河淹没波兰,真有这回事吗?"

这位无所不知的共青团员一下子来了劲头,开始大谈他所知道的和不知道的有关第聂伯河建设的情况。

"这可是件严肃的事情!"要到科兹洛夫去的那人对第聂伯河建设作出了自己的结论,"只是第聂伯河的水是拦不住的!"

"怎么会拦不住呢?"施马科夫这时候也加入了谈话。

科兹洛夫人不高兴地看了看施马科夫,好像在说:你这家伙是从哪儿冒出来的,居然也来插一杠子。

"水这东西可是厉害得很呢,"他说,"水可以滴穿石头,可以腐蚀钢铁,而苏维埃的材料软得很!"

"他说得有道理,这混蛋!"施马科夫心里想,"我新裤子上的几个纽扣都掉了,这条裤子还是在莫斯科买的呢!"

施马科夫再也不想听下去了,他为自己的这些想法和生活质量的低劣而感到悲哀。火车行进到一个陡坡上的时候,轰隆轰隆的声音更大了,闸瓦发出力不从心的吱吱嘎嘎的响声。时间已经到了九月份,周围一片凄凉寂静,寒冷空旷的田野里已经看不见任何劳作

的迹象。车厢的一扇窗开着,几个行人在下面对着火车谩骂:

"咳,你们这些混蛋!"

有时候迎面碰到的牧人会请求说:

"把报纸扔下来!"他们要用报纸卷烟抽。

共青团员由于自己知识渊博而大发慈悲,把手头所有的纸张全扔了下去,牧人们不等这些纸张落到地上就纷纷接住了。但是施马科夫没舍得把自己的报纸扔下去——到了一个人生地不熟的城市里,任何一张小纸片都是十分宝贵的。

"格拉多夫到了!谁到格拉多夫?停下来就到了!"列车员说着就开始打扫卫生,"到处都是垃圾,这些笨蛋,像在地里一样乱扔!要罚你们的款,可是你们又没有钱!老奶奶,抬抬脚!"

施马科夫在格拉多夫下了火车,他不禁有点害怕了。

"这就是我要待的地方。"施马科夫心里想道,仔细打量着这静悄悄的车站和那些急着上车的平民百姓。

尽管铁轨已经把这里和全世界连接了起来,可以直通雅典、亚平宁半岛以及太平洋沿岸,但是谁也不到这儿来:没有这个必要。假如有人来的话,那他肯定会迷路的,因为这里的人都是迷迷糊糊的。

三

施马科夫住进了科尔金大街46号。这幢房子不大,里边只有一个老太太守着自己的那份家当。她每月可以领到丈夫的十一卢布二十五戈比退休金,另外她把一间由她负责生火的房间租出去,收取八卢布的租金。

伊凡·菲多托维奇在一张光秃秃的桌子旁边坐下,朝院子里打量了一下,院子里的草都快枯死了,他心里感到相当寂寞。伊凡·菲多托维奇坐了一会儿就躺下了,可躺了一会儿又起来去买吃的。

九月的太阳还没有下山,伊凡·菲多托维奇回到自己空荡荡的住处。老太太在厨房里一面为政权的更迭而唉声叹气,一面在噼里啪啦地劈烧茶炊的柴火。

伊凡·菲多托维奇吃了点灌肠,然后坐下来琢磨自己将来在文件上签名的样式。他写下"施马科夫"这几个字。"不行,不够苍劲有力。"他想了想又重写了一遍,可是已经不太花哨,似乎在无意间模仿了列宁那种朴实无华的字体。

接着,伊凡·菲多托维奇又想了好久:要不要在施马科夫这个姓前面加"伊凡"这个名字。最后他决定还是加上,因为人家可能搞错,把他当作外国人,尽管施马科夫这个姓相当少见。

到了八点钟,老太太不再唉声叹气,开始发出轻微的鼾声——大约是睡着了。过了一会儿她又醒了,醒过来后就默念斯拉夫祈祷文,一直念了好久。

伊凡·菲多托维奇拉上窗帘,闻了闻窗台上那朵病恹恹的小花,从箱子里取出一本簿子,簿子的皮封面上用削笔刀刻着手稿的名称:

《治国方略》

他打开手稿第四十七页,读到最后不禁浮想联翩,于是继续写道:

"……我秘密地撰写自己的著作,但是总有一天它将成为享有世界声誉的法律经典。具体地说,我认为官员或者其他公职人员是社会主义历史最珍贵的代理人,是通往社会主义的路轨下的活枕木。

"为社会主义祖国服务,这是心中怀有革命义务感的人所信仰的一种新的宗教。

"1917年,秩序的和谐理智第一次在俄罗斯真正庆祝了自己的胜利!

"当前与官僚主义的斗争,一部分是建立在对事物不理解的基础之上。

"机关就是办公室。而办公桌实际上是任何国家机器不可或缺的用具。

"官僚主义对革命来说是有功劳的:它把一盘散沙的人民黏在一起,迫使他们服从秩序的意志,教会他们用同一个模式去理解平常的事物。

"官僚主义者必须击溃,必须挤出苏维埃国家,就像从柠檬中挤出酸汁那样。但是这样一来,柠檬里不是只剩下了一堆无用的废物,没有任何味道了吗……"

"你们这帮坏蛋!"有人在窗外大喊大叫,"我要把所有的坏蛋,把所有的洗礼教派的异教徒统统开膛破肚……"

这声音一下子又突然变得仁慈和善了:

"朋友,你就骂人吧,用教会斯拉夫语骂人吧!啊哈,不能骂!……咳,你这个下贱坏!"

脚步声远了,响起了凄凉的、提醒大家防盗的梆子声。

施马科夫起初警惕性还挺高,可是后来因为下流行为实在太多而变得麻木了。

他克服了道德上的忧虑,继续写道:

"不要官僚主义,我们又能得到什么呢? 我们得到的不是确凿的秩序,而是信任,也就是说,是凶猛、胡说和诗歌。

"不! 我们需要的是让人成为神圣而道德的人,否则他就无地自容。到处都应该有文件和相应的公共秩序。

"公文只是生活的象征,但它又是真理的影子,而不是官员无耻的杜撰。

"据实叙述、符合手续的公文是高度文明的产物。它可以预先估计到人类的劣根性,可以用社会的利益规范他们的行为。

"另外,公文可以培养人的社会道德,因为任何东西都无法瞒过办公室。"

伊凡·菲多托维奇的思路往往被种种不相干的设想引到邪道上。譬如现在就是这样。他不珍惜时间,完全沉湎于对县执行委员会主席和沙俄时代县警察局长行政权力的比较。接着,他又想到地球上的水,认为最好把所有的江河湖海降到地层下面,让地面保持干燥。那时候就不用担心下雨了,可以使人民居住得更加宽敞。水可以用水泵从地底下抽上来,云也消失了,天空中只剩下一个永远光芒四射的太阳,这太阳就成了一个大家都能看见的行政中心。

"秩序与和谐的最坏敌人是大自然,"施马科夫想,"自然界里什么事情都会发生……

"如果给自然界建立一个法庭,对自然界的胡作非为进行惩罚,那会怎么样呢? 譬如说,如果歉收就揍庄稼,当然不是一般的抽打,而是用比较巧妙的方法,比如说用化学的方法!"

"他们是决不会同意的,"施马科夫叹了口气,"到处都是违法乱纪的人!"

后来他醒悟过来,继续写下去:

"我设想建立这样一个理想的社会,那里的人们完全被正式的公文所吞噬和控制,尽管他们生性恶劣,但是最后都成了道德高尚的人。因为公文和公函紧紧地监视着人们的行为,使他们感到面临法律惩处的危险,于是遵守道德规范就成了他们的习惯。

"办公室就是把本性恶劣的世界改造成法制和完美的世界。

"对这个问题应该加以考虑,进行认真地思考。今天的例行笔记就写到这儿,接下来要好好考虑官僚制度问题。"

伊凡·菲多托维奇站起来,开始认真思考。

关于官僚制度他思考了好久,一直到夜深人静的街道上传来的狗吠打断了他的思路才最后沉沉入睡。他忘了熄灯,白白浪费了煤油。

第二天施马科夫到省土地管理局上班,他被任命为那里的科长。

他走进办公室,默默地坐下来,开始翻阅各种充满智慧的公文。同僚们怯生生地看着这位新来的上司,一边唉声叹气,一边不慌不忙地绘制长长的表格。

伊凡·菲多托维奇渐渐进入公文的核心部分,他立刻发现了行文不够严谨和违反逻辑的地方。

晚上,他躺在床上反复思考自己的新职务。每一个工作人员的职责范围划分得不够清晰,大家为小事情忙忙碌碌,公文缺乏思想深度、逻辑混乱。工作人员挤在小小的科室里,忘记了自己劳动的最终目标和自己工作的历史意义。

施马科夫吃了点昨天剩下的灌肠,坐下来给土地管理局局长写报告。

《关于我科为使我所领导的农业措施领域合理化而调整从属关系的报告》

伊凡·菲多托维奇写完这篇论文已经是深夜了,已经过了半夜。

第二天早晨,女房东可怜这个孤零零的单身汉,免费给他送来了茶。昨天夜里她听见施马科夫睡着了,可他肚子里那些又干又油腻的食物在发出沉闷的咕噜声和清脆的噼啪声。

伊凡·菲多托维奇接过茶,也没有说句感谢的话。她啰里啰唆地介绍这个闭塞的地方,他也没有表示任何兴趣。

原来,格拉多夫附近的几个村子,更不用说那些远在森林那边的村子了,春季里新月初上和响起第一声春雷的时候,大家至今还到河里或湖里洗澡,用银脸盆洗脸,灌蜡算命,用烟熏的方法替牲畜治病,祈求风调雨顺。

"一群奴才!"伊凡·菲多托维奇在心里骂道,"只有国家的生力军——担任公职的人员才能整治这种愚昧状态。"

上班的路上,伊凡·菲多托维奇感到胃里很舒服,那是因为喝了老太太送来的热茶。他心里也很平静,因为他深信自己为治理国家开了个好头。

上班的时候,让伊凡·菲多托维奇处理一件分割地产的案子。几个当事人都是阿辽娜的后代,这个阿辽娜在十八世纪曾经在波岑地区拉起一支队伍造反,后来因聚众闹事的罪名在卡多姆城被活活烧死。

"我们祖上是以抢劫为生的哥萨克,"施马科夫看到状子里这样写着,"他们骑着马转战各县,杀死那些受农民支持的地主和领主,但是平民百姓、农民、贵族家里的用人和其他职员,一个不杀,一个不抢。"

阿辽娜后代的这个地产分割案件已经拖了四年多了。现在当事人又送来了新的诉状,局长还在上面做了批示:

"转施马科夫同志。请彻底了结此案。七俄亩地的案子拖了四年多。将处理结果及时向我汇报。"

施马科夫从头至尾仔细审阅了这个案子,最后认为有三种解决的办法,为此向局长专门打了一个报告。他自己没有解决问题,反而推给上级部门裁决。他在报告的结尾部分加入了自己的一句名言:拖沓是利用集体智慧探索社会真理的过程,而不是罪过。施马科夫处理完阿辽娜一案,又埋头处理戈拉-戈罗什卡村的案件。这个村子在沙地里,但是又不愿意搬到好一点的地方。原来,离这个村子两俄里的地方有一条铁路,村子里的人就是靠偷盗铁路上的财物为生的。上面给了这个村子一笔钱,还派了农艺师,可是他们还是不愿离开沙地,也不知道是靠什么维持生计的。

施马科夫在这个案卷上做了批示:

"参照德国汉堡市的例子,戈拉-戈罗什卡村应该看作是一个自由居民点,其居民则称为偷盗运输物资的强盗。他们的土地必须没收并划归劳动者使用。"

接下来处理的是杰维亚·杜波罗娃村居民的一份申请,他们要求给他们派遣一架飞机,以供夏季干旱时耕云播雨使用。申请报告还附了一份《格拉多夫消息报》的剪报,该报刊登的这篇文章使杰维亚·杜波罗娃村的人深受鼓舞:

呼风唤雨的无产阶级雷神

列宁格勒的苏维埃科学家马尔腾森教授发明了一种

能够自动耕云播雨的飞机。明年夏天将对这些飞机进行实地试验。飞机使用的原料是带电的沙子。

施马科夫研究了该案的全部文件,得出了自己的结论:

"鉴于飞机撒下的沙子可能降低耕地的效力,暂时不宜向杰维亚·杜波罗娃村提供飞机。请将处理意见通知申请人。"

今天这个工作日剩下的其余时间,施马科夫全部花在填写统计报表上了,他从这些表格和国家规定的精确术语中获得了极大享受。

上班的第五天,施马科夫认识了土地管理局行政财务处长斯杰潘·叶尔米洛维奇·波尔莫托夫。

波尔莫托夫不冷不热地接待了施马科夫,那神情就好像对方是个与公务毫不相干的人。

"波尔莫托夫同志,"施马科夫说,"我们科里的事情停顿下来了:您命令一个月只送两次信件。"

波尔莫托夫也不回答,只顾自己签发拨款单。

"波尔莫托夫同志,"伊凡·菲多托维奇又说了一遍,"我手头有几份急件,可是要过一个星期才能寄出……"

波尔莫托夫看也不看施马科夫,伸手按了一下电铃。

一个上了年岁的人战战兢兢地走了进来,他眯着眼,毕恭毕敬地望着波尔莫托夫。

"把这送到手工业管理局,"波尔莫托夫吩咐那个人,"再叫一名打字员到我这儿来。"

那人不敢说什么,默默地走了。

一名女打字员走了进来。

"索尼娅,"波尔莫托夫对她说,他不看她,而只凭体味和其他间接的特征知道她来了。"索尼娅！业务计划你还没有打出来？"

"打出来了,斯杰潘·叶尔米洛维奇。"索尼娅回答,"您说的是那份业务计划吗？噢,是的,还没有打出来！"

"你还是先问问清楚再回答吧,否则没有打好又要说打好啦！"

"您问的是那份业务计划吗,斯杰潘·叶尔米洛维奇？"

"是啊,我没问你看戏计划！业务计划就是业务计划！"

"啊,我刚放进打字机！"

"放进去就没动静了。"斯杰潘·波尔莫托夫说。

波尔莫托夫这时候签发了拨款单,抬头看到了施马科夫。

波尔莫托夫听完了他的陈述,回答说:

"当初巴比伦的渡槽是怎样建造的？造得好不好？好！牢不牢？牢！可那时候半年才寄一次信件,不是挺好的吗！你现在还有什么话可说？"波尔莫托夫脸上露出得意的微笑,又开始签发各种证明和提示。

听了波尔莫托夫这番高论,施马科夫立即哑口无言,疑惑不解地走了出去。一路上他总是闻到一股旧案卷的气味,心里在琢磨波尔莫托夫提到的那个手工业管理局究竟是干什么的。施马科夫当然还思考别的事情,但究竟是什么事情,那就不得而知了。

行政财务处的门口,有两个人在争吵。他们各有特色,一个是又瘦又小的倒霉蛋,领了工资就喝酒,另一个吃得脑满肠肥,心满意足。瘦子尽量要向胖子证明,他手里拿的那团东西是黏土。胖子则坚持认为这是沙土,还露出得意扬扬的神色。

"为什么？为什么是沙土？"瘦子不肯罢休。

"因为容易碎,"胖子胸有成竹地说,口气也比较平静。"因为像面粉那样一吹就扬起来。你吹吹看!"

瘦子吹了一下,结果真的有什么东西落下来了。

"怎么样?"瘦子问。

"什么怎么样?"胖子说,"散开来了,就证明是沙土!"

"你吐一口唾沫试试看。"瘦子说。

胖子双手接过那团性质不明的土,往上面使劲吐了口唾沫,他坚信沙土碰到水不会黏结。

"怎么样?"瘦子得意地大声问,"现在该知道了吧!"

胖子揉了揉那团土,为了保持心理平衡,他只得表示同意:

"是黏土! 黏糊糊的,这破玩意儿!……"

施马科夫听完两个朋友的谈话,便径直回自己的办公室。刚走到自己的办公桌跟前,立即坐下来给局长打报告:

《关于务必在您所管辖的局里加强内部纪律、克服隐性怠工的报告》

但是不久,施马科夫看到怠工成了合法的现象。施马科夫领导的科室里坐了四十二个人,可是干活只要五个人就够了。于是施马科夫吓得赶紧向上面提交了一份务必缩编三十七人的报告。

但是地区委员会立即把他叫去并向他宣布:这是绝对不允许的——工会绝对不允许任何人恣意妄为。

"那么让他们干什么呢?"施马科夫问,"他们在我们那儿没有事可干!"

"慢慢来嘛,"工会的人说,"让他们翻翻那些旧的案卷吧,你着什么急呀?"

"为什么要翻看那些旧案卷?"施马科夫刨根究底地问。

"为了给历史留下系统的材料!"工会的人解释道。

"这倒也是!"施马科夫表示同意,心里也踏实了。为了更加放心起见,他还是向上级做了汇报。

"你啊,真是个糊涂蛋!"施马科夫的上司对他说,"你怎么去听工会的人胡说八道,你应该像国家政治保安局的人那样工作,他们才是聪明人呢!"

有一天局里的书记来找施马科夫,请他抽散装香烟。

"您尝尝,伊凡·菲多托维奇! 新产品,五戈比四十支,格拉多夫产的。'红色修士'牌,瞧,烟嘴上标着呢,残疾人做的!"

施马科夫拿了支烟,尽管为了节约他几乎不抽烟,只是人家请烟的时候才过个瘾。

书记凑到施马科夫跟前悄悄说:

"伊凡·菲多托维奇,您可是从莫斯科来的人! 听说每天有四十车皮的死面饼运到那里,好像还不够,这是真的吗? 难道真有这样的事吗?"

"不,加甫里尔·加甫里洛维奇,"施马科夫安慰他说,"肯定没有那么多。死面饼没什么营养,犹太人喜欢吃油腻的东西,吃死面饼是一种惩罚。"

"这就对了,我就是这么说的,伊凡·菲多托维奇,可他们就是不相信!"

"谁不相信?"

"谁都不信,无论是斯杰潘·叶尔米洛维奇还是彼得·彼得罗维奇,或者阿列克赛·巴甫洛维奇,谁都不信!"

四

光阴流逝,格拉多夫迎来了凄凉的暖冬。每天晚上,同事们聚在一起喝茶,可他们的谈话总离不开讨论公务员的职责,即使在私人的住宅,远离上司,他们依然感到自己是国家公务人员,讨论的还是国家大事。有一次伊凡·菲多托维奇参加了这样的聚会,他满意地发现土地管理局的所有同仁对公务都怀有一种长久不衰、发自内心的兴趣。

廉价烟叶呛人的烟味,翻阅记录着真理的文件发出的窸窣声,有条不紊、按部就班地处理各种公务——对同事们来说,这些现象替代了大自然的空气。

办公室成了他们一道美丽的风景。那间静悄悄的、挤满了脑力劳动者的房间里弥漫着的半死不活的宁静氛围,他们觉得比大自然的原始风情更加舒适。他们身处四面墙壁的包围之中,内心感到非常安全,可以免受这混乱世界上的种种野蛮行为的干扰;他们不断增加公文的数量,以为这样就为这个荒唐的不足信的世界增添了秩序与和谐。

无论是太阳还是爱情,或者别的什么丑恶现象,他们一概不承认,他们宁可相信纸上的事实。此外,无论是爱情,还是计算太阳的活动,都没有进入公务活动的直接范围。

在一个漆黑的晚上,天空中下着不合时宜的雨——时值十二月——还飘着湿雪,施马科夫兴冲冲地走在格拉多夫的大街上。

今天将有一个宴会,庆祝波尔莫托夫在国家机关工作二十五周年,每人掏三个卢布。

施马科夫心潮澎湃,他有许多新的发现要告诉大家。他想当着波尔莫托夫和其他人的面做一个报告,题目就是:《苏维埃化是宇宙和谐化的开端》。他打算把自己的笔记《治国方略》改成这个名称。

格拉多夫城还没有进入梦乡,因为才晚上七点多钟。家家户户的狗都因为无聊而在发火。远处的一盏路灯清晰地照着行人——因为只有他一个人。天空是那么低,夜色是那么浓,城市是那么静、那么小,民风又是那么淳朴,第一眼看上去简直感觉不到任何的大自然景色,而且也不需要什么大自然。

走过消防瞭望塔的时候,施马科夫听见在上面观察的那个孤零零的消防队员累得在唉声叹气。

"他毕竟没有打瞌睡,"伊凡·菲多托维奇怀着公民的满足感想道,"这表明他有责任感!虽然现在不可能发生火灾,因为大家都小心谨慎,大家都安分守己!"

施马科夫第一个来到晚会现场,第一个走进预先约定的那幢用两个卢布从寡妇扎莫娃那儿租来的房子。那寡妇见了施马科夫没有任何欢迎的表示,好像施马科夫已经饿了好几天,是来抢东西吃的。

伊凡·菲多托维奇一声不响地坐下来。除了公务之外,施马科夫不知道怎样待人接物。假如他结婚的话,那他妻子肯定是个不幸的人。但是施马科夫不愿结婚,也不愿用繁衍后代来使历史复杂化。施马科夫感觉不到女人有什么迷人之处,作为一名真正的思想家,他周身流淌的只是赤裸裸的义务。他没有自己的意志,只需要服从——愉快地服从,就像享受床第之欢那样。他是那么喜欢公文,即使遗忘在自己办公桌抽屉角落里的几张不知来历的纸片他也奉为至宝,仿佛那些纸屑就是一个恭顺而徒劳的王国。

第二个来的是斯杰潘·叶尔米洛维奇·波尔莫托夫。他的行为举止不像一个受祝贺的人,倒成了发号施令的主持人。

"玛尔芙莎,"他对扎莫娃说,"你最好在前厅铺上地毯!大家的脚可能不干净,可又买不起套鞋,你这里毕竟是正房,而不是酒吧间!"

"这就铺,斯杰潘·叶尔米洛维奇,我这就铺上!您请进——我给您把宝座都准备好了。您的官儿最大!"

"是最大,玛尔法·叶戈罗芙娜,没有比我再大的了!"斯杰潘·叶尔米洛维奇说着便在那把最好的老式软椅上坐了下来。

其他人估摸着斯杰潘·叶尔米洛维奇已经入席,便赶紧走了过来。

来了四位办事员、三位统计员、两位人事处长、两位会计、三位科长,以及打字员索尼娅和当地一家制瓦厂的厂长——波尔莫托夫在地方工作的一位老朋友、公民罗德内赫。这些人便是波尔莫托夫在自己目前活动范围和今后计划升迁领域中交往的圈子。人到齐后就开始喝茶。

大家默默地喝茶,尽量体验喝茶的乐趣,大家的心情慢慢舒畅起来。玛尔法·扎莫娃站在波尔莫托夫背后,不停地替他换空杯子,往茶里加上从合作社里作为次品买来的经济黄砂糖。

斯杰潘·叶尔米洛维奇坐在那儿感到十分风光。各种各样的恭维和奉承都没有超出公务的范畴。大家情不自禁地回想起几次对省执行委员会的决定拖延不办的大胆举动——说话的声音里还能感觉到一种恐惧和推卸责任后的暗喜。

大家的记忆中浮出了取消格拉多夫省这个事件。中央突然中止向这里发指示。于是波尔莫托夫自愿乘廉价火车上莫斯科去探听消息。给他的钱很少（莫斯科的拨款没有下来），只给了他残疾人面包房做的几个面包，发了张出差证明。到了莫斯科波尔莫托夫才了解到要把格拉多夫撤省并州，所以原来拨给格拉多夫的款项全部给了州府。

可是州府拒绝接受格拉多夫。

"格拉多夫不是无产阶级的城市，"他们说，"我们要它有什么用！"

格拉多夫就这样被挂了起来，失去了国家的支持。波尔莫托夫回来后，在自己家里召集老住户开了个会，打算宣布在格拉多夫省成立民族自治共和国，因为省里居住着五百名鞑靼人和大约一百名犹太人。

"我需要的不是共和国，"波尔莫托夫解释说，"我不是少数民族，我需要的是国家性质不能中断，保持公务活动的继承性。"

施马科夫热血沸腾，心跳加快，但是他一直保持沉默，不停地搓着那双文牍官的手。

参加宴会的人们还回忆起了新的往事。历史在他们头顶上流逝而过，他们稳稳地坐在自己的故乡，脸带微笑地注视着历史的进程。他们之所以脸带微笑，是因为他们坚信，凡是流动的东西，流着流着就要停下来。波尔莫托夫早就说过，世界上的一切不仅都在流动，而且都会停止。到那时候也许会重新响起教堂的钟声。自命为苏维埃人的波尔莫托夫，当然还有其他人，大家都不希望听到教堂的钟声，但是为了秩序和向群众灌输统一的思想，听听教堂的钟声未必是件坏事。在国家的偏远地方，钟声无疑是美妙的，即使从诗学的角度看也是如此,因为在美好的国家诗歌必定处在预先为它指定的位置上,而不会去唱那些无益的歌曲。

不知不觉间茶已经喝光了,茶炊也熄灭了。玛尔法累得坐在角落里,再也没有力气为大家效劳了。于是俄罗斯的烧酒就挺身而出,来代替茶的位置。

"公民们,"统计员斯马契涅夫说,"我坦率地告诉你们,我只有一样东西可以招待大家,那就是伏特加!……任何东西都无法征服我,无论是音乐还是歌唱,或是信仰,但是伏特加能把我征服!这就是说,我的灵魂如此坚硬,只有毒品才能得到它的称赞……任何精神的东西我一概不予承认,那都是资产阶级的欺骗……"

斯马契涅夫无疑是个悲观主义者,就总体而言,过于偏激。

不过话又要说回来,确实也只有伏特加才彻底冻结了来宾们的意识,把热量赋予了他们的心灵。

根据官位的高低,波尔莫托夫首先站了起来。

"公民们!我在不同的地方工作过。我经历过十八位省执行委员会主席、二十六位书记和十二位土地管理局局长。光市执行委员会办公厅主任在我任期内就换了十位!而特别任命的官员,譬如人事秘书啦,主席啦,总数达三十位……我是个受苦受难的人,朋友们,我内心痛苦得很哪!任何东西都无法抚平它的伤痛……我一辈子都在拯救格拉多夫省。有一位主席打算把省里的旱地变成大海,把种田人变成打鱼人。另外一个想在地里打个很深很深的洞,让液体黄金从洞里流出来,他硬要我找一个技术员来办这件事。还有一位购买了所有的汽车,他想在省里一劳永逸地建立一种合适的体制。你们看到了吧,我是多么的不容易!我必须对大家笑脸相迎,压制自己健全的思想,还要破坏事物本质确定的秩序!不仅如此,手工业管理委员会,也就是省工会,有一次把我开除出了农林工作者委员会,因为我说缴工会会费是向工会工作人员纳税。不过我还是工会会员——也不可能开除我!少一个纳税人对手工业管理委员会是不利的,其余的事由我的上司设法解决——离了我他一点都没有办法!"

波尔莫托夫喝了口啤酒润润嗓子,环视了一下自己的下属,问道:

"什么?我听不清!"

在场的人都一声不吭,只是默默地消灭食品。

"万尼亚!"波尔莫托夫招呼那个往啤酒里兑伏特加的人,"万尼亚!把气窗关上,朋友!时间还早,走过窗口的什么人都有……我要说说省委是怎么回事!我告诉你们吧,书记是主教,省委是主教管辖的教区!我说得对吗?而且是个英明严肃的教区,因为出现了一个新的宗教,比东正教还严肃。现在开会就好比通宵祈祷,你敢不去?你不去就对你说,请把您的证件交出来,我们要在上面做个记号!有了四个记号,就把你列入多神教徒的名单。而多神教徒在我们这儿是找不到饭碗的!就是这么回事!我对自己说:是谁在教区里建立了处理公文的规章制度?是我!是谁恢复了议院——工农检察院,或者国库——省财政局并且让大家有事可做?是谁呢?又是谁在办公室里消灭了扑克牌、乐谱和其他不卫生的东西?你们说啊,是谁?……

"朋友们,"斯杰潘·叶尔米洛维奇已经热泪盈眶,"没有波尔莫托夫就没有格拉多夫的机关和办公室,也就没有完整的苏维埃政权,也不会保存旧时代留下的、我们大家赖以为生的、公务上的亲缘关系!我是第一个坐到办公桌前,二话不说就拿起公家的笔开始办公的人!"

波尔莫托夫心情激动地等了片刻,然后做了一个分量很重的总结:

"现在你们知道了,我亲爱的同志们,这政权的中心和理智的可爱之处究竟在什么地方! 我完全可以成为全世界的国王,而不是负责捍卫我那些女打字员的母性和童心,或者监护办事员的惰性!"

说到这里,波尔莫托夫没词了,于是坐下来,眼睛盯着桌子上的食物。在座的人一边闹哄哄地表示赞同,一边大吃香肠,用香肠来控制美好感情的自然流露。伏特加在慢慢地、有条不紊地、一圈接一圈地、按部就班地消耗,因此大家的情绪不是跳跃式地上升,而是像图表上那样,稳稳当当地沿着和谐的曲线上升。

统计员彼霍夫终于站起来唱了支关于野山岗的歌,歌声压倒了谈话声。统计员都是些演员,没有一个统计员或会计不是把自己的职业看作临时性的不上档次的工作,他们认为自己天生的使命就是从事艺术——唱歌,或者拉小提琴,或者弹吉他。再次一等的乐器,统计员连摸都不想摸。

继彼霍夫之后,会计杰苏希也事先不打个招呼,一声不响地站起来唱了某个歌剧的一个片段。至于究竟是哪一部歌剧,谁也没有听懂。杰苏希因为自己在艺术领域的分寸感和修养,以及自己在会计业务上的一窍不通而闻名遐迩。

最后,土地整治科科长勒瓦尼科夫稍稍欠起身,敲了敲叉子,以此表示沉默的必要性。

"亲爱的革命弟兄们!"喝了酒变得非常善良的勒瓦尼科夫开了腔,"是什么使我们不顾天黑来到了这里? 是什么使我们撇下心上人聚集到这里？是他，斯杰潘·叶尔米洛维奇·波尔莫托夫，我们机关的荣耀和行政首脑，在我省辽阔的尚未整治过的领土上建立起秩序和国家的革命导师！

"尽管他没有点一下他那英明的头，只是用他的金口在喝花椒酒，可是我要说，革命后留下来的人中间找不到可以跟他相比肩的了！他是名副其实的具有革命前品格的人！

"苏维埃职员公民们！"勒瓦尼科夫声嘶力竭地结束自己的发言，"我提议大家为我省疆域的奠基人和非他莫属的治理者，光荣而英明的斯杰潘·叶尔米洛维奇从政二十五周年，干杯！……"

大家纷纷从座位上一跃而起，举着杯子向波尔莫托夫走去。

波尔莫托夫感动得流下了眼泪，得意扬扬地跟大家一一亲吻——他整个晚上都在等待着这样一个时刻，甜蜜地克制着虚荣的冲动。

这时候，施马科夫已经憋不住了，他站到椅子上，发表了精彩的演说——从他的《治国方略》中引了一大段话：

"公民们！请允许我谈谈目前大家关注的一个问题。"

"行啊。"大家众口一词地说，"你说吧，施马科夫！不过要节约时间，要简单扼要，要切中要害，不要空话连篇！"

"公民们，"施马科夫厚颜无耻地说，"目前正在进行一场所谓的反对官僚主义的战争。斯杰潘·叶尔米洛维奇是个什么样的人呢？是不是官僚主义者？肯定是个官僚主义者。这正是他的光荣，而不是对他的批评或指责。尊敬的国家战士们，没有官僚机构，苏维埃国家连一个小时都无法存在——这是我经过长时间的思考而得出的结论……此外……（施马科夫开始糊涂了，脑子里一片空白）……此外，亲爱的战友们……"

"我们不是战士，"有人在喊，"我们是骑士！"

"智力战线的骑士！"施马科夫接过这个口号，"现在我向大家揭示我们这个时代的秘密！"

"好啊！"大家一致赞同，"你把它揭示出来！"

"我这就说，"施马科夫十分高兴，"我们是什么人？我们是无产阶级的代——用——品！就拿我来说吧，我是革命家和主人翁的代用品。你们体会到了其中的奥妙吗？所有的东西都有了代用品！一切都成了假的了！一切都不是真的，而是代用品！原来是鲜奶油，现在成了人造奶油：挺香，可是没有营养！你们感觉到了吗，公民们？……因此，被所有居心叵测的人和傻瓜痛骂的所谓官僚主义者，恰恰是未来的等级分明的社会主义世界的建筑师。"

施马科夫坐下来，心安理得地喝了口啤酒——中等的无害饮料。烈酒他是不喝的。

这时候奥勃罗巴耶夫站了起来……他被刺痛了，他生气了，他准备进入战斗岗位。他的岗位十分显赫——联共（布）预备党员。但是这样的地位对奥勃罗巴耶夫的工作没有帮助，他到现在还是一位月薪二十八卢布、在每一级相差八倍的工资级差表上列入第六档的办事员。

"尊敬的同志们和同事们！"奥勃罗巴耶夫吃完了什么东西之后说，"我无法理解施马科夫同志，也无法理解波尔莫托夫同志。这些话怎么能容忍呢！反对官僚主义——这是中央监察委员会的明确指示。各级苏维埃机关的名称也存了九年多。可是现在却有人在说官僚主义者是——叫什么来着？——是建筑师，是供养大家的恩人。说什么省委是主教的教区，省工会是手工业管理局，等等。这是什么话？这话也说得太过分了。这就抹杀了根据党的路线认真制定的基本而长期的指示。总而言之,对于前面两位演说家涉及的几个问题,我要谈出自己独特的见解,同时还要谴责施马科夫同志和波尔莫托夫同志。我说完了。"

"法律,奥勃罗巴耶夫同志!"波尔莫托夫用一种开导的,但是又表示同情的口吻轻轻地对奥勃罗巴耶夫说,"法律!您消灭了官僚主义之后,就会出现无法无天的局面!官僚主义就是执行法律条令。法律,你拿它一点都没有办法,奥勃罗巴耶夫同志!"

"要是我向省委或者工农检察院汇报呢,波尔莫托夫同志?"奥勃罗巴耶夫阴阳怪气地说,故意示威似的点燃了"大炮牌"香烟。

"您有什么证据呢,奥勃罗巴耶夫同志?"波尔莫托夫问,"难道有人给今天的聚会做了记录吗?索尼娅,您可是什么也没有记录吧?"他转身问在场的唯一一位女打字员索尼娅,她在土地管理局特别受人尊重。

"没有,斯杰潘·叶尔米洛维奇,我没有记录;您什么也没有吩咐过我,不然我会记下来的。"醉醺醺、傻呵呵的索尼娅回答说。

"您瞧,奥勃罗巴耶夫同志,"波尔莫托夫精明而坦然地笑着说,"没有文件,也就没有事实!而您还说要跟官僚主义做斗争呢!假如有了记录员,那您就会把我们送进国家政治安全局或者工农检察院!法律,奥勃罗巴耶夫同志,要讲法律!"

"可是有活的证人!"像得了鼠疫似的奥勃罗巴耶夫大喊大叫。

"这些证人都喝醉了,奥勃罗巴耶夫同志。这是一。第二,他们,可以这么说,他们是群众,他们不明白也不可能明白我们分歧的实质,我的案子十有八九会不了了之。第三,奥勃罗巴耶夫同志,我要请教您:一名遵守纪律的党员会把党内的分歧拿去让广大群众,甚至是小资产阶级群众去讨论吗?嗯?!咱们喝酒吧,奥勃罗巴耶夫同志,喝了酒就明白了……索尼娅,你是不是在那儿睡着了?你好好招待一下奥勃罗巴耶夫同志,练练写字吧……杰苏希,来一首抒情的。"

杰苏希展开美妙的歌喉,一下子把音调拉得很高,唱起了一首古怪的歌。歌词的大意是说:有一个人经历了很多磨难,但是他一心渴望得到一把金竖琴。接着,办事员梅沙耶夫拿起了一把三弦琴,说:尽管我在艺术上是个个体手工业者,但还想捣鼓几下!于是他的手指在琴弦上迅速拨动,整个身体也随着欢快的节奏晃动起来。

波尔莫托夫装出一副好心人的样子,眯缝着那双矛盾而又疲惫的眼睛。日常的外交工作使他心力交瘁,今天他突然激情迸发,糊里糊涂跳起舞来。他强迫两条历尽磨难的腿迈开步子,让一颗冷漠的心得到欢乐。

施马科夫开始可怜他,开始可怜全世界的在官场上辛勤工作的人们。他情不自禁地号啕大哭起来,把脑袋埋进某种有咸味的东西里。

五

第二天早晨,格拉多夫发生了一场火灾,烧毁了五幢房子和一间面包房。据说火是从面包房先烧起来的,可是面包师肯定地说,他始终把烟头扔进面团里,从来不丢在地板上,而面团是不会燃烧的,只会吱吱地把火熄灭。居民们信了他的话,所以面包师还在继续烤他的面包。

后来,生活按照一般规律和格拉多夫省执行委员会颁布的那些被公民们诚惶诚恐地研究过的决定在继续前进。在可以被一页页撕下来的日历上,公民们记载着他们种种持续不断的职责。这是施马科夫在参加一个绰号叫"灰色杂毛马"的股长的命名日时定下的规矩,对此他颇感得意。在每一页日历上几乎都标着某项义务,例如:

"到区土地部报到——我的第一个字母是 Ч,向单位报告缺席的合法理由。"

"七点钟市苏维埃改选,支部提出的候选人是马兴,要一致通过。"

"到房管处缴水费,今天到期,过期罚款。"

"向市卫生委员会递交院子卫生状况的材料,罚款标准见市执行委员会规定。"

"住房合作社开会,讨论预订用作厕所的板房的问题。"

"抗议张伯伦,一旦出现情况就万众一心,拿起武器,奋勇战斗。"

"晚上到红角①站立片刻,否则将被视为背教者。"

"把妻子的命名日与节约原则和生产效率相结合。邀请我们的小苏维埃人民委员。"

"向玛尔法·伊里伊尼奇娜请教怎样熬马林果酱。"

"到民政处询问怎样把'灰色杂毛马'这个绰号改成正式的姓'勃拉戈维欣斯基',把'佛罗尔'这个名字改成'杰奥多尔'。"

"彻底消灭臭虫并检查妻子的个人账户。"

"星期六——公开向股长声明我要去参加通宵祈祷,我不信上

---

① 机关学校中特辟的进行社会政治活动的场所。

帝,我去参加是因为想听合唱,要是我们这儿有一个像样的歌剧团,我无论如何是不会去的。"

"向同事们要点长明灯的油。哪儿都没有,全用完了。好像是给闹钟抹润滑油。"

"将第366号樱桃酒瓶保存起来。今年是闰年。"

"晒面包干留作备用——春天有一场仗要打。"

"别忘制定国民经济二十五年前景规划——只剩下两天了。"

每天都排得满满的。

施马科夫不是第一次,也不是第二次,而是多次发现了这样一个重要现象,即一个人已经没有时间过所谓的私人生活,私人生活全部被国务活动和公益活动代替了。国家成了灵魂。这也是需要的,其中就隐藏着我们这个过渡时代的高尚和伟大。

"怎么样,灰马同志,你们省有没有精确的建设计划?"

"那还用说!有,当然有!十年计划就包括建一百个大型粮仓,每年建十个,然后再建二十个冷藏屠宰场和十五家毡靴厂……另外,我们还要挖一条通到里海的运河,方便波斯商人跟格拉多夫的国家机关做生意。"

"这就好!"施马科夫下了这样的结论,"这方针好!你说说,你们这些大项目需要多少钱?"

"要大量的钱。"灰马用次要的语气说,"至少要三十个亿,换句话说,每年三个亿。"

"唔,这是个大数目啊!"施马科夫说,"谁给你们这些钱?"

"重要的是计划!"灰马回答说,"有了计划就会给钱……"

"这倒也是!"施马科夫表示同意。

问题得到了必要的说明。

六

施马科夫在格拉多夫住了快一年了。这样的生活很适合他：一切都按部就班，照章办事。

他脸上的表情淡然、老练而冷漠，就像陶醉在角色中的演员。他毕生的著作《治国方略》也接近尾声。施马科夫只是在考虑最后几个和音。如同共和国各个地方一样，格拉多夫的夜空没有太阳，然而阳光反射在其他星球上。

有一天，施马科夫为了健身出来散步。当他遥望其他星球的时候，突然替自己的著作找到了最后几个和音：

《雄鹰在我心中翱翔，和谐之星在我脑中闪耀》。

施马科夫回家完成了自己的巨著，坐在那儿津津有味地捧读自己的手稿，一直读到黎明。

"……既然世界是辩证的，换句话说，既是英雄又是坏蛋，那么有必要去挖空心思搞发明吗？大可不必！"他在中间部分读到这样一段。

"譬如说，五年前，二十年前也一样，格拉多夫只有两部打字机（两部全是'国王'型号），而现在有各种型号的打字机将近四十部。

"但是，社会效益是不是因此而提高了呢？一点儿也没有提高。就是说，从前书记员用鹅毛笔书写。如果笔尖写钝了或者用力过度笔尖裂开了，书记员就开始削笔尖。他一面削一面看钟——瞧，时间到了，该回到自己那间小木屋了，那里好歹有吃的东西等着他，还有那国家体制精心提供的秩序和舒适。

"没有任何东西因为手写公文而遭到破坏。什么都不着急,什么都来得及。

"可现在怎么样呢?打字小姐还没有来得及往脸上抹点粉,马上又塞给她一份新的稿件……

"事情很清楚,只要来了个人,他身边马上就会出现一堆公文,而且数量不少。不增加人不是挺好的吗!也许连公文都不会那么多了?……"

读到这里,伊凡·菲多托维奇叹了口气,陷入了沉思。

他是不是该到偏僻的修道院过隐修生活,免得再为这痛苦的世界而伤心?但这样做是可耻的。

尽管可以用下面的理由来为这样的行为进行辩解:这世界不是由谁正式建立的,因此从法律上说这世界是不存在的。即使是人为建立的,还保存着章程和证明,那么这些证件也是不可信的,因为申领证件先要提交申请书,而申请书要由申请者签名,可是怎么能相信申请者呢?在申请者递交自己的申请书之前,谁能证明申请者的身份呢?

伊凡·菲多托维奇感到胃里灼热心里无奈,于是到厨房里喝水,顺便看看那里怎么老是发出吱吱的声音。

从厨房回来,他又翻阅自己的手稿,不禁百感交集。

"……就拿我领导的科室来说吧,那里的情况怎么样呢?

"下属犯了错误我并不加以责备,仅仅从中得出结论:他们还在办事。当他们向我报告说我主持修建的那些拦河坝几乎被夷为平地时,我就回答说,由此看来,这些拦河坝还真的筑过。

"无论什么样的土都挡不住水,沟壑的出现便是最好的证明……"

看完这一段,施马科夫放心了,于是怀着轻松的心情和对自己智慧的满足进入了梦乡。

然而,这世界上真有什么东西是人们确切了解的吗?大自然的所有事实都按规定进行登记了吗?这些都没有文献记载!规律本身,或者其他的办事准则,是不是已经破坏了这个充满矛盾却又追求全面和谐的宇宙中的活生生的物体呢?

这个罪恶的思想把施马科夫从睡梦中惊醒了。

睁眼一看,现在已经是幸福的清晨了。格拉多夫城里家家户户都在生炉子,把昨天剩下的晚饭热了当早饭。家庭主妇们出去替丈夫买热面包,面包房里的师傅切了面包放到磅上称重量。他们中间没有人相信公制比市制好,他们只知道一克比一磅轻。

另外,新的一天和昨天相似,因而不会给生活增添折磨,这也是一种幸福的享受。

七

鞋匠扎哈尔是施马科夫同院的邻居,每天都被妻子用同样的话叫醒:

"扎哈尔!起来,去坐你的宝座吧!"

所谓宝座,就是个圆树墩,扎哈尔干活的时候就坐在那儿,面前还摆个小桌子。树墩坐得已经磨去了三分之一,因此扎哈尔多次想到:人比木头结实。事实也确实如此。

扎哈尔起床后就一边抽烟一边说:

"在这世界上我是个编外人员！我不是在生活，只是到场而已，我也不用登记……我不参加会议，什么会员也不是！"

"得了，你得了吧，扎哈尔。"妻子说，"别唠叨了，坐下来喝茶吧。会员！你也想当会员！"

喝完茶，扎哈尔坐下来干活儿。这种活儿连野兽也受不了——需要极大的勇气和耐心。

施马科夫经常到扎哈尔那儿补鞋，扎哈尔对施马科夫那双鞋啧啧称奇：

"伊凡·菲多托维奇，您这双鞋穿了七年多了，怎么还穿啊？这鞋在厂子里缝好到现在，孩子都长大上学了，好多孩子都死了，可这鞋还活着……小树都成材了，革命也闹过了，没准不少星星都熄灭了，可这鞋还活着……这事儿真弄不明白！……"

伊凡·菲多托维奇回答他说：

"这就是规律，扎哈尔·巴甫罗维奇！生活在瞎折腾，可鞋子还好好的！这就是人的智慧创造的节约奇迹。"

"以我看，"扎哈尔说，"还是瞎折腾好！要不你也会像我一样坐在这鞋匠的宝座上！"

伊凡·菲多托维奇劝扎哈尔别用这种多愁善感的目光去看待生活，也不要为这种诱人的想法而难过。这世界上根本就不存在那种能够让轻浮的人心得到安慰的东西。所谓安慰，不就是让十月革命败坏了名声的小市民习气吗？

"规律么，是要遵守的，"扎哈尔说，"可是把土地给惹火了，伊凡·菲多托维奇！你现在怎么也整不好了，应该让它荒掉，而不是想别的办法！"

伊凡·菲多托维奇走后，扎哈尔在暗暗地想，清苦的日子总比高尚的瞎折腾好,于是他心满意足地望着自己空荡荡的院子,那里唯一的景观是一道篱笆,唯一的居民是一只母鸡。

八

三个月之后,格拉多夫全体国家公务人员的战斗日子来临了。中央决定把包括格拉多夫省在内的四个省合并成一个州。

于是四个省城开始争吵起来:哪一个更适宜做州府。

在这件事上,格拉多夫闹得最凶。

格拉多夫拥有四千名苏维埃职员,还有两千八百三十七个失业人员;只有州才能吸纳这批文职人员。

波尔莫托夫、施马科夫、市执委会办公厅主任斯科勃金、省计委副主任纳什赫以及格拉多夫的其他知名人士,站到了这场在莫斯科眼皮底下进行的与其他城市的官僚大战的前列。

格拉多夫人赶紧开始挖运河,这条运河的起点是公民莫耶夫庄园,莫尔舍夫卡镇中那个长满牛蒡的地方。

修筑这条运河就是为了让波斯、美索不达米亚和其他地方的商船能够直达格拉多夫。

省计委就修筑运河事宜准备了整整三大卷材料呈报中央,希望中央了解有关情况。格拉多夫的工程师帕尔申制定了未来州内空中运输的方案,因为他预计将来不仅要空运行李,而且要空运大量的牲畜饲料。为了将来空运饲料,区农业联盟的几家作坊正在建造一架用炸药做燃料的大功率飞机。

省执行委员会主席瑟索耶夫亲自出马,到处吹胡子瞪眼睛地提醒他的属下,州中心只能是格拉多夫,任何别的居民点都不行。

瑟索耶夫同志下令定制格拉多夫州执行委员会的公章和牌子,还命令大家往后称呼他为州执行委员会主席。当再也没有一个公职人员在公函或口头上把州和省混淆的时候,瑟索耶夫同志情绪高涨,逢人就说:

"我们这儿是州,老兄!怎么样?简直就是个共和国!而格拉多夫几乎相当于一个欧洲国家的首都!省算什么呀?无非是反革命沙皇俄国的一个小小的基层单位!"

一场史无前例的公务员大战开始了。邻近的几个城市——州中心的竞争对象——人们卖力的程度绝不亚于格拉多夫人。

但是格拉多夫在暂不表态的莫斯科面前力争击败所有的对手。伊凡·菲多托维奇·施马科夫起草了一份长达四百页的关于如何在筹建中的格拉多夫-黑土州实施行政管理的方案,而且已经上报中央有关部门审批。

斯杰潘·叶尔米洛维奇·波尔莫托夫在一步步展开工作。他提议建立一个州执行委员会,这个委员会轮流在原来的几个省城召开会议,不设常驻机构,也不需要固定的大楼。

但这是个圈套:莫斯科肯定不会同意这样的意见,必然会问这是谁的发明。一旦知道这个点子是格拉多夫的一位公民想出来的,莫斯科就会露出满意的笑容,而且肯定会注意到格拉多夫有适合担任州领导的聪明人。

波尔莫托夫向市执行委员会主席瑟索耶夫同志全面论证了自己的想法。瑟索耶夫说:

"是啊,这是一件高级的心理诱导的武器,不过现在什么卑鄙肮脏的手段我们都可以使用!"说完他就在波尔莫托夫的报告上签上自己的大名,以便呈送莫斯科审批。

格拉多夫人做了许许多多事情,以此证明自己显然比邻居高明。

施马科夫已经筋疲力尽,浑身感到酸痛。他一想到格拉多夫可能失败,心里就很害怕;想到格拉多夫将成为州中心的时候,就心花怒放。

四个省城彼此勾心斗角的情形,真可以写一本大书。书的字数相等于格拉多夫省的牛蒡草。

鞋匠扎哈尔没有等到州成立就死了,施马科夫自己也迈入了老境。

波尔莫托夫因为办事拖拉,被工农检察院人民委员会的高级视察员撤职了,现在在家里养病,但是开设了一个私人办事处,专门制作国家机关活动的统计表格。这个办事处只有他一个光杆司令,而且没有工资,也没有劳动保护。

这场争夺州中心的战争打了整整三年,莫斯科最后终于做出了决议:

"由某某省、某某省组建成上顿河农业州。沃罗热耶夫市为州首府。在某某居民点设立区中心。格拉多夫市没有任何工业价值,居民主要从事农业和机关服务业,应列入编外城市。在该市设立村苏维埃,即将小高峰村苏维埃迁入城内。"

格拉多夫后来的情况怎么样呢?什么事也没有发生,只是那些傻瓜一个接一个地报销了。施马科夫一年后因为撰写大部头的社会哲学著作《为使人变成时时刻刻奉公守法的公民而消灭其个性特征的几项原则》劳累而死。生前曾任村苏维埃土路特派员。波尔莫托夫还健在,每天特意到原来的省执委会那幢大楼前散步。现在那幢楼挂着"格拉多夫村苏维埃"的牌子。

　　但是波尔莫托夫不相信自己的眼睛——那两个曾经发挥安邦治国功能的目光的载体。

美好而狂暴的世界

一

亚历山大·瓦西里耶维奇·马尔采夫是大家一致公认的托鲁别叶夫机务段最优秀的司机。

他才三十来岁,可是已经取得了一级司机的称号,早就驾驶快车了。我们机务段来了第一辆"ИС"型大功率机车的时候,就派马尔采夫到这辆车上干活,这当然是完全英明而正确的决定。给马尔采夫当助手的是我们机务段上一位名叫费奥多尔·彼得罗维奇·德拉班诺夫的老钳工,但是过了不久他就通过了司机考试,到了另外一辆机车上干活,于是派我到马尔采夫机组代替德拉班诺夫;在这之前我也是副司机,只不过是在另外一辆小功率机车上干活。

我对自己被调动感到满意。当初我们机务段只有一辆"ИС"型机车,单单它的外表就使我感到振奋,我可以久久地盯着它看,浑身充满一种特别的欣喜,就像小时候第一次读普希金的诗歌一样。另外,我还希望在一级司机的机组里工作,向他学习驾驶重型快车的艺术。

亚历山大·瓦西里耶维奇对我调到他机组干活显得平静而冷淡。看样子谁当他的助手他都无所谓。

出车前，我像往常一样检查了机车的各个部件，测试了所有的辅助设施，确信一切完好，心里也就踏实了。亚历山大·瓦西里耶维奇看着我做这些准备工作，而且自始至终在仔细观察，但是在我之后他又亲手重新检查了一遍车况，他似乎不信任我。

这样的情况后来反复出现，尽管我心里不高兴，但对亚历山大·瓦西里耶维奇始终干预我的职责最后还是习惯了。只要我们上了路，我往往会忘掉自己的委屈。有时候我不去注意那些控制飞速行驶的机车车况的仪表，不去观察左机工作的状况和前方的线路，却看着马尔采夫。他开车的时候表现出大师般的果敢和信心、演员般的投入和专注，把整个外部世界融进了自己的内心体验，因此能够统帅外部世界。亚历山大·瓦西里耶维奇那双仿佛空洞的眼睛散漫地望着前方，可是我知道，他用这双眼睛密切注视着前方的整条道路和迎面而来的整个大自然——甚至那只被飞速前进的火车气流从堤坡上卷起的麻雀也吸引了马尔采夫的注意力，他回头看了麻雀一眼：我们的火车过后它会怎样？它飞到哪儿去了？

我们从来没有晚点过；恰恰相反，我们往往被拦在那些本来不该停留的中间站，因为我们往往提前到达，只能用这种阻拦的办法把我们重新纳入运行图。

我们干活的时候彼此一般不说话。亚历山大·瓦西里耶维奇不看我，偶尔用钥匙敲敲锅炉，希望我注意机器运转中的某个异常情况，或者提醒我速度将剧烈变化，让我提高警惕。我始终能明白师傅的无声指示，尽心尽力干活，可是师傅对我的态度依然像对待加油工和司炉那样疏远，停车的时候总要检查油压是不是正常、摇杆螺栓有没有拧紧，试一下主轴轴箱和其他部件。马尔采夫总要在我检查之后再一次检查那些容易松动的部件，并且给它们加油，就好像我干的活不管用似的。

"亚历山大·瓦西里耶维奇，这根曲轴我已经检查过了。"有一次在我检查之后他又重新检查这个部件的时候我对他说。

"我想亲自检查一遍。"马尔采夫回答说，脸上露出一丝笑容，这笑容里有一种令我惊讶的忧愁。

后来我明白了他忧愁的含义，以及他始终对我们态度冷漠的原因。他感到自己比我们高明，因为他比我们更加确切地理解机器，他不相信我或者别的什么人能够学会他天才的秘密，那种同时能够看到路边的麻雀和前方的信号，一下子感受路况、车厢的重量和机车力量的秘密。马尔采夫当然明白，在对待工作的认真和努力程度上我们可以超越他，但是他无法想象我们会比他更爱火车而且比他驾驶得更好——他认为我们不可能超越他。因此马尔采夫跟我们在一起的时候会犯愁。他因为自己的才能而犯愁，就像因为孤独而犯愁一样，他不知道怎样解释才能让我们理解他。

我们也确实无法理解他的能力。有一次我请求他让我独立驾驶。亚历山大·瓦西里耶维奇答应让我驾驶四十公里，自己坐到了副驾驶的位置上。我开了二十公里后，已经晚点了四分钟，而爬坡的速度不超过每小时三十公里。马尔采夫替换我驾驶。上坡时他时速五十公里，我走弯道时火车直摇晃，可是他开车却十分平稳，不多久就补上了我耽搁的时间。

二

我给马尔采夫当了将近一年的副手,从八月到第二年的七月,七月五日马尔采夫作为快车司机出了最后一次车……

我们接了一列已经晚点四小时的八十轴客车。调度员特地走到机车跟前请求亚历山大·瓦西里耶维奇尽量减少晚点时间,哪怕缩短一小时也行,否则他很难让空车进入旁边的线路。马尔采夫答应赶时间,于是我们起程了。

那时是下午八点,但夏天的日子长,太阳还很厉害。亚里山大·瓦西里耶维奇要求我把锅炉里的蒸气压力始终保持在离极限值只低半个大气压的水平。

半个小时后我们到了草原上,进入了平稳而徐缓的地段。马尔采夫把时速加大到九十公里,再也不减低速度,甚至相反——遇到平坦的地段和小的斜坡把速度加大到一百公里。上坡时我把机车的火箱加热到最大限度,并且迫使锅炉工用手工和机器一起加煤,因为我的蒸气压力下降了。

马尔采夫赶着火车向前,把调节器和操纵杆放到最大挡。现在我们迎着一团从天边升起的巨大的乌云前进。从我们这一面看去,乌云被太阳照着,而在乌云里边,它正被一道道凶狠而愤怒的闪电撕扯着。我们看到闪电像一把把利剑直插远方无声的大地,我们疯狂地奔向那远方的大地,仿佛是赶去救援似的。亚历山大·瓦西里耶维奇看样子被这样的景象迷住了:他把身体探出窗外,眼睛望着前方,而他那双习惯于烟、火和空间的眼睛现在闪着兴奋的光芒。他明白,我们机车运行的功率可以和闪电相媲美,也许还在为这样的想法而感到自豪。

不一会儿我们发现草原上一股混合着沙尘的旋风正向我们袭来。也就是说风暴把雷雨云径直向我们刮来。我们的周围变得一片昏暗,干土和草原上的沙子开始发出嘘嘘的声音,猛烈地拍打着机车钢铁的车身;能见度消失了,于是我打开了供照明用的涡轮直流发电机,打开了机车前面的探照灯。飞速前进的火车跟火辣辣的沙尘暴迎头相撞,使得灌进驾驶室的沙尘暴的威力增加了一倍,再加上炉膛里出来的煤气和提前降临的暮色,现在我们连呼吸都十分困难。机车呼啸着向前冲去,冲进昏暗而憋闷的暮色——冲进那个由探照灯打开的光的缝隙。速度降到六十公里,我们一边干活一边观察着前方,就像在做梦一样。

突然,一颗巨大的水滴打在挡风玻璃上——转眼间就被热风吸干了。接着,一道蓝色的光在我眼睫毛旁边一闪,径直闯进我受到震动的心坎里。我一把抓住注水龙头,但是心头的疼痛已经过去,我马上朝马尔采夫看了看:他望着前方,继续驾驶着火车,脸上没有任何变化。

"刚才是怎么回事?"我问锅炉工。

"闪电,"他说,"冲着我们过来,结果稍稍偏了一点。"

马尔采夫听到了我们的谈话。

"什么闪电?"他大声问。

"刚才那个。"锅炉工说。

"我没有看见。"马尔采夫说着又转过脸望着外面。

"没有看见!"锅炉工感到十分惊讶,"我还以为锅炉都炸了呢,闪光那么厉害,可他说没有看见。"

我也怀疑刚才是不是闪电。

"那怎么没有听见雷声?"我问。

"雷声响的时候我们已经开过了。"锅炉工解释说,"雷声始终在闪电后面。雷劈下来把空气炸裂的时候,我们的车已经开过了。乘客说不定听到了——他们在后面。"

接着我们的车开进了滂沱大雨中,但是一会儿就经过了雨区,来到了又静又黑的草原,草原上空一动不动地悬浮着一团团筋疲力尽的乌云。

天完全黑了,宁静的夜晚降临了。我们闻着湿漉漉的泥土气息以及喝足了雨水的青草和庄稼散发出的清香,继续前进,尽量赶时间。

我发现马尔采夫车开得不如从前那么棒了:到了弯道上摇摇晃晃的,车速一会儿高达一百多公里,一会儿又降到四十。我想亚历山大·瓦西里耶维奇没准太累了,所以我什么也没有对他说,尽管师傅这样开车我很难让火箱和锅炉保持最佳工作状态。不过一个半小时后我们必须停车加水,到那时候让亚历山大·瓦西里耶维奇吃点东西,休息一会儿。我们已经补上了四十分钟,到路段终点的时候我们还可以补上不少于一个小时的时间。

我还是不放心过于劳累的亚历山大·瓦西里耶维奇,自己开始仔细观察前方——前方的路况和信号。悬挂在我这面左机上空的电灯照耀着摇杆装置。我清清楚楚看到左机在紧张而有条不紊地工作,可是不一会儿它上面的电灯渐渐灭了,灯光变得像蜡烛那样黯淡。我回头看驾驶室,那里的电灯现在全都只亮着四分之一的光,勉强照着那些仪表。奇怪的是亚历山大·瓦西里耶维奇这时候没有敲钥匙向我指出这样的故障。事情明摆着,涡轮直流发电机转速不够导致电压下降。我开始通过蒸气管道调节发电机,捣鼓了好久,可是电压还是上不去。

这时候一团红色的雾气飘过仪表盘和驾驶室的顶棚。我朝外看了一眼。

在前方,在黑暗中,是远还是近——无法确定——一道红光在我们道路的中间摇晃。我不知道是怎么回事,但是我知道该怎么办。

"亚历山大·瓦西里耶维奇!"我喊叫着拉响了三声停车的汽笛。

只听见车轮护箍下的响墩哐啷一声。我冲到马尔采夫身边,他回头用一双空洞而平静的眼睛看了看我。速度盘上的指针指着六十公里。

"马尔采夫!"我高声喊道,"我们该放响墩!"说着我伸出双手去抓操纵杆。

"放开!"马尔采夫大喝一声,他的眼睛闪闪发亮,映照出速度盘上方幽暗的灯光。

他猛地启动急刹车,把操纵杆往后一拉。

我被摔到锅炉旁,只听见车轮的轮毂划着铁轨发出刺耳的尖叫。

"马尔采夫!"我说,"必须打开汽缸阀门,不然机器要毁了。"

"别打开! 毁就毁吧!"马尔采夫说。

我们停了下来。我接上注水管往锅炉里加水,朝外面看了一眼。在我们前面大约十公尺的地方,在我们的轨道上停着一列煤水车,正对着我们的机车。煤水车上有一个人:他手里拿着一根长长的、顶端烧得通红的火钩子;他刚才挥舞的就是这根火钩子,想让快车停下来。这是停在区间地段的一辆货车的后推机车。

也就是说,我刚才因为调节涡轮发电机而没有朝外看的时候,我们已经过了黄灯,接着又过了红灯,也许还过了巡道工打出的不止一个警告信号。那么马尔采夫为什么没有发现这些信号?

"科斯佳!"亚历山大·瓦西里耶维奇喊我。

我走到他身边。

"科斯佳!……我们前方是怎么回事?"

我向他做了解释。

"科斯佳……下面你开车吧,我眼睛瞎了。"

第二天我把返程列车开到自己的车站,把机车交到了机务段,因为机车的两对车轮的轮毂有点松动了。我向机务段领导汇报了情况,然后搀着马尔采夫回到了他的住所;马尔采夫自己非常苦恼,没有去找机务段领导。

我们还没有走到马尔采夫居住的那幢位于杂草丛生的街道上的房子,他突然要我让他独自回去。

"不行,"我回答说,"亚历山大·瓦西里耶维奇,您眼睛瞎了。"

他用一双明亮的有思想的眼睛看了看我。

"现在我能看见了,你回家吧……我什么都看得见——瞧,我妻子出来接我了。"

马尔采夫家门口真有一个女人等在那儿,她是亚历山大·瓦西里耶维奇的妻子,她那没有包头巾的一头黑发在阳光下闪闪发亮。

"她头上有没有包头巾?"我问。

"没有包头巾,"马尔采夫回答说,"谁眼睛瞎了——你还是我?"

"既然你能看见,那就看吧。"我离开了马尔采夫。

三

马尔采夫要送交法庭审判,于是开始调查。我被侦查员叫去接受调查,他问我怎样看待快车的这次事故。我回答说我认为马尔采夫没有错。

"他因为遭受近距离放电,遭受闪电的电击而丧失了视力。"我告诉侦查员,"他受了震伤,他的视觉神经受到了伤害……我不知道该怎么确切表达。"

"我理解您的意思,"侦查员说,"您说得很对……这一切都是可能的,但是不可信。马尔采夫自己都说他没有看到闪电。"

"可是我看到了,加油工也看到了……"

"这么说来,你们离闪电电击比马尔采夫更近,"侦查员推断说,"那么为什么你和加油工没有震伤,没有丧失视力,而马尔采夫的视觉神经受到了震伤,丧失了视力? 您有什么想法?"

我一时间无言以对,脑子在紧张思索。

"马尔采夫不可能看到闪电。"我说。

侦查员惊奇地听我说。

"他不可能看见闪电。他因为受到先于闪电光的电磁波的打击而立即成了瞎子。闪电的光是放电的结果,而不是闪电的原因。闪电发光的时候马尔采夫已经瞎了,而瞎子是不可能看到光的。"

"有意思,"侦查员说,"假如他现在还是个瞎子,那我就会中止这个案件。但是您知道现在他的视力跟咱们一样。"

"他能看见。"我证实说。

"他驾驶快车高速冲向货车车尾的时候,眼睛究竟瞎了没有?"

"瞎了。"我肯定地说。

侦查员仔细地看了看我。

"为什么他没有让您开车,或者至少吩咐您停车?"

"我不知道。"我说。

"您瞧,"侦查员说,"一个成年人有意识地驾驶一列快车,要把数百人送到死神手里,只是出于偶然才避免了一场灾难,可是事后又为自己辩护,说是因为眼睛瞎了。这是怎么回事?"

"他自己也可能会死的。"我说。

"有这个可能。不过我更加感兴趣的是几百人的生命,而不是一个人的生命。也许,他寻死自有原因。"

"没有。"我说。

侦查员对我不再感兴趣,他已经开始厌烦我这个傻瓜。

"您什么都知道,就是不知道要害。"他慢慢地寻思着说,"您可以走了。"

我离开侦查员到马尔采夫家。

"亚历山大·瓦西里耶维奇,"我对他说,"您眼睛看不见了为什么不叫我帮忙?"

"我看到了,"他回答说,"我为什么要你帮忙?"

"您看到了什么?"

"全看到了:线路、信号、草原上的麦子、蒸汽机的运转——我全看到了……"

我感到莫名其妙:

"您究竟是怎么回事？您开过了所有的警告信号，您直接冲向另外一列车的车尾……"

这位原来的一级司机伤心地沉思起来，自言自语似的轻轻回答我：

"我习惯于看见这世界，当时我以为自己看见了，其实我只是在自己的脑子里，在自己的想象中看到了。实际上当时我已经瞎了，可是自己还不知道……尽管听到了响墩，还是不相信；我还以为自己听错了。你拉响停车的汽笛朝我大喊的时候，我看到前方是绿色信号。"

现在我理解马尔采夫了，但是不知道为什么他没有把这一点告诉侦查员——就是他眼睛瞎了之后在自己的想象中还看到了这世界，并且相信这是真实情况。我问亚历山大·瓦西里耶维奇为什么不告诉侦查员。

"我跟他说了。"马尔采夫回答说。

"他说什么？"

"他说这是您的想象。说不定您现在还在想象什么情况，这我就不知道了。我需要的是弄清事实，他说，而不是弄清您的想象或者神经过敏。您的想象——不管是否存在——我无法检查，那是您脑子里的东西；这是您的一面之词，而差一点造成车毁人亡的事故才是您的行动。"

"他的话有道理。"我说。

"我自己也知道他说得有道理，"师傅表示同意，"不过我也有我的道理。现在怎么办？"

我不知道怎么回答他。

四

马尔采夫被关进了监狱。我还是当我的副司机,只不过跟另外一位老司机——他谨小慎微,在黄灯前一公里就刹车,到了黄灯转换成绿灯后他才重新开始慢腾腾地往前走。这不像干活的样子。我怀念马尔采夫。

冬天我到州首府看望了念大学的弟弟,他住在学校的宿舍里。交谈中他告诉我,他们大学的物理实验室有一种可以获得人工闪电的特斯拉装置。我头脑中突然出现了一个想法,但我一时还说不清楚。

回到家里,我仔细考虑了利用特斯拉装置的设想,断定自己的想法是正确的。我写了一封信给当初审理马尔采夫案件的侦查员,请求对狱中的马尔采夫进行一次经受电流袭击的试验。如果能够证明马尔采夫的心理或者视觉器官容易受到近距离突然放电的损害,那么马尔采夫这个案件就要重审。我告诉侦查员特斯拉装置在什么地方,应该怎样对人进行试验。

侦查员一直没有给我回信,可是后来通知我说州检察长同意在大学的物理实验室进行我建议的那个试验。

过了几天,侦查员发来传票叫我去。我到他那儿去的时候心情非常激动,坚信马尔采夫这个案件已经有了圆满的结局。

侦查员跟我打了招呼后一直不说话,慢慢地看一份文件,神情忧伤。我一下子泄气了。

"您害了您的朋友。"侦查员说。

"怎么回事？维持原判？"

"不。我们释放了马尔采夫。命令已经下达，说不定马尔采夫已经回家了。"

"谢谢您。"我站了起来。

"可是我们不会感谢您，您出了个馊主意：马尔采夫的眼睛又瞎了……"

我颓然跌坐到了椅子上，我心中冒起一股火，我只想喝水。

"没有事先通知马尔采夫，我们在黑暗中对他进行了特斯拉检验，"侦查员告诉我，"电源一打开就产生了闪电，雷声很响。马尔采夫平静地接受了检验，但是现在他又看不见世界了。通过客观的法医鉴定，这已经得到了证实。"

侦查员喝了口水，又补充了一句：

"现在他又只能在自己的想象中看见世界……您是他的同志，您要帮助他。"

"说不定他还会恢复视力的，"我还怀着一线希望，"就像那次差点撞车之后……"

侦查员想了想说：

"未必吧……那时候是第一次受伤，现在是第二次。伤口在老地方。"

侦查员急匆匆站起来，不安地在房间里来回走动。

"是我不好……为什么我接受了您的建议，还像傻瓜似的坚持要做试验！我冒险用人做试验，而他受不了这样的冒险。"

"您没有错，您也没有冒什么险。"我安慰侦查员，"哪一种情况更好，是自由的瞎子还是无罪关押的亮眼？"

"我不知道我必须通过让人遭受不幸的途径来证实他的清白。"

侦查员说,"这个代价太大了。"

"您别自责,侦查员同志……这里起作用的是人的内部因素,而您只是从外部找原因。但是您敢于认识自己的缺点,而且像一个高尚的人那样对待马尔采夫。我尊敬您。"

"我也尊敬您,"侦查员承认,"您知道吗,您可以做侦查员的副手……"

"谢谢,不过我有工作:我是快车副司机。"

我走了。我不是马尔采夫的朋友,他对我从来不在意,也不关心。但是我想使他免遭悲惨的命运,我憎恨那种偶然冷漠地毁灭人的不祥的力量;我感觉到了这股力量既神秘又难以捉摸的算计——它要加害的恰恰是马尔采夫,而不是我。我明白,自然界里不存在我们人类数学意义上的那种算计,但是我目睹了这样一些事实,它们证明存在着一些敌对的、危及人生命的情况,这些致命的力量毁灭的是那些出类拔萃的高尚的人物。我决定不投降,因为我觉得自己身上有一种自然界外部力量和我们命运中不可能存在的东西——我感到了自己身上有人的特点。我横下一条心,决定抗争到底,但是我自己还不知道究竟该怎么做。

五

第二年夏天,我通过了司机职称的考试,开始独立驾驶"CY"系列机车,开的是短途客车。我每次将机车和停在站台上的一节节车厢连接的时候,总能看到马尔采夫坐在小椅子上。他一只手搁在两腿中间的拐杖上,热情而敏感的脸上那双空洞的瞎眼望着机车方向,鼻子贪婪地闻着煤炭和润滑油的气味,耳朵仔细倾听着气泵有节奏的工作。我无法安慰他,于是我离开了,而他留在那儿。

夏天快过去了。我在机车上干活,经常能见到亚历山大·瓦西里耶维奇——不仅在车站的站台上,而且在街上看到他一边用拐杖探路,一边慢慢地走着。最近一段时间他明显瘦了老了。他吃穿倒是不愁——给了他一份养老金,他妻子还在工作,他们又没有孩子——但是不幸遭遇引起的忧愁却在折磨着亚历山大·瓦西里耶维奇,无法排遣的悲伤使他日益消瘦。有时候我跟他说说话,但是我发现他对日常琐事的话题毫无兴趣,对我亲切的安慰——瞎子也享有全部权利,同样是完整的人——感到讨厌。

"给我滚开!"听完我充满善意的安慰后,他这样说。

我也是个有血性的人,有一次他像往常一样要我滚开,我对他说:

"明天十点半我发车。要是你能安安稳稳坐在那儿,那我就带你上车。"

马尔采夫答应了:

"行。我会安静的。到时候让我手里拿点什么——握住操纵杆,但是我不会动的。"

"你不能动!"我说,"要是你敢动一动,我就往你手里塞一块炭,这辈子再也不带你上车了。"

瞎子没有吭声。他实在太想上机车了,所以在我面前表现得十分老实。

第二天我请他上车,我自己下去扶他离开油漆的长椅,登上机车。

我们出发了,我把自己驾驶员的位置让给了亚历山大·瓦西里耶维奇坐,把他的一只手搁在操纵杆上,另一只手搁在自动刹车上,再把自己的两只手放在他的手上面。我的两只手按规程操作,他的两只手也在工作。马尔采夫一边一声不响地坐在那儿听我指挥,一边在欣赏机器的运转、迎面的来风和手里的活。他全神贯注地工作,忘掉了失明的痛苦,消瘦的脸上洋溢着兴奋,对他来说,感受机器就是幸福。

回来的路上我们还是采用老办法:马尔采夫坐在驾驶员位置上,我弯着腰站在他身边,双手扶在他手上。马尔采夫已经完全适应了这样的工作方法,只要我轻轻按他的手,他就准确地感到了我的要求。为了能够工作并且证明自己的生命,这位从前技艺高超的司机尽量克服视力的缺陷并且用另外的方法感受世界。

在几个平稳的路段我完全放开了马尔采夫,从副驾驶的角度看着前方。

我们已经快驶抵托鲁别也夫了:我们这次平常的出车即将顺利结束,而且非常准时。但是经过最后一个转弯时黄灯亮起了。我没有提前减低速度,继续前进。马尔采夫平静地坐在那儿,左手搁在操纵杆上;我看着自己的师傅,内心怀着神秘的期待……

"关汽!"马尔采夫对我说。

我一直保持沉默,内心充满了激动。

只见马尔采夫从座位上站起来,把手伸向调节器,关掉了蒸汽。

"我看到了黄灯。"他说着把刹车杆往身边一拉。

"说不定这又是你的想象,以为看到了世界!"我对马尔采夫说。

他回头看了看我,哭了起来。我走到他跟前,吻了吻他。

"你把车开到底,亚历山大·瓦西里耶维奇,你现在能看到整个世界了!"

他不用我帮忙,独自把车开到了托鲁别也夫。下班后,我和马尔采夫一起到他家里,陪他坐了整整一夜。我怕留下他一个人,就像害怕留下亲生儿子一样,遭到我们这个美好而狂暴的世界那股突然出现的敌对势力的袭击。

弗　罗

他走了，要到很远的地方，要待很长时间，几乎不再回来了。快速列车开走了，在旷野里唱起了歌，向大家表示告别。送行的人们离开乘客站台重新回到固定的生活中。这时候一位搬运工拿着拖把过来清洗月台，就像给停泊的轮船清洗甲板一样。

"请让开，公民！"搬运工对两条孤独而丰满的腿说。

那女人走到墙边，走到邮箱旁边，看了邮箱上开箱取信的时刻表：经常开箱，可以每天写信。她伸手摸了摸铁皮做的信箱——信箱十分坚固，任何人倾注在信中的心灵决不会从这儿丢失。

火车站后面是一个新建的铁路工人居住的镇子；一幢幢房子的白墙上晃动着树叶的影子，夏日傍晚的阳光仿佛穿过透明的、没有空气的真空，清晰而忧伤地照耀着大自然和房舍。夜幕降临前夕，世界上的一切都过于明晰、耀眼和虚幻——因此世界好像不存在似的。

身处如此奇妙的世界，少妇惊讶得停下了脚步：二十年来她从没有见过这样空旷、这样明亮、这样寂静的空间,她觉得自己体内的那颗心也因为空气的轻薄和想自己的心上人回来的希望而变得衰弱了。她在理发馆的窗户中看到了自己的形象:模样粗俗,头发蓬松,还打了几个皱褶(十九世纪曾经流行过这样的发式),一双深邃的灰眼睛流露出紧张得仿佛故意装出来的柔情——她习惯了爱那个远行的人,她也希望他经常地、不断地爱她,盼望着在她的体内,在那平凡而寂寞的心灵中诞生第二个可爱的生命。但是她自己却无法像她希望的那样强烈而持续不断地去爱。有时候她感到疲惫,于是伤心落泪,怨怪自己的心没法不知疲倦。

她家是一套三居室的住房。她父亲,单身的火车司机,住一个房间,她和丈夫住另外两个房间。现在丈夫到远东去工作了,去调试神秘的电器设备,让这些设备发挥作用。他一直在钻研各种机械的秘密,他想用机械改造整个世界,为人类造福,也许还有别的目的:当妻子的不太清楚。

父亲年纪大了,很少出车。他是后备机械师,有人生病了他就顶上,机车修理好了他就去试车,或者开短途轻型列车。一年前要他退休。老人不知道退休是什么滋味,也就同意了,可是刚过了自由自在的四天,第五天就到扬旗后面属于铁路专用区的那个山岗上,坐在那里泪眼模糊地注视着那些吃力地拖着一节节车厢的机车,一直坐到天黑。从此以后,他天天到那个山岗上去看火车,在同情和想象中度过光阴,傍晚的时候拖着疲惫的身子回到家里,好像出了一趟长途车。回家后他就洗手,唉声叹气地说9000号坡道上一节车厢的刹车块掉了或者发生了别的什么故障,然后不好意思地向女儿要凡士林涂抹似乎是因为扳动很紧的调节器而感到酸疼的左手掌。吃晚饭的时候还唠唠叨叨的,过一会儿就舒舒服服地睡了。

第二天早晨,退休机械师又到铁路专用地段,在观察、落泪、幻想、同情和一个人的战斗中度过又一天。如果从他的角度看到行进中的机车有什么毛病或者司机没有按照规章操作,那么他就从自己的制高点上大声指责并发出指示:"水加得太多了!打开龙头,混蛋!放气!""快爬坡了,不要浪费沙子!干吗乱撒呀?""拧紧法兰,别浪费蒸气:你管的是火车还是浴室?"如果发现列车编组不合理,空车厢安排在列车头部或中间,遇到急刹车时可能被挤出去,这位自由的司机就在山岗上挥动拳头骂车尾的乘务员。每当由机动司机驾驶的火车经过,而开车的恰恰是他原来的助手维尼阿明,他总会发现机车明显的毛病——他在的时候就没有这种情况——并且建议司机对马虎的副司机采取措施。"维尼阿明这浑小子,该狠狠地教训他!"老司机从山岗上吼道。

阴天的时候,他就随身带上一把雨伞,午饭是他的独生女儿给他送到山岗上的,因为看到父亲晚上回家的时候又饿又累,或由于浑身的劳动热情没有发挥而怒气冲冲的模样,她心疼他。可是前几天,老司机照例在山岗上又喊又骂的时候,机务段的党组长比斯古诺夫同志来到他身边;党组长拉着他的手,把他带到了机务段。机务段办公室的工作人员重新给老人登记,让他继续开车。老人爬上停在那里的一个没有生火的车头的驾驶室,在锅炉边坐下,伸出一只手抱住机车的锅炉,仿佛抱的是如今他重新归队的全体劳动人民的肚皮。他由于过度的幸福而打起了瞌睡。

"弗罗霞!"父亲对女儿说,女儿送丈夫到外地,刚从车站回来。"弗罗霞,给我从炉子里取点吃的,夜里可能让我出车……"

他每时每刻都期待着叫他出车,可是很少让他出车——三四天一趟,跑的都是临时的轻载的路线,或者别的不太难的需要。但父亲还是担心上班去的时候饿着肚子,缺乏准备,精神不振,因此始终注意自己的身体,保持充沛的精力和正常的消化,他认为自己是主要的骨干。

"机械师公民!"老人有时候这样称呼自己,既表示尊敬,又点明自己的身份,然后用意味深长的沉默作为回答,仿佛在倾听远方的欢呼声。

弗罗霞从烤炉中取出砂锅给父亲吃。夕阳照进屋里,一直照到弗罗霞身上,温暖着她的心脏,加速血液流动,促进生命的感觉。她回到自己的房间里。她桌子上放着丈夫孩提时的照片;长大后他一次也没有照过相,因为他对自己不感兴趣,也不相信自己的脸有什么作用。泛黄的照片上,那个小男孩站着,长着婴儿般的大脑袋,穿一件寒碜的衬衫和一条廉价的裤子,光着脚;他身后长着几棵奇妙的树,远处是一个喷泉和一座宫殿。男孩注视着陌生的世界,没有发现身后摄影师布景上那美好的生活。美好的生活就在这个有着一张生动而腼腆的大脸庞,手里拿着一根替代玩具的草,两只信任的光脚丫子踩着大地的男孩身上。

夜晚已经降临。新村里负责放牧的人已经把奶牛从草原上赶了回来。那些牛哞哞叫着,请求主人把它们领回去休息。女人们,那些家庭妇女,分别带它们回自己的家,漫长的白天渐渐过渡到黑夜;弗罗霞坐在暮色中,陶醉在对离家丈夫的爱和惦念中。窗外长着几棵直插幸福天空的松树,几只小鸟的微弱声音在唱着最后几首睡意蒙眬的歌,守卫黑暗的螽斯在发出温柔而祥和的声音——告诉大家一切太平,它们没有睡觉,看得清清楚楚。

父亲问弗罗霞去不去俱乐部:那儿今天演新戏、斗花,还有乘务员中那些文娱积极分子的演出。

"不去，"弗罗霞说，"我不去。我要想丈夫。"

"想菲契卡？"机械师说，"他会回来的：年把工夫他就回来了……你就想吧，不想还不行呢！从前我离家只有一两天，你死去的母亲还牵肠挂肚的：小市民么！"

"我可不是小市民，不过还是惦念着他！"弗罗霞感到惊讶。"不，说不定我也是小市民……"

父亲安慰她：

"你算什么小市民！……现在小市民没有了，他们早就死了。你离小市民还远着呢，你还要学习：他们都是些好人……"

"爸爸，你到自己屋里去，"弗罗霞说，"我一会儿给你做饭吃，现在我想一个人待会儿……"

"一会儿是该吃饭了！"父亲表示同意，"没准机务段会派人来叫我：可能有人生病了，或者喝醉了，或者跟老婆吵架了——什么情况都会有的。到时候我就必须立刻赶到：铁路绝对不能停！……咳，你的菲契卡坐的快车现在正飞奔着呢——一路绿灯，四十公里前的路就已经给腾出来了，机械师可以看得很远，给他照明的是电——一切都符合要求！……"

老人磨磨蹭蹭的不急着离开，嘴里还在继续嘟囔：火车不占据他身心的时候他喜欢跟女儿或者别的人待在一起。

"爸爸，快去吃晚饭！"女儿给父亲下命令；她想听霭斯的歌声，看窗外的松树，想自己的丈夫。

"你啊，真糊涂！"父亲轻声说着就离开了。

弗罗霞让父亲吃饱喝足后就走出了家门。俱乐部里热闹非凡。那儿正在演奏音乐，接着可以听到乘务员文娱积极分子的大合唱："'罗汉松啊，美丽的罗汉松！罗汉松上结满了罗汉松果！……'

'嘟——嘟——嘟——'——那是火车,'哇——哇——哇——'——那是飞机,'啪——啪——啪——'——那是破冰船……跟咱们一起弯腰吧,跟咱们一起挺身吧,张嘴说一声'嘟——嘟''哇——哇',让每一口棺材都动起来,多一些雕塑,多一些文化,生产——咱们的目标!……"

俱乐部里的观众随着积极分子的节拍在摇晃,在小声地自言自语,为了快活也在经受折磨。

弗罗霞从旁边走了过去。再往前已经是一片空地,是主干道两旁防护林的起点。从远处,从东方驶来一列快车,机车完全关掉了蒸汽,火车靠奋斗占领空间,用耀眼的聚光灯照亮前方。这列火车曾经在某个地方遇到过那列驶往远东的特快列车,而这些车厢遇到那列特快列车是在弗罗霞跟丈夫告别之后,因此她现在正专心致志地打量着这趟曾经与她丈夫擦肩而过的快车。她回头向车站走去,可是还没有走到,快车停留了一会儿就开走了;最后一节车厢消失在黑暗中,忘掉了所有迎面碰到和擦身而过的人。在月台上和车站里面,弗罗霞没有看到一个不认识的新人——没有一个乘客从快车上下来,因此无法向谁打听遇见的那辆特快列车和她丈夫的消息。也许有人见过他,多少知道点情况!

但是车站里只有两个老太婆坐在那儿等待夜间短途列车,白天那个扫地的男人又到她脚下清扫垃圾。人家想站在那儿思考的时候他们老是要打扫卫生,他们谁也不喜欢。

弗罗霞挪动脚稍稍离开那个在打扫的男人,可是他又靠近到了她身边。

"请问,"她问他,"2次特快平安无事吧?是白天从我们这儿发的车……站里没有收到它的什么消息吗?……"

"列车进了站才能到站台上。"清洁工说,"现在没有车进站,回站里去吧,公民……各种各样的公众老是待在这儿——他们要是回到家里躺在床上看报该多舒服。可他们偏不干,非要来弄得满地都是垃圾……"

弗罗霞沿着铁路,沿着道岔朝车站的另一个方向走去。那儿有一个很大的货运机车库、加煤场、几个煤渣堆和一排机车。高高的路灯照亮了飘荡在空中的一团团蒸气和烟雾:有些机车在使劲加汽准备出发,有些在放汽冷却。

四个女人扛着铁锹走过弗罗霞身边,她们后面跟着一个男人,调度员或者队长。

"你在这儿丢了谁啊,美人儿?"他问弗罗霞,"丢了就找不着了,人走了就不回来了……还是跟我们一起去协助运输吧!"

弗罗霞想了想。

"给我一把铁锹!"她说。

"我这把你拿去吧,"队长说着,给了她工具。"娘们!"他对其他几个女人说,"你们到三号坑,我到一号坑……"

他把弗罗霞带到机车倾卸炉渣的一个渣坑边,吩咐她干活,而自己却离开了。渣坑里已经有两个女人在干活,她们把滚烫的炉渣往外扔。弗罗霞下去跟她们一起干了起来,她感到满意的是身边有不认识的朋友。煤渣和煤气使人呼吸困难,往上扔煤渣原来是一件乏味而不顺手的事,因为这坑又窄又热。可是弗罗霞的心里却好过了些:她在这里可以散散心,可以跟另外几位女伴待在一起,可以看到被星星和电灯照亮的巨大而自由的夜晚。爱在她心里平静地睡着了,特快列车离得很远了,她的心上人在西伯利亚腹地,在硬铺车厢的上铺睡着了。但愿他睡得香,什么也不想!但愿司机看得远,不发生事故！

过了一会儿，弗罗霞和另一个女人爬出了渣坑。现在要把抛上来的煤渣装到站台上。往站台外扔煤渣的时候，两个女人往往会彼此看一眼，还时不时聊上几句，以便歇一会儿，喘口气。

弗罗霞的这位女伴三十岁上下。不知道为什么她觉得冷，经常拉扯身上单薄的衣服，或者是因为舍不得这衣服。她今天才从监狱里出来，她因为坏人诬告而在那儿坐了四天牢。她丈夫是个守夜人，整个晚上都拿着一支别旦步枪在合作社周围巡逻，每个月领六十卢布的工资。她坐牢的那几天，守夜人为她伤心落泪，去求领导放了她，而她被捕前跟情人同居，那人不小心把自己的诈骗行为告诉了她（也许是因为厌倦或是恐惧），后来大概是害怕了，就想害死她，免得留下证人。不过，如今他自己被抓起来了，他是罪有应得，而她跟自己的丈夫将自由自在地生活：有活干，可以买到粮食，两人也能一起挣了钱去买衣服。

弗罗霞告诉她，自己也有痛苦：丈夫出远门了。

"出远门又不是死了，总会回来的！"弗罗霞工作中的女伴这样安慰她，"我坐牢的那几天伤心极了。以前没有坐过牢，不习惯，要是在牢里待过，那就不会太痛苦了。我以前一直是个奉公守法的人，政权从来没有碰过我……我从那儿出来后回到家里，我丈夫高兴得哭了，可是又不敢拥抱我；他以为我这名罪犯要摆架子了。而我还是老样子，是个容易接近的人……晚上他该去值班，我们俩舍不得分离。他扛起别旦枪——咱们一起走，他说，我买果汁给你喝，我还有十二个戈比，可以买一杯，咱们一人喝半杯。可我当时心里烦，说什么也听不进去。我叫他一个人去小卖部，独自喝一杯果汁，等将来我们积攒了钱，我坐牢的烦恼过了之后，咱们俩再一起到小卖部喝他个一人一瓶……我这样跟他说了,自己就到这儿来干活了。我想没准可以拣拣煤渣,换换铁轨,或者有别的活。尽管是晚上了,可活儿总是要干的。我想,跟大伙儿待一会儿,心里就会舒坦些,重新恢复平静。说真的,刚才跟你聊了一会儿,就像碰到了表姐妹……好了,咱们把站台上的活儿干完吧:办事处会付给咱们钱,明儿早上我就去买面包……弗罗霞!"她朝煤渣坑里喊道:那儿还有一个弗罗霞,跟上面的弗罗霞同名。"你那儿的活还多吗?"

"不多了。"下面的弗罗霞回答,"只剩下一丁点儿了。"

"上来!"守夜人的妻子吩咐她,"咱们赶快把活干完,一起去领工资。"

调度员走了过来。

"怎么样,娘们? 活干完了?……好啊! 你们去办公室吧,我一会儿就来。你们领了钱可以去俱乐部跳舞,也可以回家喂孩子! 你们的事情多得很!"

在办事处,女人们签了名:叶夫罗西尼娅·叶夫斯塔菲耶娃、娜塔丽娅·布科娃和另一个叶夫罗西尼娅,她摘掉了文盲的帽子后又重新成了文盲,所以她的签名看上去像"夏娃",后面还加了镰刀和榔头这样的符号。她们每人领了三卢布二十戈比的钱就各自回家了。弗罗霞·叶夫斯塔菲耶娃和守夜人的妻子娜塔丽娅一起走。弗罗霞请新女伴到自己家里洗把脸,把身上收拾收拾干净。

父亲睡在厨房里的那个大箱子上,没有脱衣服,甚至还穿着厚厚的冬衣,戴着带路徽的帽子:他生怕突然叫他去出车,或者发生什么全面的技术故障,那时候他必须立即出现在事故的中心。

两个女人悄悄地收拾了一下,洒了点香水,脸带微笑地走了出去。现在时间不早了,俱乐部里大约已经开始跳舞和玩传花游戏了。此时弗罗霞的丈夫在远方的硬铺车厢里睡觉,他的心什么也感觉不到,不记得她,也不爱她。她在这世界上简直孤苦伶仃,既没有幸福也没有烦恼;她很想跳一会儿舞,听一会儿音乐,跟别人拉拉手。等到早晨,他在那儿独自一人醒过来马上想起她,她也许会哭的。

两个女人一路小跑到了俱乐部。当地的一班火车刚开走:已经是半夜了,但还不算太晚。俱乐部里由职工组成的爵士乐队正在演奏。弗罗霞·叶夫斯塔菲耶娃立即被一位副驾驶员邀请去跳一曲《里奥丽塔》华尔兹舞。

弗罗霞开始跳舞,脸上带着愉快的表情;她喜欢音乐,她觉得悲伤和幸福在音乐中难分难解,就像在真实的生活中一样,就像在她自己的心灵中一样。跳舞的时候她几乎忘却了自己,好像在做一个奇妙的梦,她的身体会轻松自如地找到需要的动作,因为弗罗霞的血液被乐曲声温暖了。

"传花游戏已经结束了?"她气喘吁吁地轻声问舞伴。

"刚结束。为什么您迟到了?"副驾驶话中有话,好像他一直爱着弗罗霞,一直想着她。

"啊,太可惜了!"弗罗霞说。

"您喜欢这里吗?"对方问。

"当然喜欢,"弗罗霞回答说,"这里太美好了!"

娜塔莎·布科娃不会跳舞,她站在大厅的墙边,手里拿着晚上刚结识的女伴的帽子。

乐队中间休息的时候,弗罗霞和娜塔莎喝甜汽水,总共喝掉了两瓶。娜塔莎只来过这个俱乐部一次,那还是很久以前的事。她怀着欣喜的心情仔细打量着这个清洁和装饰得十分漂亮的大厅。

"弗罗霞,弗罗霞!"她轻声说,"你说到了社会主义所有的屋子都这么漂亮吗?"

"你说会怎么样?当然都是这样漂亮!"弗罗霞说,"说不定还要更加漂亮呢!"

"这就好!"娜塔丽娅·布科娃赞同说。

休息过后弗罗霞又去跳舞。这次邀请她的是机车调度员。乐队演奏的是狐步舞《我的宝贝》。调度员紧紧地搂住舞伴,尽量将自己的脸颊贴近弗罗霞的头发,但是弗罗霞没有被这种隐蔽的温存所感动,她爱的是远方的那个人,她那可怜的肉体已经紧紧关闭起来,失去了感知的能力。

"您叫什么名字?"舞伴跳到一半时凑到她耳朵旁问,"挺脸熟的,就是不知道您父亲是谁。"

"弗罗!"弗罗霞回答。

"弗罗?……您不是俄罗斯人?"

"当然不是!"

调度员在想:

"为什么不是俄罗斯人?……您父亲是俄罗斯人:叶夫斯塔菲耶夫!"

"这没有关系。"弗罗霞说,"我就叫弗罗!"

他们谁也不再说话,继续跳舞。大家站在墙边看跳舞。而跳舞的总共才三对,其余的不是怕难为情就是不会跳。弗罗霞把脑袋靠到调度员的胸前,她一头蓬松的梳着老式发型的头发就在他眼皮底下,这样一种信任的态度令他感到亲切和愉快。他在众人面前感到自豪。他甚至想小心地抚摸一下她的脑袋,但是又怕传出去不好听。另外,他那已经敲定的未婚妻也在场,她可能因为他和弗罗霞亲近而给她造成伤害。调度员为了礼貌起见身体稍稍后仰,避免和弗罗霞贴得过近,但是弗罗霞重新靠在他胸前,靠在他的领带上。领带在她脑袋的重量下歪到一边,衬衫露出了一条口子,可以看到裸露的胸脯。调度员怀着不安和尴尬的心情继续跳舞,盼望音乐快点结束。乐曲声愈来愈激越有力,弗罗霞搂住舞伴不放。他突然发觉自己领带下面裸露的胸脯上有几滴痒痒的泪水在流淌——就在长着胸毛的那个部位。

"您在哭?"调度员吓坏了。

"有点儿,"弗罗轻轻地说,"请您把我带到门口。我不想跳舞了。"

舞伴一边继续保持舞姿,一边把她带到门口。她立即走到人少的走廊里擦掉了眼泪。

娜塔莎把帽子递给女伴。弗罗霞往家走,而娜塔莎到她丈夫看守的合作社仓库去。仓库旁边是个堆放建筑材料的院子,看院子的是个漂亮的女人。娜塔莎想检查一下自己的丈夫对那个女人有没有爱情和好感。

第二天早晨,弗罗霞收到了一份发自乌拉尔以东的一个西伯利亚车站的电报。她丈夫给她写道:"亲爱的弗罗,我爱你,做梦也想你。"

父亲不在家里。他到机务段去了:在红角①里坐一会儿,说说话,看一会儿《汽笛报》,打听一下昨天夜间机务段里有没有什么情况,然后到小卖部跟朋友喝杯啤酒,简单地聊聊内心的感受。

---

① 俄罗斯人的住房,尤其是农舍的一角,主要摆放圣像、桌子和长凳。也译作"上座""正座"。革命后指公共场所摆放报刊等宣传材料的地方。

　　弗罗霞没有刷牙;她往脸上泼了点水,马马虎虎擦了几下,再也不去注意自己外表的美丽。她不想把时间用在爱情之外的其他事情上,现在她没有心思梳妆打扮。弗罗霞房间的天花板上方,一直有人在三楼吹口琴;过了一会儿音乐停了,可是没多久又重新响了起来。弗罗霞今天天不亮就醒了,后来她又睡着了,当时她就听到了头顶上这简单的乐曲声,这声音就像田野中一只工作的灰鸟在歌唱,它的声音有气无力,因为它把力气全花在劳动上了。楼上住的是个小孩,机务段钳工的儿子。他父亲大约上班去了,母亲在洗衣服,所以他觉得无聊。弗罗霞没有吃早饭就去上课了——她上的是铁路通信和信号培训班。

　　叶夫罗西尼娅·叶夫斯塔菲耶娃已经四天没有去上课了,她的那些同学没准已经想念她了,可是她现在不愿见她们。在许多事情上同学们都让着弗罗霞,因为她学习能力强,对技术课理解深刻;可是她自己却不太清楚为什么有这样的本领——她在很多方面都模仿丈夫,而丈夫念完了两所技术学院,对机械的各种功能的感受简直就像感受自己的身体一样。

　　开始的时候弗罗霞学习不好。线圈、继电器和计算铁丝的电阻这些东西无法吸引她的心。可是有一天,从她丈夫嘴里说出了这几个词儿,不仅如此,他还用通俗易懂的方式把这些神秘的,对她来说没有生命的、枯燥乏味的、黑乎乎的机械和变幻莫测的数字讲活了。弗罗霞的丈夫感受电压的强度如同感受自己的欲望一样。凡是他的双手接触到的或他想到的东西,他都能赋予它们生命,因此他可以知道任何机械装置的力的流动的真实情况,并且直接感觉到金属体痛苦而耐心的阻力。

　　从此以后,线圈、电桥、接触器、光强度单位这些东西对于弗罗霞来说成了神圣之物,仿佛是她心上人身上有灵性的组成部分。她开始理解它们并且像珍藏在心灵里一样保存在脑子里。遇到困难的时候,弗罗霞一回到家里就伤心地说:"菲奥德尔,那些微法拉和离散电流烦死我了!"与妻子分别了一天的菲奥德尔搂着她,一时间自己也变成了微法拉和离散电流。弗罗霞几乎用肉眼看到了那些从前想理解却又无法理解的东西。这些东西如同田野里各种各样的草,非常普通,非常自然,富有吸引力。夜里,弗罗霞经常怨自己是个女人,无法感受自己就是微法拉、电流和机车,而菲奥德尔却能做到——因此她轻轻地用手指在他热乎乎的背上划来划去;他睡得很死,不会醒过来。不知为什么,他这人真怪,浑身上下始终是热乎乎的,周围再闹他也能睡;吃好吃坏都一样,从来不生病,喜欢花钱买小玩意儿,打算到建立了苏维埃的中国南方去,当一名战士……

叶夫斯塔菲耶娃在训练班上课的时候思想老是开小差,老师讲的内容一点儿也听不进去。她垂头丧气地把黑板上的电流谐振矢量图画在练习本上,心不在焉地听老师讲铁的饱和状态对高谐振的影响。菲奥德尔不在身边,通信和信号不再吸引她,电也变得格格不入了。布宾线圈、微法拉、惠斯通电桥、铁心,这些东西在她心中已经干枯了,至于电流的高谐振,她一点儿也搞不明白:她脑海中始终回荡着那把幼儿用的口琴吹出的单调的歌声:"母亲在洗衣服,父亲在上班,很晚才回家,我一个人很寂寞,很寂寞。"

弗罗霞的注意力根本不是用在听课上,她把自己的思想记载在笔记本上:"我真笨,我是个可怜的女孩。菲佳,你快回来吧。你回来了我就能学会通信和信号,不然我要死了,你把我埋葬了就立即去中国。"

她回到家里发现父亲衣着整齐地坐在那儿。今天肯定会叫他去出车,他这样认为。

"回来啦?"他问女儿。有人到他家里来他就高兴。他仔细倾听楼梯上的所有脚步声,仿佛一直在等待贵客给他带来缝在帽子里的幸福。

"要不要给你热一热黄油粥?"父亲问,"我这就去。"

女儿说不用了。

"那我去炸点香肠!"

"不要!"弗罗霞说。

父亲沉默了一会儿,接着又问,不过口气有点犹豫:

"没准喝杯茶,吃点烤面包? 我一会儿就煮好……"

女儿没有作声。

"还是吃点通心粉吧。我给你留的,没有动过……"

"别烦了!"弗罗霞说,"真该让你到远东去出差。"

"我要求了几次,可是他们不要我,说是年纪大了,眼睛不好使了。"父亲解释道。

他知道孩子是我们的敌人,因此他不生敌人的气。不过他还是担心弗罗霞会立即回到自己的房间,他希望女儿跟他待一会儿,说说话,老人在寻找把弗罗霞留在自己身边的借口。

"今天你怎么没有涂口红?"他问,"是不是口红用完了? 那我这就去给你买,我到药房跑一趟……"

弗罗霞灰色的眼睛里滚出了泪珠,她回到了自己的房间里。父亲一个人留在那儿。他开始整理厨房,干家务活,然后蹲下来打开了烤箱的门,把脑袋伸进去,面对着一锅通心粉哭了起来。

有人敲门。弗罗霞没有出来开门。老人把脑袋从烤箱里缩回来,挂在那儿的抹布全是脏的——他用笤帚刷了刷脸,走过去开门。

来人是机务段的派工员。

"请你签名,涅菲德·斯捷潘诺维奇:今天八点你必须到机库把冷机车送去大修。挂靠310次混合车,带上吃的和衣服,没有一个星期还回不来……"

涅菲德·斯捷潘诺维奇在登记簿上签了名,派工员走了。老人打开了自己的铁箱,那儿还放着昨天的面包、葱和一块糖。机械师又往箱子里添了八分之一公斤的黍米和两只苹果,想了想,就用一把大挂锁锁上了行李箱。

接着他小心翼翼地敲了敲弗罗霞的房门。

"闺女!……我走了你把门关上,我出差去了——过两个星期回来……让我开的是'Щ'型机车。是冷车,不过没关系。"

父亲走了,弗罗霞没有立即出来,过了一会儿才关上大门。

"你吹啊!你怎么不吹了?"弗罗霞对着天花板自言自语,楼上住着那个吹口琴的小男孩。那个小男孩大约出去玩了——现在正是夏天,白天很长,傍晚时候风在懒洋洋、怡然自得的松树林里渐渐静下来。这位音乐家还小,他还没有为了永恒的爱而从这大千世界中选择某种唯一的东西,他的心还在无忧无虑地自由跳动,并没有为了自己而从生活的幸福中间攫取任何东西。

弗罗霞打开窗户,躺在大床上迷迷糊糊睡着了。只听见松树的树干由于上层的气流而发出轻轻的吱嘎声,远处的一只螽斯不等天黑就开始在那儿鸣叫。

弗罗霞醒了:天还亮着,必须起来生活。她出神地望着天空,天空中饱含着暖人的热量,布满了正在渐渐消失的太阳留下的生动的痕迹,仿佛那儿就保存着大自然用自己所有纯洁的力量制造的幸福,以便让幸福从外面进到人身上。

在两个枕头之间,弗罗霞发现了一根短短的头发,肯定是菲奥德尔的头发。她对着亮光仔细打量这根头发,这是根白头发:菲奥德尔已经过了二十八岁了,他已经有了白头发,二十来根。父亲头发也白了,可是他从来没有靠近过他们的床。弗罗霞闻了闻菲奥德尔睡的枕头,枕头上还散发着他身体的气息,他脑袋的气息,丈夫的脑袋最后一次离开枕头后她还没有洗过枕套。弗罗霞把脸深深埋进菲奥德尔的枕头里,心情开始平静下来。

三楼的那个小男孩回来了,他开始吹口琴——还是今天一大早吹的那支曲子。弗罗霞起来把丈夫的那根头发藏到自己桌子上的一个空盒子里。小男孩不再吹口琴:他要睡觉了,因为他起得很早——或者他正坐在下班回来的父亲腿上做功课。他母亲在用钳子把糖块夹碎,她说该买内衣了,旧的已经穿坏了,洗的时候会裂开来。父亲不说话,他在想:凑合着穿吧。

整整一个晚上,弗罗霞都在车站的几条路上走来走去,一会儿走到附近的树林里,一会儿又走到长满麦子的田野里。她到昨天干活的那个煤渣坑旁边待了一会儿,——那儿又卸满了煤渣,可是没有人在干活。娜塔莎·布科娃不知道住在哪里,昨天弗罗霞没有问她:她不想去找朋友和熟人,在所有人面前她觉得有点难为情——她不可能跟女伴们谈自己的爱情,而其余的生活对她来说已经变得非常无聊,非常枯燥。她走过娜塔莎丈夫独自一人拿着别旦枪守护的合作社仓库。弗罗霞想给他几个卢布,让他明天跟妻子买果汁喝,但是又不好意思给。

"请您走开,公民! 这里不能停留:这里是仓库,是公家的地方。"守夜人对弗罗霞说,当时她正停下来在上衣的口袋里摸索着找钱。

仓库后面是一大片荒芜的空地,上面稀稀拉拉长着一些粗糙的野草。弗罗霞走到那儿站了一会儿。置身于这个距离星星似乎只有一两公里的野草的小天地里,她心里感到十分难受。

"唉,弗罗霞啊弗罗霞,要是有人搂着你该有多好啊!"她自言自语地说。

弗罗霞一回到家里立即就躺下睡觉了,因为楼上吹口琴的那个男孩子早就睡了,蚕斯也不再歌唱了。但是有什么东西妨碍她入睡。弗罗霞在黑暗中朝四处打量了一下,又用鼻子使劲闻了闻:原来是菲奥德尔睡的那个枕头让她无法入睡。枕头上依然在散发出那股淡淡的、熟悉而温暖的身体气息。弗罗霞被这股身体的气息搅得心神不安。她用床单把菲奥德尔的枕头包起来,藏进柜子里,然后才像孤儿似的一个人睡着了。

弗罗霞再也没有到通信和信号培训班去上课——反正她现在什么课也听不进去了。她待在家里等菲奥德尔的信或者电报,生怕家里没有人,邮递员把信件重新带回去。但是四天过去了,六天过去了,除了第一封电报外,菲奥德尔再也没有捎来任何消息。

父亲送走了冷机车,出差回来了。他出了一趟差,干了几天活,见到了许多人,到了几个远方的车站,碰到了各种各样的事情,因此而感到幸福。现在这够他回忆、思考和讲一阵子了。不过弗罗霞什么也没有问他。于是父亲主动跟她讲起怎样驾驶那个冷车头,怎样为了提防沿途几个车站的钳工卸下车头的零件而彻夜不眠,哪里有便宜的野果卖,哪里的野果被春寒冻死了。弗罗霞一句话也不搭理,即使涅菲德·斯捷潘诺维奇跟她说起斯维尔德洛夫斯克的马尔基塞细布和人造丝绸的时候,女儿对他的话也不感兴趣。"她简直是个法西斯!"父亲想道,"我怎么养了这样一个女儿? 真不明白!"

无论是菲奥德尔的信还是电报,弗罗霞都没有等到,于是她到邮电所当了一名送信员。她认为信件肯定经常遗失,因此决定亲自把信件一封不拉地送到收信人手里。她希望在别的送信人之前收到信件,信件到她手里就不会遗失了。她到邮政所上班往往比其他投递员早——楼上的那个小男孩还没有开始吹口琴——她还自愿参加分拣信件。她仔细检查所有寄往新村的信件的地址——菲奥德尔一封信也不给她写。所有的信封上都写着别人的姓名,里面都是些无聊的内容。不过弗罗霞还是认认真真地一天两次把信分送到人家家里,希望能给当地居民带来安慰。晨曦初露的时候她就步履匆匆地走在街上,胸前挂着个沉重的邮袋,就像挺着大肚子的孕妇,一家家敲门,把一封封信和邮件交给那些穿短裤的男人、祖胸露肩的女人和比大人起得早的小孩。周围的天空还呈深蓝色,而弗罗霞已经在工作了,她急于让两条腿劳累,使那颗不安的心疲倦。许多收件人对她的生活本质感兴趣,收到邮件的时候往往向她提出种种日常生活的问题:"您一个月的工资才九十二卢布?""是的,还要扣掉一些。"弗罗霞回答。"来了例假您也这样辛苦地来回跑,兴许会给您减轻工作?""会减轻的,"弗罗霞回答说,"还发月经带,不过还没有发给我。""会发给您的,这可是规定。"收信人向她保证。有一个订阅《红色处女地》杂志的男人提议弗罗霞嫁给他——做个试验,看看会有什么样的结果,也许将来会幸福的,而幸福是有好处的。"您是什么态度?"订户问道。"让我考虑考虑。"弗罗霞回答说。"您就别考虑啦!"订户劝她说,"您到我这儿来做客,先感受一下我这个人:我性格温柔,知书达理,教养有素——您自己可以看到,我订阅的是什么样的杂志!这本杂志是由编辑委员会编辑出版的,那儿都是些聪明人——您看——那儿也不是一个光杆司令,咱们也会成两个人！这样才可靠,再说您结了婚就更有权威了！……姑娘就好比是单干户,反社会分子!"

弗罗霞拿着信或者包裹站在人家门口的时候,认识了好多人。他们甚至想用酒菜招待她,向她抱怨自己目前的命运。生活在哪儿都没有留下空白和宁静。

菲奥德尔临走时答应弗罗霞,到了那儿就立即告诉她工作单位的地址,当时他自己都不知道将在哪里工作。可是他走了已经十四天了,一点儿消息都没有,她没法写信。弗罗霞忍受着离别的痛苦,为了让与此无关的工作去占据心灵,排遣心灵的失望,她送信的速度越来越快,呼吸的频率越来越高。但是有一天她情不自禁地在路中央大叫大喊起来——那是送第二班邮件的时候。弗罗霞自己都没有发现,呼吸突然在她胸中憋住,心往下一沉,放开嗓子像唱歌那样大喊大叫起来。过路的行人都看到了她的这个举动。弗罗霞回过神来,立刻背起邮袋朝田野里逃去,因为她难以忍受那渐渐消失的空洞的呼吸;在田野里她趴在地上高喊,一直喊到心情平静才停止。

弗罗霞坐起来整理了一下身上的衣服,脸上露出了笑容;现在她又感到舒服了,不用再喊叫了。送完信弗罗霞顺道到了电报所,她在那儿收到一封菲奥德尔拍来的电报,告诉她地址并吻她。她回到家里饭也不吃,立即给丈夫写信。她没有发现窗外白天已经结束,没有听到楼上那小男孩临睡前吹口琴的声音。父亲敲了敲门,给女儿端来一杯茶和一个涂了黄油的面包,打开电灯,以免弗罗霞在黑暗中损坏眼睛。

夜里,涅菲德·斯捷潘诺维奇在厨房里的那只箱子上迷迷糊糊打起了瞌睡。已经整整六天没有来叫他到机务段了,他琢磨今天晚上肯定会来叫他出车,一直在等待着派工员上楼梯的脚步声。

半夜一点,弗罗霞手里拿着一张折叠好的纸走进了厨房。

"爸爸!"

"你怎么啦,闺女?"老人睡得十分惊醒。

"你把这电报送到邮局,我累了。"

"我走了派工员突然来叫我怎么办?"父亲非常担心。

"让他等一会儿。"弗罗霞说,"你去的时间又不长……只是你别看电报,交到窗口里就行了。"

"我不会看的。"老人答应道,"你不是还写了封信吗,你给我,我一起送去。"

"我写信的事你别管……你有钱吗?"

父亲有钱,他拿了电报就走了。老人在邮电所看了电报的内容:女儿会不会写些不该写的东西,得看一看。

电报是拍往远东给菲奥德尔的:"请乘第一班火车速回你妻子我女儿弗罗霞快死了呼吸道感染父涅菲德·斯捷潘诺维奇。"

"这是他们年轻人的事情!"涅菲德·斯捷潘诺维奇心里想,把电报交到收件窗口。

"我今天还见到弗罗霞呢!"邮电所的女服务员说,"难道她病了?"

"没准是病了。"老司机解释说。

第二天早晨弗罗霞吩咐父亲再到邮局跑一趟——给她送一份因病自动离职的报告。老人又去了,反正他自己也很想到机务段。

弗罗霞开始缝补衣服和袜子,拖地板,打扫房间,一步也不想离开家。

两天后来了一份加急电报:"我立即出发我心急如焚痛苦万分

我回来之前别埋葬菲奥德尔。"

弗罗霞精确计算了丈夫回来的时间,收到电报的第七天,她已经徘徊在车站的月台上,浑身颤抖,心情兴奋。横贯西伯利亚的快速列车准时进站。弗罗霞的父亲也在月台上,不过和女儿保持一段距离,免得影响女儿的情绪。

快速列车的司机以一种豪华的速度把火车开进车站,然后轻轻地、柔和地刹车。涅菲德·斯捷潘诺维奇看着这家伙,禁不住热泪盈眶,他甚至忘记了自己为什么要到这儿来。

在这个车站,列车上只下来一个乘客。他戴着一顶凉帽,穿着一件蓝色的长外套,眼睛深深地陷了下去,专注的目光炯炯有神。一个女人向他跑去。

"弗罗!"乘客叫喊着把箱子扔在月台上。

过了一会儿,父亲提起箱子跟着女儿和女婿走了。

半道上女儿回头问父亲:

"爸爸,你到机务段去吧,叫他们让你出车——你老待在家里不是太寂寞了吗……"

"是很寂寞。"老人表示同意,"我这就去。你把箱子拿着。"

女婿看着老司机。

"您好,涅菲德·斯捷潘诺维奇!"

"你好,菲佳。你回来就好。"

"谢谢,涅菲德·斯捷潘诺维奇……"

年轻人还想说点什么,可是老人把手里的箱子交给了弗罗霞就走了,到机务段去了。

"亲爱的,家里我都打扫干净了,"弗罗霞说,"我没有病危。"

"我在火车上就猜到你不会死的,"丈夫回答说,"我起先还相信你的电报,过了一会儿就不相信了……"

"那你为什么还回来?"弗罗霞感到惊讶。

"我爱你,我太想你了。"菲奥德尔忧伤地说。

弗罗霞听了也不免伤心起来。

"我怕你将来会不爱我,到那时候我真的会死的……"

菲奥德尔从侧面吻了吻她的脸颊。

"要是你死了,那你就会忘掉所有人,也会忘掉我。"他说。

弗罗霞不再悲伤。

"不,死没有意思。这是消极。"

"当然是消极,"菲奥德尔脸上露出了微笑,他喜欢她说的那些高级的有学问的话。以前弗罗甚至特地要他教会她说聪明话,他给她写来了整整一练习本的聪明的空话:"说了第一点,接下去就必须说第二点。""奠基石。""如果是这样,那肯定是这样。"——以及诸如此类的话。不过弗罗霞自己也悟出了这些都是糊弄人的话。她问他:"为什么说了第一点就必须说第二点,如果没有必要,而且我不想说呢?"

一回家他们立即躺下休息,并且马上睡着了。过了两三个小时,父亲来敲门。弗罗霞给他开门,看着老人把吃的东西装进小铁皮箱后又出去了。大约是要他出一趟车。弗罗霞关上门,又躺下睡觉了。

他们醒过来的时候已经是夜里了。他们说了一会儿话,接着菲奥德尔搂住了弗罗,一直到天亮都没有说话。

第二天,弗罗霞很快做好了饭,让丈夫吃饱喝足,自己也吃了点儿。现在她做什么都马马虎虎,不地道,也不好吃,但是他们俩对吃什么喝什么都无所谓,只要别把爱情的时间浪费在不相干的物质需要上就行了。

弗罗霞告诉菲奥德尔，她现在要开始好好学习，增长知识，认真干活，让全国的人生活得更好。

菲奥德尔听弗罗霞说，然后详细向她解释自己的种种设想和方案——通过电离层而不用电线传送能量，经过超声波加工增加所有金属的强度，在一百公里高空的平流层存在着特殊的、能够确保人长生不老的热和电的条件（因此古代关于天的理想现在可以实现）——为了弗罗霞同时也为了所有其他人，菲奥德尔答应设计并发明许许多多其他的东西。

弗罗霞张着已经疲倦的嘴，津津有味地听丈夫讲。说累了，他们就拥抱在一起——他们想在他们将来勤奋的劳动还没有为个人和共同的幸福提供结果之前，现在马上就享受幸福。没有一颗心能够忍受迟缓拖沓，它在疼痛，它几乎什么也不相信。睡眠消除了由于思考、交谈和享受而引起的疲劳，他们醒过来的时候又变得精神焕发，为重新生活做好了准备。弗罗霞希望生很多孩子，她将培养他们，让他们长大后完成自己父亲的事业，共产主义和科学的事业。耽于幻想的菲奥德尔悄悄告诉弗罗霞大自然所具有的那些为人类提供财富的神秘力量，告诉她彻底改变人的渺小心灵的办法。然后他们相互亲吻，彼此爱抚，于是他们崇高的理想仿佛已经实现了，变成了一种享受。

每天晚上弗罗霞出去一会儿，为自己和丈夫买回来许多食品，他们俩的胃口现在越来越好。他们寸步不离，这样度过了四天四夜。父亲出车至今还没有回来：大约又是把一辆冷机车送到很远的地方。

这样又过了两天，弗罗霞对菲奥德尔说，再这样一起过几天，他们就该干正事过日子了。

"明天或者后天咱们开始真正的生活!"菲奥德尔说着,搂住了弗罗霞。

"后天吧!"弗罗霞悄悄地表示同意。

第八天,菲奥德尔醒过来的时候神情忧伤。

"弗罗!咱们去劳动吧,这日子该怎么过就怎么过……你还得重新去通信培训班学习。"

"明天就去!"弗罗轻轻地说,双手捧着丈夫的脑袋。

他朝她笑了笑,不再说什么。

"你到底什么时候去啊,弗罗?"第二天菲奥德尔问妻子。

"快了,快了,"睡眼惺忪、温柔如水的弗罗回答说。她双手握着他的手,他吻了吻她的额头。

有一天弗罗霞醒过来的时候已经很晚了,外面的天气很热。房间里只有她一个人,好像是她跟丈夫形影不离的第十天或者第十二天。弗罗霞赶紧起床,打开窗户,突然听到了早已忘得干干净净的口琴声。口琴声不是从楼上传过来的。弗罗霞探头往窗外张望,只见那个大脑袋的赤脚小男孩坐在板棚边的一根木头上吹口琴。

家里很静,气氛有点异常。菲奥德尔不知到哪里去了。弗罗霞到厨房里。父亲坐在凳子上,头上还戴着帽子,趴在饭桌上打瞌睡。弗罗霞叫醒他。

"你什么时候回来的?"

"嗯?"老人一愣。"今天一大早。"

"谁给你开的门?是菲奥德尔吗?"

"没有人给我开门,"父亲说,"门开着……菲奥德尔在车站上找到了我,我睡在那里的长凳上。"

"你为什么要睡车站,难道你没有地方睡吗?"弗罗霞生气了。

"那有什么关系! 我在那儿习惯了。"父亲说,"我怕妨碍你们……"

"得了吧,别装好人了! 菲奥德尔在哪里? 他什么时候回来?"

父亲十分为难。

"他不回来了,"老人说,"他走了……"

弗罗在父亲面前保持沉默。老人的眼睛仔细盯着一块抹布,继续说道:

"早晨有一趟到远东的快车,他坐车走了。他说往后说不定还要到中国去。"

"他还说了什么?"弗罗霞问。

"没说什么,"父亲回答,"他要我回家好好照顾你。他说他办完所有事情就回来,或者让你去他那儿。"

"什么样的事情?"弗罗霞追问道。

"我不知道,"老人说,"他说你全知道。也许是共产主义,或者还有别的什么——这一切都会实现的!"

弗罗霞离开了父亲。她回到自己房间,俯身躺在窗台上看小男孩吹口琴。

"孩子! 你到我家来做客!"她邀请他。

"我这就过来。"孩子回答说。

他从木头上站起来,把口琴往衬衫下摆上擦了擦,然后朝弗罗霞家走来。

弗罗霞孤零零地站在大房间的中央,只穿一件夜间的衬衫。她脸带笑容,等待客人。

"再见了,菲奥德尔!"

也许她很傻,也许她的生命只值两个戈比,用不着去爱她,珍惜她,但是只有她知道怎样把两个戈比变成两个卢布。

"再见了,菲奥德尔! 你会回到我身边的,我一定等你!"

小客人怯生生地敲了敲外间的门。弗罗霞开门让他进来,自己坐在他面前的地板上,拉着孩子的手开始欣赏这位音乐家: 这孩子也许就属于菲奥德尔亲切地告诉她的那种人类。

七月的雷雨

九岁的娜塔莎带着自己的弟弟从"共同生活"集体农庄出发到巴纽金诺村已经走了好久了,而这条路总共才四公里长,但是对孩子们来说这世界实在太大了……娜塔莎一会儿抱起弟弟,因为她看到弟弟走累了,正可怜巴巴地望着她,一会儿又把他放下来让他自己走,因为弟弟快四岁了,是个胖墩,挺沉的,把她累坏了。

　　七月里发烫的道路两旁长满了高高的黑麦,黑麦低下了脑袋,麦穗似乎因为漫长的夏天和太阳而感到疲倦了,一个个都成了老头。娜塔莎惊恐地注视着这片麦地,肯定有坏人躲在那儿,她怕坏人突然从麦地里蹿出来害他们,那样的话至少得让弟弟活下来,那么把弟弟藏到哪儿呢?如果给他包上头巾,让他像个女孩子——一般不太会碰女孩子——这样比较好;或者把他藏到沟里,他们村子旁边倒是有一条沟,可是这里什么沟都没有。于是姐姐给弟弟头上包了一块头巾,而自己光着个脑袋,这样她心里踏实些。

　　黑麦在慢慢前行的两个孩子身边摩挲作响。晴朗的天空因为晌午的干热变得模糊而苍白,让娜塔莎感到悲伤和可怕。她想起自己和父母亲住的房子和院子上空亮着许多星星的夜晚,她认为夜晚更好玩更有趣。夜里,善良温柔的蛐蛐在唱歌,池塘里的青蛙在呱呱叫,牛栏里的牛在呼哧呼哧地喘气——那时候没有任何可怕的东西,那时候母亲会走到门口,唱歌似的用各种调门喊她:"娜塔莎,回家吃晚饭喽,该睡觉啦,你干吗老数那些星星,明天还来得及,你着什么急呀!"

娜塔莎紧紧拽住安东的手,拉着他一路小跑,这样可以早点看到外婆家的房子。可是弟弟一会儿就累得不行了,他摔了一跤,趴在地上哇哇哭了起来,娜塔莎没有想到要立即放开他的手,不小心把安东在地上拖了一阵。娜塔莎重新抱起弟弟,让他止住了眼泪,带着他上了一个高岗。这里的黑麦比较矮,因为土质不好,但是从这里可以看到远处黑乎乎的麦浪在随风起伏,阳光照耀下的麦地上面的空气在闪闪发亮。娜塔莎朝四处张望——什么时候才能见到巴纽金诺村啊——突然,她看到了远处庄稼地里出现了磨坊的叶轮,一会儿又消失了。小女孩不再那么害怕待在无人的太阳下,不再害怕黑麦发出忧伤的嗦嗦声,不再害怕悄无声息的晌午的热风,她的脸和身体现在明显感到了清风的善良。娜塔莎舒心地喘了口气——瞧,前面就是磨面的磨坊,外公肯定背回了一袋面粉:他知道外孙女和外孙要来,应该用新面粉给他们烙饼。他们的陈面粉已经用完了,陈面粉黏性不好,烙的饼不如新面粉那样又松又软。

娜塔莎闻了闻空气:空气中弥漫着麦秸、牛奶、热土和父母的气息。这使她感到熟悉和亲切,于是小女孩抱着弟弟继续往前走;弟弟搂着娜塔莎的脖子,脑袋搁在姐姐的肩膀上睡着了。

姐弟俩沿着黑麦地里的那条路往前走。娜塔莎突然尖叫一声站住了。从麦地里走出来一个瘦瘦的小老头,他那陌生的脸上没长胡子,个子不比娜塔莎高,脚上穿一双草鞋,那条破破烂烂的粗布裤子打满了补丁,他背着一个编织的口袋,里边装着可以做汤喝的硬酸模——这草是他顺手摘的。老头也在孩子们面前站住了。他用那双涣散无神、饱经风霜却充满善意的眼睛看了看娜塔莎,摘下毡帽,点了点头就走过去了。"不可怕!"娜塔莎心里想。"他要是敢碰我们,我就狠狠揍他,他马上就会死的……他不胖,力气也小,肯定不是本地人!"

那小老头仔细打量了一下在他身边走过的两个孩子。他记住了娜塔莎的脸——一双机灵的充满疑惑的灰眼睛,仔细张开用来呼吸的稚气的嘴,胖胖的脸颊和被太阳灼烤、被田野里的风吹得干燥的浅色头发。"将来准是个干活的好把式!"老头做出了这样的判断。现在他尽量要看清小女孩手里抱着的那个男孩。"这孩子跟她一模一样,"过路人发现,"他迷迷糊糊睡着了。他又能做什么呢!"老头走开了,眼睛注视着路上的灰尘和小草。刚才他看到两个孩子的脸蛋的时候,他真想马上死掉,免得怀念年轻而幸福的生命,或者永远活在这世界上。但是一直活在这世界上——难道你能做到吗?难道你有这个本领吗?再说你已经不像从前,你已经没有这样的愿望了,而且这土地好像已经令人厌烦了;不过有时候他又觉得,人老了才会出现真正想活的愿望,年轻时根本没有这样的概念,那时候人活着,但没有记忆。

老人最可怜的是孩子,他感到有一种令人难受、令人心痛的幸福从孩子那儿进入他心坎里,这种幸福直到如今还很陌生,还没有体验过,仿佛过去因为忙碌而忘却了,但是它早就在等待他了。

过路的老人坐到阴凉的地方,靠近茂盛的庄稼,这样便于思考。

他前思后想,真想放声大哭一场,但还是忍住了。"何苦呢!"他轻声地自言自语,"你就好好地活着吧,老家伙,尽力吧!哎呀,我差不多跟国王一模一样!我还要什么呢——我不缺胳膊少腿,不愁吃不愁穿,我又不喝酒,没病没痛!……"老人心满意足地挨着黑麦躺下,把脑袋搁在装草的口袋上。这会儿赶路天太热,再说也没有这必要。文件他已经准时送到了"共同生活"集体农庄,现在他累了,时间有的是:夏天的日子长得很,天黑前准能赶回家。老头已经迷迷糊糊睡着了,但是一想起遇见的那两个孩子,心里就充满了甜蜜的感觉,尽管他们走过他身边的时候没有说话,显得胆怯的样子,但是仿佛在召唤他和他们一起去享受永恒的遥远的生活。

黑麦上空闷热的风停了——周围变得静悄悄的,就像在雷雨或者大旱前夕那样;老头也安静下来,他睡着了,他那特别能忍耐的脸上爬满了苍蝇和蚂蚁,它们不停地叮他。

娜塔莎的外公和外婆住在巴纽金诺村头的一幢木头房子里。一道篱笆将他们的院子和公家的黑麦地隔开。一条大路从他们院子旁边径直通往黑麦地,先到外公外婆的女儿,娜塔莎母亲所在的那个集体农庄,再继续往前——深入一大片长着庄稼和阔叶林的田野。灌溉那些庄稼和树林的是几条水清见底、注入温暖的大海的河流……娜塔莎的外婆乌丽雅娜·彼得罗芙娜从一大早就时不时到大门外张望,看看外孙女和外孙来了没有。大前天她就托送信的那个女人经过集体农庄的时候一定要找到她女儿,让女儿放外孙女和外孙到巴纽金诺做客。"没准这送信的女人忘了去找我女儿,"乌丽雅娜·彼得罗芙娜仔细望着黑麦地里那条空无一人、地上发烫的道路,心里在琢磨,"她干一天可要给记上一个半劳动日呢。咳,你这个有特权的娘们!只要动动脚,裙子沾上点灰尘——就干这么点活儿……是不是该到苏维埃去告她一状！……算了，让她疯去吧，让她跑来跑去瞎折腾吧，这蠢货！"外婆关上了篱笆门。

一大早她就把麦秸塞进了炉膛里，昨天晚上和好的白面早就开始发酵了，外婆不得不两次把盛面团的瓦罐换成大盆——一个晚上面团都发得溢出了罐子。烙饼的准备工作都做好了，可是客人还没有来，自己的老伴一大早就到湖上捕鱼去了，连个人影也见不着。没准又坐在铁铺里跟铁匠闲扯。他们俩就喜欢这样：一个胡扯，另一个随声附和；她那老伴人家说什么他都相信，他只求自己活得有滋有味，至于别人究竟过得怎么样，他才不管呢。他一直在等待和指望这世界出点什么稀奇古怪的事情：或者太阳突然熄灭了；或者一个陌生的星球飞近地球，把地球照得金光锃亮，让大家永远拍手叫好；或者在贫瘠的地里自动长出营养丰富的甜草供大家享用，不用播种，尽管收获好了。

乌丽雅娜·彼得罗芙娜看了看面团，深深地叹了口气。"我这辈子是怎么过的——摊上这么个男人！……他从来就不需要什么，只想坐在那儿跟人聊聊最美好的生活，将来会有什么啦，不会有什么啦，而在家里就看着自己的家当一个劲儿地琢磨，什么时候他才不觉得无聊呢？……不过他心肠挺好，也不纠缠人，处处让着我。"

外婆使劲揉了一会儿面团，该是烙饼的时候了，不然面团会发过头变酸的。要把饼做得又圆整又好吃——她还能用别的来招待外孙女、外孙和自己的老伴吗？世界上还有什么比她做的这饼更缺少不得吗？她不知道……外婆不想发明别的什么好的或者更好的东西，她只能发面，烤面包或者烙饼给一家人吃，等大家吃饱了就心满意足地坐到长凳上。这日子还要怎么过，不是挺好的吗？她别的什么也不愁，只盼着一家人早点团聚，女儿女婿身体健康，外孙们快活——不是都挺好的吗,干吗还要自寻烦恼。

乌丽雅娜·彼得罗芙娜点着了炉子里的麦秸,这时候她听到邻居家的公鸡在院子里叫了起来,这只公鸡经常过来攻击外婆家的公鸡并且和她家的几只母鸡交欢。乌丽雅娜·彼得罗芙娜特别爱惜自己的家当——她抄起一把扫帚去驱赶这强盗。外婆赶走了公鸡,回头看了看街道和通往黑麦地的大路——说不定有人来了。但是一个人也没有,只见地面上涌动着热浪,那些看惯了的旧农舍散落在村子里,邻居家的几只母鸡在路上的车辙里刨食,外婆突然感到忧愁和害怕,好像她看到的不是人间的世界,而是一片黑暗。于是乌丽雅娜·彼得罗芙娜关上篱笆门回去烙饼了。第一张饼就烙得非常成功,这不是没有原因的——她这一辈子不知道烙过多少饼——她烙的饼张张都是黄灿灿的,仿佛它们自己急着要出锅似的,只是眼下没有人吃。乌丽雅娜·彼得罗芙娜亲手做的饼自己总是最后一个吃,她吃的尽是用剩下的零碎面和刮下来的屑粒烙成的饼,她舍不得浪费粮食,对她来说只要是粮食做的都一样好吃。

有人从外面轻轻敲了敲窗子。"兴许是要饭的!"外婆想,"如今没有要饭的了,要不我会给他烙饼的,现在收成好得没法说。"她把平底锅从火上取出来,走到窗前。外孙女娜塔莎正在往窗子里看,她身上背着安东什卡。他睡着了,双手搂着姐姐的脖子,裹在姐姐头巾里的大脑袋搁在姐姐的肩膀上,压得小女孩整个身子都弯曲了。她一只手扶住安东什卡搂着她的手,不让他松开,另一只手使劲托着他的裤子,不让弟弟的两条腿悬空,整个身子滑下来。娜塔莎让弟弟的两只脚搁在墙脚下的土台上,腾出一只手轻轻敲了敲窗户。

"外婆,"她说,"开开门,我们上你家做客来了。"

乌丽雅娜·彼得罗芙娜发现娜塔莎越长越漂亮了,神情也越来越稳重,越来越像外婆年轻时的模样。慈悲的生命让她在外孙女身上再现,即使她死了之后,人们看一眼娜塔莎就会想起乌丽雅娜·彼得罗芙娜——这使她深受感动,内心得到安慰和满足,于是外婆说:

"唔,我可怜的孩子! 你们快进屋吧,我一心盼着你们呢!"

进屋后外婆想让安东什卡睡到床上,可是他伸了伸腰,睁开了眼睛。

"外婆,快烙饼给我们吃。"他说,"我们一路上走啊走啊……"

"饼早就烙好了。"外婆回答说,"你坐到长凳上,我这就去给你烙新的,烙好的那些已经凉了。"

"还要给点凉的克瓦斯,"娜塔莎请求说,"我们要泡着吃烙饼。"

"我马上去拿,马上去拿……我先把炉子收拾一下,马上就去地窖。"外婆说,"待会儿我还要给你们做好多油煎饼呢,还要给你们煮茶,等外公回来咱们就吃午饭,克瓦斯昨天就做好了,凉菜汤也熬好了:样样齐全,啥也不缺了!"

"还要草莓酱和蘑菇。"娜塔莎说。

"都有,宝贝,都有,哪能没有呢!"乌丽雅娜·彼得罗芙娜想起来了,就出去取备好的食品。她有好多吃的东西,也有人可以招待,心里挺高兴。

屋子里弥漫着一股热土味、喷香的烙饼味和烟味,外面的太阳照耀着这个陌生村庄里那些叫不出名字的野草。

"别哭!"娜塔莎对安东什卡说,"你是到外婆家做客的,哭什么?我来给你擦鼻涕……"

安东什卡安静下来,不再哭泣了,只是坐在空桌子旁边的长凳

上轻轻抽噎。娜塔莎朝外婆家那间明亮的正房看了一眼。那里很
干净,很单调,两只肥大的苍蝇在窗玻璃上扑腾,发出热烘烘的悲天
悯人的嗡嗡声,一盏很大的煤油灯挂在桌子上方,桌子上铺着绣花
的台布,像过节似的;不知道村子里的什么人在远处敲打着给一只
空木桶上箍;令人难受的暑热直逼窗户。娜塔莎走到贴着报纸和照
片的墙角里,她想看一看究竟那是些什么东西。一张是外公的照
片,背景是一张画。外公还年轻,留着黑胡子,穿着长裤和背心,胸
前挂着怀表,头发梳得光亮,像舔过似的,上上下下的打扮像个有钱
人,像城里人,像秋天的拖拉机手,外公的眼睛望着远方,像聪明人
似的做沉思状……外公坐在一张用石头或者砖头垒成的光秃秃的
高凳上,腰板笔挺,像一尊雕像;外公的一只脚踏在地上,另一只脚
悬着,坐在那儿显得不情愿似的,一副漫不经心的样子,根本没有发
现身边的地上有一把系着缎带的吉他。外公的背后是一片小树林,
树林里有一幢白色的房子,像少年宫那样又大又漂亮,可是外公根
本没有注意它。他举着一只手,手里拿着一把手枪,枪口对着脑袋,
好像要自杀的样子,另一只手搁在膝盖上,膝盖上放着一封信,外公
的眼睛尽管若有所思地望着前方,可是那眼神却是快活的。这究竟
是怎么回事?娜塔莎还不了解大人们的这种生活……

　　她坐到铺着台布的那张桌子旁边的椅子上,仔细察看台布上绣
的画。她们家里没有这样的台布,也不需要这样的台布:娜塔莎的
母亲天天擦桌子,还用刀子刮,不铺台布也很干净漂亮。村里的公
鸡开始打鸣,起先是一只,接着又有一只,最后全叫了起来;老母鸡
也咕噜咕噜叫着把小鸡呼唤到自己身边。大路上起了风,把呛人的
灰尘刮到空旷的地方。

　　"娜塔莎,苍蝇要吃我,你过来。"安东什卡从另一个房间里

叫她。

"就让它吃吧,我这就过来。"娜塔莎回答说。

她走到窗前,把脸贴着玻璃:她真想在街上看到什么熟悉或者亲切的东西,就像他们集体农庄里那些熟悉的篱笆、青草和树木一样。可是外婆家的窗户下只有稀稀拉拉的几株矮小的灌木,叶子上蒙着尘土,树枝在微微晃动,因为炎热和干旱而显得疲惫不堪,好像处在睡梦中,又好像已经死了,对所有不需要任何人的人来说显得陌生而悲伤。要是让娜塔莎永远留在这儿生活,她会伤心而死的。

"带我回家,我要妈妈。"安东什卡央求说。

娜塔莎回到了弟弟身边,他坐在那儿显得无聊而胆怯。

"我要回家,"他说,"我不要烙饼,我要喝粥,妈妈昨天就煮好了……"

娜塔莎从炉台上拿了一张已经凉了的烙饼,揣到自己怀里。

"要不到了路上你又想吃了,你总是不该吃的时候想吃。"娜塔莎说着抱起了弟弟。

外婆还在地窖里。那扇长着苔藓、通往罩着草皮的出口的矮门敞开着。老人家一边取出藏好的果酱一边在自言自语地安慰自己。娜塔莎走到门口,看了看外婆藏起来的地方。地窖里黑咕隆咚的,什么也看不见,外婆在黑暗中自言自语——肯定在说她不想死,要一直活下去。

为了不让篱笆门发出声响(门上的铰链会吱吱叫起来,仿佛开门的时候它感到疼痛似的),娜塔莎紧紧搂着弟弟,顺着一条小路走到种土豆的园子里,再穿过一道篱笆走到了黑麦地里。

黑麦在静悄悄地生长。麦穗在暑热和寂静中低垂着脑袋,仿佛已经昏昏沉沉睡着了,一个黑影从天空中下来遮住了它们,保护着它们的安宁。娜塔莎仔细看了看周围陌生的田野,她想看清楚究竟是什么东西遮住了太阳。只见远处的一道闪电恶狠狠地把整个能够看得见的世界劈成两半,而从另一头,巴纽金诺村后面,在一片厚重的缓缓移动的乌云的遮盖下,一股旋风正裹挟着尘土渐渐靠近过来。那里响起了雷声,那声音起先是沉闷的,也不可怕,然后轰隆隆滚过来,一直滚到娜塔莎身边,把她吓得心惊肉跳。

娜塔莎抱着安东什卡躲进了麦田里。她本来打算穿过麦田直奔大路,然后沿着大路躲开乌云回到父母那儿,但是她又改变了主意,因为她怕踩坏了庄稼,于是沿着麦田的边缘向前走去。安东什卡已经看到了远方发生的一切:乌云、旋风、闪电。他紧紧地贴着姐姐,把自己的脑袋藏在跟妈妈一样热乎乎的姐姐的脖子旁边。

娜塔莎走到了大路上,又顺着大路往家里跑去。安东什卡的两条腿不停地晃动,无意中踢着了姐姐,但是他尽量保持稳定,紧紧抓住姐姐——现在他没有别的地方可以躲藏了。娜塔莎使出浑身力气往前跑,她一心只想着把安东什卡抱回家去,免得在野地里碰上暴风雨。不过黑麦地里暂时还是静悄悄的,风还没有刮到这儿——也许一切都会过去的,也许可怕的乌云在老远的地方就会散去,然后露出晴朗而凉爽的天空。娜塔莎停下来听了听,周围的一切纹丝不动,仿佛睡着了似的,蝈蝈的叫声也不那么清脆,而且越来越轻,因为阴影和寂静渐渐笼罩了大地,蝈蝈还以为是天黑了呢。接着,娜塔莎又慢慢往前走。安东什卡一声不响,他担心会碰到什么事,但是他又觉得乌云和闪电很好玩,他盼望发生什么可怕的事,他可以见识见识,只是千万别死掉。安东什卡从姐姐的肩上往后看,看后面的那个村庄,他还能看见外婆家的房子,可以回到那儿去。突然,他吓得眯起了眼睛:远处的麦子,从外婆家的院子开始,一下子弯了下去,倒伏在地上——暴风雨来了。

"娜塔莎,快把我藏起来。"安东什卡生气地说,"你没看见是怎么回事吗,你真蠢!"

"等回到家里看我不揍你。"娜塔莎对弟弟说。

"我们到不了家啦,我们会给雷劈死的。"安东什卡嘟哝着说。"你抱我快走,你怎么磨磨蹭蹭的!快跑啊!"

旋风赶上了两个孩子,沙子、泥土、树叶、草茎和村里的垃圾朝他们劈头盖脸地打过来。娜塔莎带着弟弟躲进了麦地里,他们坐在地上,但是风把麦子压得那么低,娜塔莎时不时能看到外婆家的房子、村庄以及远处天空中和田野里发生的情况。

随着这股旋风,伴着飞扬的热乎乎的尘土,天下起了冰雹,噼里啪啦地砸在庄稼上、地上、娜塔莎和安东什卡的身上,砸在她没包头巾的脑袋上。她赶紧趴在安东什卡的身上护着他,把他的脑袋藏在自己的怀里,让弟弟的整个身体紧紧贴着自己。冰雹砸在娜塔莎的身上,砸在她的头上和背上,但是她一声不吭,她知道弟弟现在不会挨冰雹砸了,弟弟安全了。他甚至在她身子底下稍稍挪动了一下,他想观察麦根旁边和犁沟里的泥土。

冰雹演变成一场冰凉的滂沱大雨。安东什卡躲在姐姐身子底下感到不耐烦了,他想看看外面的动静,想到雨里淋一淋,于是对娜塔莎说:

"放开我,我要看外面。"

"给我好好躺着,出来要遭雷劈的。"娜塔莎回答。

"不会的,雷打在别的地方。"安东什卡说着从姐姐身子底下钻了出来。

娜塔莎坐起来,让弟弟坐在自己腿上,双手护着他的脑袋,让他免遭风吹雨打。安东什卡稍稍踮起脚,打量着周围,由于狂风暴雨,由于麦穗和雨点不停地抽打着他的脸,他一直眯着眼。他看到了漆黑的、压得很低的、在飞速移动的天空,天空中悬挂着灰色的云团,云团洒下的一根根长长的雨丝被狂风吹到空旷的方向,犹如要饭老婆子蓬乱的头发。这些灰色的云团不停地变换着形状,安东什卡眼看着它们慢慢融化、消失。他决定再等一会儿,看看还有什么变化,但是姐姐吩咐他更紧密地靠在她身边,她好弯下身保护他。安东什卡本来也想闭起眼睛把脑袋藏进姐姐又暖和又干燥的怀里,可是他觉得躲在那里没有意思,而现在他什么都能看见,因此他没有听姐姐的话,反而随心所欲地看着天空和地上。麦穗妨碍他的视线,因此他要姐姐把他抱得高些,让他看得清楚些。

娜塔莎从他头上摘下自己的那条头巾塞进自己怀里,用衣袖擦干了安东什卡湿淋淋的脑袋,在他后脑勺上打了一下。

"你会着凉的,"她说,"你这鬼东西,干吗非看暴风雨不可! 我要告诉妈妈,她准会揍你的脑袋。"

安东什卡想顶嘴,说妈妈从来不打他脑袋,爸爸也只打他额头,但是一阵狂风暴雨打得他说不出话来,地里的黑麦也被这暴风雨压倒了,现在可以看到很远的地方。安东什卡看到了外婆家的那个村子和村后的那片草地,而在小河的对岸,在蓝色闪电的照耀和狂风的驱赶下,惊恐万状、浑身颤抖的野草正向他奔来。

雨突然停了,但是风在田野的空旷处积聚了力量,依然刮得厉害。尽管由于天空中布满了可怕的乌云而地面上理该漆黑一片,但还是什么都看得见,只不过这世界的颜色变了:蓝莹莹黄澄澄的,显得纯净而柔和,恍若梦境一般;这是花草和黑麦自身的亮光,现在倒是它们照耀着乌云遮盖下的田野和农舍,而乌云自身反而被地上的亮光照射着。安东什卡看到花草树木和庄稼农舍完好无损,生机勃勃,他自己也不再害怕乌云和闪电了。

风小了,周围的一切都静悄悄的,但是沉甸甸的黑麦再也站不起来了。安东什卡朝外婆家的方向看了看,居然看到了外婆。她正站在门口通往院子的台阶上,在风雨中向四处张望。她不放心两个突然不见了的孩子。"他们是不是想家了?"她在揣摩,"刚来怎么会想家呢?还不至于吧!肯定是到别的村子里去玩了,一会儿就会回来的。可千万别让他们淋了雨——瞧这天多黑啊!"乌丽雅娜·彼得罗芙娜对自己的老伴倒不担心。在雷雨开始和结束之前,他反正是不会回来的:他要看闪电。

"得把母鸡招呼回来,让它们待在鸡棚里。"乌丽雅娜·彼得罗芙娜打定了主意。突然,一个响雷使她身不由己地蹲了下去,隆隆的雷声在附近又一连响了几次,那扇不结实的大门被震开后又关上了(要是男主人多关心一下自己的家,大门也不至于被雷声震开),外婆蹲了下去就再也没有站起来,一直到最远处的雷声完全消失。

安东什卡看到一道闪电从黑暗中窜出来咬了大地一口。闪电先由上而下地冲到远处的村子后面,但是那儿无法充分发挥或者就根本无法施展威力,于是重新返回高空,再从高空下来迅速劈倒了一棵树,那树孤零零地长在乡间道路的中央,旁边就是一间被烟熏得黑乎乎的铁匠铺。那树立即闪出蓝光,仿佛开了一树的蓝花,然后光灭树死,闪电和树同归于尽。

滚滚的雷声推动了倒伏的黑麦,而外婆干脆坐在台阶上,不再来来去去忙家务事,安东什卡笑外婆胆子小。

闪电过后,一场大雨倾盆而下,周围成了混沌一片,密匝匝的雨帘遮住了外婆的身影。但是一道闪电又从高处照亮了麦地和村子,这时候安东什卡看到从破旧的铁匠铺的屋顶上慢慢冒出一股黑烟，黑烟中间有一团红色的火焰，但是火焰无法向四处蔓延，因为滂沱的大雨不停地浇着。安东什卡明白了，闪电劈死了那棵树之后自己没有死，而是沿着树根到了铁匠铺，重新变成了火。

娜塔莎紧紧抱住弟弟，尽量让他贴近自己，她抱着弟弟走出麦地来到大路上；她打算快点跑回外婆家，让安东什卡躲开大雨和闪电。但是雨小了，偶尔飘下几滴雨点，空气中又是热浪翻腾，在陌生的村子旁边又感到喘不过气，而且还很无聊。娜塔莎停住了脚步，把弟弟放到地上。

铁匠铺的屋顶现在被熊熊的大火占领了：火焰烤干了淋湿的木板，越烧越旺。村里的人已经跑出来救火了，他们有的提着水桶，有的拿着斧头，附近那口水井的辘轳在吱嘎吱嘎地转，有几个农民远远地站在自家的院子旁边，不采取任何行动——也许他们认为大火会过去的，会自行熄灭的——他们不知道一大片蕴蓄着雷雨的乌云才开始逼近巴纽金诺村：那片黑得发蓝、臃肿而平静的乌云眼下还在河对岸，暂时只见闪电，还听不见雷声。

安东什卡发现：可怕而漫长的黑夜正从河那边向这里蔓延过来，他可能会在这样的黑夜里死去，再也看不到父母了，再也没法跟伙伴们在井边的路上尽情玩耍了，再也看不到父母家园里的那些东西了。安东什卡和姐姐冬天睡的那个炕将没人睡了。现在他不禁可怜起他们家那头驯顺的每天晚上带着奶回家的母牛来了，还有那些看不见的临睡前还不忘呼朋唤友的蛐蛐，住在黑暗而温暖的缝隙里的蟑螂，以及他们家院子里的牛蒡和篱笆。据父亲说，这道旧篱笆在安东什卡出生之前就已经存在了。安东什卡特别纳闷和不解的是，在他之前，在他出生之前，怎么会有这些东西呢？他不在的时候这些东西都干了些什么呢？他觉得它们当初一定会想念他等待他的。现在他生活在他们中间，它们都高高兴兴的，所以他不想死，免得它们重新感到寂寞。

安东什卡紧紧搂着姐姐，吓得哭了起来。他怕铁匠铺烧起来，怕乌云压过来，怕又要电闪雷鸣，怕树遭雷击，怕他家的旧房子被烧毁。安东什卡紧靠着姐姐的身体，感到她身上的那股味儿跟他们家里的面包、过道、木勺和母亲衣服的味儿一模一样。

娜塔莎打量了一下四周。她看到乌云还离得远着呢，她和弟弟还来得及赶回家。

"给，吃吧。"她从怀里掏出一块已经变凉的烙饼递给弟弟。

安东什卡趴在姐姐背上，一只手搂着娜塔莎的脖子，另一只手把烙饼塞进嘴里，狼吞虎咽地一下子吃完了，而姐姐背着沉重的弟弟不停地往家跑，尽量不让自己倒下去。

但是黑暗和乌云还是很快赶上了两个孩子，向他们发威。又开始下雨了，每次愤怒的闪电过后，每次响雷过后，雨越下越大，越下越急。现在大雨从漆黑的天空中倾泻而下，犹如一道道洪流，冲得泥土翻滚，仿佛把土地耕了一遍。

娜塔莎被滂沱的大雨浇得气都喘不过来；她把安东什卡从背上转移到胸前抱着，让他少淋些雨，然后又急着往前跑。

密集的雨帘在她面前越扎越紧，越来越难以通过了，现在连迈步也十分困难，劈头盖脸的雨点打得人生疼，孩子们周围仿佛被一片阴森森的树林团团包围住了，又硬又粗的树枝撕扯着他们的皮肉，一直到露出骨头。

哗哗的雨声淹没了隆隆的雷声，只能看见一道道闪电。有时候好几道闪电连续出现，它们的亮光可以持续很久，但是这些闪电只能照亮黑沉沉的天空中几个小小的凸出部分,因此显得更加可怕。

娜塔莎已经累坏了,她停下来,把浑身湿透的安东什卡放到地上。现在她不知道这儿离父母家近还是离外婆家近,离开外婆家那个村子走了多少路,回家还得走多少路。

娜塔莎在麦地边上坐下来,使劲搂着安东什卡,即使她自己死也要让他活着留下来。可是她又冒出一个想法:要是安东什卡突然死了而她却活下来了,那怎么办? 想到这里,她像成年女人那样大喊大叫起来,她要让人家听到她的喊叫来帮助她。她突然觉得,最最糟糕最最伤心的就是只有你一个人还活在这世界上。说不定他们在集体农庄里的那幢房子已经给雷劈了,他们家的那个院子已经被雨水冲成了一片光秃秃的沙地,而母亲和父亲已经死了。娜塔莎做好了先死的准备,于是撇下安东什卡,自己脸朝下躺倒在地上,她想在弟弟安东什卡死之前自己先在雷雨中死去。

谁知道她弟弟在雨中坐了一会儿后对姐姐说:

"咱们挖个坑,躲到里面去,一直住下去。你瞧,这儿是沙……你别哭,你不在我会害怕的……"

两个落汤鸡似的孩子在麦地旁边土比较松的地方开始用手挖坑。可是刚挖了一点,姐弟俩发现暴雨在替他们继续挖下去,雨水汇成的水流猛烈地冲刷着沙土,把沙土冲走了,因此他们无法藏进去。

娜塔莎和安东什卡在光秃秃的地上躲雨,他们缩成了一团,用手捂着自己的脑袋。

"你干吗要带我到老外婆家?"安东什卡责问姐姐,"待在家里最舒服了,我喜欢待在家里……都怪你喜欢瞎折腾!"

"闭上你的臭嘴!"娜塔莎命令说,"是谁不想待在外婆家要快点回家的？我连一块烙饼还没有来得及吃呢。"

"我在外婆家觉得一点儿意思也没有。"安东什卡的口气软了。

一道闪电划破长空，就在娜塔莎和安东什卡的身边，在附近倒伏的黑麦地里颤抖了几下。姐弟俩因为害怕响雷，早已紧紧搂抱在一起，脸贴着对方的身体——安东什卡埋在姐姐的胸口，而姐姐靠着弟弟的肩膀——这样就什么也看不到了。但是在哗哗的雨声中雷声听起来不那么可怕了。

"又打偏了。"安东什卡说。

孩子们早就被雨淋得瑟瑟抖了，现在他们紧紧依偎着互相取暖；他们对担惊受怕已经习惯了，他们迷迷糊糊的要睡着了。

"你们是谁家的孩子？"一个陌生而沙哑的声音在问他们。

娜塔莎从安东什卡的肩膀上抬起头。一个瘦小的、脸上没有一点胡子的老头儿跪在他们身边。他就是他们刚才到外婆家的路上碰见的那个不认识的老头。为了遮雨，这位爷爷把编织袋顶在了头上，里边的东西大约扔掉了。

"你们是累了还是害怕了？"老人问娜塔莎，为了让孩子们听清他的话，他往他们身边挪了挪。

"我们害怕了。"娜塔莎说。

"是啊，哪能不害怕呢？"这位过路人表示同意，"咳，多可怕啊——又是下雨，又是打雷，又是闪电。我可不害怕，因为我老了，脑子也糊涂了，你们可是不一样：你们要有恐惧感，你们应该感到害怕。"

"我们已经怕惯了，"娜塔莎说，"现在我们不怕了。你是什么人？从哪儿来？"

"我住的地方可远着呢。"老头儿回答说，"离这儿四十多里地，

'胜利'种畜场,听说过没有？……我就是从那儿来的,我是那儿为种畜的事儿跑腿的：需要送个信啊,传个话啊——这都是我的事。刚才我到'共同生活'集体农庄走了一趟,要我去告诉集体农庄,让他们要一头种牛。他们需要这样的公牛。让他们派人把牛牵回去。"

"你说过了?"娜塔莎问。

"说过了。这会儿正往回走。"

安东什卡站了起来,好奇地仔细打量这位跪在地上、头顶褡裢、个子矮小的陌生爷爷。狂泻的豪雨变成密集的大雨,溅起一个个水泡,电光只是在远处不停地闪烁,雷声来不及传到这里就已经在半道上渐渐消失了。

"那你就走吧,咱们的集体农庄早该有一头公牛了。"娜塔莎说。

老人默默地看着这两个淋在茫茫大雨中的孩子。

"我这就走,"他不太情愿地说,"我该走啦。"

老爷爷站起来准备上路。他把褡裢紧紧地固定在背后,摘下了帽子。

"你们回不去了。"老人告诉孩子们说,"那边的路不好走,路上的泥都松了,脚踩下去拔都拔不出来,眼看又要下大雨了……"

他把自己的帽子戴到安东什卡的头上,然后弯下腰,双手撑在地上,吩咐安东什卡爬到他背后的褡裢里,好好坐在那里。安东什卡赶紧爬了进去,坐在那儿又软又舒服。

"你要把他带到哪里去?"娜塔莎着急了,她准备不顾一切地去抓老头儿的脸,"谁叫你背他的?"

"带他到父母那里啊,还能上哪儿呢!"老爷爷回答,"回你们集体农庄。也把你带回去。"

老头儿又一次弯下腰,抱起了娜塔莎,前后一边一个,冒雨送孩子们回"共同生活"集体农庄。

"你别怕,"娜塔莎告诉舒舒服服坐在对面褡裢里的弟弟,"我会看着他的。"

"他可不像你,他力气很大。"安东什卡对姐姐说。

老头儿脖子上的一根根筋都鼓了起来,他拱着个背,浑身上下全是雨水和汗水,踩着泥泞和水洼,耐心而习惯地一步步向前走去。

一路上孩子们不说话,他们一心盼着见到自己那个在集体农庄的家。娜塔莎在暗暗担心,说不定他们家已经被闪电烧掉了。老头儿为了节省力气也没有说过一句话,只有一次轻轻地自言自语说:

"谢天谢地,总算没有下雹子。雹子往往有鸽蛋大,会砸坏孩子的。"

雨点慢慢小了,雷雨已经过去。不一会儿,娜塔莎透过密密的细雨看到了自己集体农庄最边上那家院子的篱笆,那儿住着丘米科夫一家。她没想到他们的集体农庄就在眼前,高兴得露出了笑容。这么说来,一切都完好无损,也没有着火,不然大家要跑去救火了。也许他们家的房子已经烧掉了,火已经熄灭了——娜塔莎又开始发愁了。

瞧,那不是那棵白柳吗?它就长在娜塔莎家的旁边,它还活着;瞧,那不是他们家麦秸盖的房顶和带铁公鸡的烟囱吗?……娜塔莎从安东什卡面前扭过脸,小心翼翼地用衣袖擦去脸上的雨水和眼泪。

娜塔莎在自己的院子附近一骨碌跳了下来。老头儿已经背着安东什卡进了他们家的过道。

许多人在娜塔莎父母的正房里躲雨。娜塔莎的父亲招待他们喝茶,吃精白面包,糖罐里装满了糖。这里有集体农庄主席叶戈尔·叶菲莫维奇·普罗沃罗托夫、他们的外公,还有个人不认识,不知道是什么人,一个多余的人。

娜塔莎的母亲给女儿和安东什卡换上干衣服,发誓说今后再也不放他们走亲戚了。那小老头在过道里拧干了身上的水,已经坐在正房的桌子旁边一边喝茶一边说事情的经过了。集体农庄主席叶戈尔·叶菲莫维奇认识他——老头今天还为种牛的事找过他。

"怎么能这样做呢!"叶戈尔·叶菲莫维奇对父亲说。"外面刚才又打雷又下雨,雷雨交加,你倒好,让孩子们到巴纽金诺去?"

"他们走的时候还是晴天呢。"父亲轻声回答。

"可是晴天一下子变了脸,狂风暴雨,电闪雷鸣,"叶戈尔·叶菲莫维奇说,"两个小家伙来不及跑到巴纽金诺。你这个人啊,也真是的!咱们坐在这里闲聊了一个多小时了,可你一次也没想起过自己的闺女和儿子。"

"废话!"父亲生气了,"他们什么事也没有,不是好端端地回来了吗。"

"这倒也是!"农庄主席表示同意,他看了一眼安东什卡和娜塔莎。姐弟俩正站在门口打量着客人,现在他们又觉得活着真好。"你这个当外公的,"主席说,"明明知道外孙要来做客,自己却在雷雨天上女婿家喝茶来了,坐在这儿一点儿也不担心……"

娜塔莎的外公一声不吭,其他人也都不说话。

"我一清早就到你们这儿的合作社了,"外公说,"我想买个钓鲤鱼的鱼钩,还有点事儿要找你们的马具匠,我跟他私交很深……我们那儿的合作社里什么鱼钩都没有——河里的鱼全都没人碰,而我那些捕鱼的工具又一点儿不管用。我想到你们合作社总能买到。"

"事情已经过去了，"叶戈尔·叶菲莫维奇心平气和地说，"你把刚才我给你的那份去种畜场的证明还给我。"农庄主席说着向娜塔莎的父亲伸出了手。

父亲怯生生地把证明还给了主席。

"你别忘了，叶菲莫维奇，这可是种牛啊，伺候它得有本领。"父亲说，"难道我俩孩子淋了雨你连伺候种牛的事也信不过我啦？"

"是的，"主席回答说，"我信不过。"

"那么谁去给你把牛牵回来呢？"父亲探问道，"农庄里除了我未必有人肯承担这种事。"

"喏，我跟他也许能谈妥的。"主席指着正在喝茶的种畜场的小老头说。

"权在你手里，"父亲无可奈何地说，"你这个人啊，做事太谨慎了！是不是你觉得要关心娃娃干部？但是公牛是一回事，娃娃完全是另一回事。"

"对，"主席说，他把证明从头至尾重新看了一遍，藏进了口袋，"孩子是用钱买不到的，公牛可不一样，丢了还可以花钱买回来……"

"好，你说得好！"种畜场的小老头突然满心喜欢地说，然后推开茶碟，情不自禁地往自己嘴里塞了一块糖。

他不再喝茶，出神地盯着农庄主席看。主席是个浅棕色头发的农民，四十五岁上下，不急不躁地用一双思考的灰眼睛观察着世界。

娜塔莎和安东什卡听他们谈话听得腻烦了，于是他们出去到门口的台阶上。

天空中飘着几点零星小雨。周围的一切变得安静而昏暗，疲惫的树叶和青草耷拉着脑袋一直要睡到第二天早晨。只有在很远很远的地方,在人家黑沉沉的田野里,时不时出现一道闪电,就好像筋疲力尽的乌云在眨眼睛。

"咱们明天再去外婆家,"安东什卡对姐姐说,"我现在不怕了。我喜欢雷雨。"

娜塔莎什么也没有回答弟弟。可不是吗,他还小,再说今天遭了不少罪,不能骂他。

母亲开门进来叫孩子们去吃饭。她已经给他们煮好了土豆,上面浇了鸡蛋,还加了酸奶油。但愿孩子们茁壮成长。

回　　归

近卫军大尉阿列克谢·阿列克谢耶维奇·伊万诺夫要复员离开部队了。整个战争期间他一直在这个部队，大家欢送他的时候不免依依不舍，纷纷用歌声和美酒向他表达爱和尊敬。几位亲密的朋友和同志送伊万诺夫到火车站，跟他最后道别，最后只剩下伊万诺夫一个人。火车要晚点好几个小时。过了预定的时间，火车还没有来。寒冷的秋夜已经降临，车站在战争期间遭到破坏，没有地方可以住宿，伊万诺夫只能搭便车返回部队。第二天，伊万诺夫的战友们再次为他送行，再次用歌声和拥抱向他表示忠贞不渝的友谊，不过这次送行仅仅局限于几位知己的范围，他们表达自己感情的方式也比较简单了。

伊万诺夫再次来到火车站，到了那儿，他得悉昨天的那趟火车还是没有来。他本来可以再回部队住一个晚上，但是他觉得不好意思再一次去打搅战友，让大家再一次体验离愁别绪，于是独自留在空荡荡的月台上。

车站的出站道岔旁边有一间未曾炸毁的扳道房。扳道房旁边的长凳上坐着一个身穿棉衣、头上包着厚厚的头巾的女人,昨天她就守着自己的几件行李坐在那儿等火车,今天还坐在那儿。伊万诺夫昨天离开这儿回部队过夜的时候曾经想过:要不要请这孤零零的女人一起回部队,让她和护士们睡在暖和的屋子里,何必在这儿挨冻呢!不知道她能不能到扳道房去暖和暖和?正这么想着,汽车就开动了,后来就把这个女人给忘了。现在这女人还是一动不动地坐在昨天那个位子上。这种耐心和恒心体现了女性心灵的忠贞不渝和始终如一——至少对待自己的东西和自己的家庭是这样——她可能也是要回家去吧。伊万诺夫走到她身边:也许她也觉得跟他在一起不至于像她独自一人那样寂寞。

那女人转过脸,伊万诺夫认出了她。这是个姑娘,大家都叫她"玛莎——澡堂服务员的女儿",因为当初她自我介绍的时候就是这么说的,事实上她也的确是澡堂服务员的女儿。战争期间,伊万诺夫到机场勤务营看望朋友的时候偶尔见过玛莎,这个澡堂服务员的女儿就在那儿的食堂里做临时工,给炊事员当助手。

此刻,他们周围是一片凄凉忧伤的秋天景象。那趟照理应该送玛莎和伊万诺夫回家的火车,还不知道在什么地方。现在唯一能够使一个人的心灵得到抚慰和欢乐的,就是另一个人的心灵了。

伊万诺夫和玛莎谈得十分投机,他的心情也变得舒畅了。玛莎模样可爱,心地纯朴,那双粗壮有力、勤劳的手和洋溢着青春气息、健壮的身体彰显着她的善良。她也要回家,也在思考今后怎样开始和平的新生活。她已经和部队里的那些女友相处惯了,和飞行员们也熟悉了。飞行员们都喜欢她,把她看作自己的姐姐,送给她巧克力,叫她"大玛莎",这不仅因为她身材高大,还因为她心胸宽阔,她真的像一位大姐姐，心中装着的不是个别人，而是所有的兄弟。现在玛莎要回家了，回到那些已经生疏的亲友中间，她反而感到不习惯、别扭，甚至担心。

伊万诺夫和玛莎觉得现在离开了部队就像失去了父母的孤儿。但是伊万诺夫不能长时间地沉湎于这种悲观消极的状态。他仿佛觉得在这样的时刻有人会幸灾乐祸，会从远处嘲笑他，而他自己却成了个愁眉苦脸的大傻瓜。因此他往往会去办实事，也就是说，他会给自己找一件事做或者找点消遣，或者用他的话来说，找点唾手可得的乐子——用这样的办法走出苦闷的境地。

他向玛莎靠近了一点，请求她同志式地允许他亲一下她的脸颊。

"我只是稍稍亲一下。"伊万诺夫说，"火车老是晚点，等得都不耐烦了。"

"只是因为火车晚点吗？"玛莎问，仔细打量了一下伊万诺夫的脸。

这位退伍大尉看上去三十五岁上下，脸上的皮肤由于风吹日晒成了咖啡色，那双看着玛莎的灰眼睛流露出谦恭甚至羞涩的神情，他说话虽然直率，却彬彬有礼、和蔼可亲。他那成熟男人的低沉嘶哑的嗓音、粗犷黝黑的脸庞以及坚强有力而又孤立无援的表情博得了玛莎的好感。伊万诺夫用大拇指摁灭了烟斗，大拇指已经没有烫痛的感觉，他怀着得到许可的期待叹了口气。玛莎从伊万诺夫身边往后挪了挪。他身上有一股浓烈的烟草味、烤面包干味和轻微的酒味——总之，全是那些从火中产生或者本身产生火的东西的味儿。好像伊万诺夫的生命就是靠烟草、面包干、啤酒和葡萄酒维持的。

伊万诺夫重复了一遍自己的请求。

"我一定很小心,我只是轻轻挨一下,玛莎⋯⋯您就把我当成您的叔叔好了。"

"我已经把您当成了⋯⋯把您当成了我的爸爸,而不是叔叔。"

"那好⋯⋯那么您就答应了吧⋯⋯"

"父亲亲吻女儿是不需要征得同意的。"玛莎说着笑了起来。

后来伊万诺夫暗自承认,玛莎的头发散发出秋天森林里落叶的气息,令他永远无法忘怀⋯⋯伊万诺夫走到离铁路稍远些的地方生起一堆小小的篝火,准备煮鸡蛋给玛莎和自己当晚饭。

夜里,火车来了,把伊万诺夫和玛莎送往他们的故乡。他们俩一起坐了两天两夜的火车,第三天火车把玛莎带到了二十年前她出生的那个城市。玛莎在车厢里收拾好了自己的行李,请伊万诺夫帮她把背包背到肩上,可是伊万诺夫却拿起她的行李挎到自己肩上,跟着她下了车,虽然他还得坐一天一夜多的车才能到达目的地。

伊万诺夫如此热情使玛莎又惊奇又感动。她怕一下子就孤零零地留在这个城市里,尽管她生于斯长于斯,但如今对她来说这儿几乎成了陌生的异乡。

玛莎的父母被德国人从这里赶走后不知道死在哪里。现在家乡只剩下她的一个表姐和两个姨妈,玛莎跟她们缺乏亲近感。

伊万诺夫到铁路军运指挥部办理了中途停留手续,跟玛莎一起留在这城里。其实,他应该赶快回家,他的妻子和两个孩子都在等着他,他也整整四年没有见到他们了。可伊万诺夫还是推迟了与家人团聚的那个欢乐而令人不安的时刻。他自己也不知道为什么要这样做,也许是想自由自在地再玩几天。

玛莎不知道伊万诺夫的家庭情况,出于少女的羞涩,她也不好意思问他。她信任伊万诺夫只是出于一颗善良的心,别的什么也没有想。

两天后,伊万诺夫重新踏上返乡的路途。玛莎送他到车站。伊万诺夫习惯地吻了吻她,满怀深情地向她保证,他将永远记住她。

玛莎笑着回答说:

"干吗要永远记住我?这没有必要,您迟早会忘掉我的……我对您没有任何要求,把我忘了吧。"

"我亲爱的玛莎!以前您在哪里?为什么我很久以前一直没有碰到您?"

"战前我在念中学,很久以前我还没出生呢……"

火车来了,他们互相道别。伊万诺夫走了,他没有看到玛莎剩下独自一人的时候放声大哭,因为无论是女友还是萍水相逢的同志,她都无法忘怀。

伊万诺夫望着窗外,散落在铁路沿线的一幢幢小房子在他眼前掠过。他想,今生今世他未必还会看到这座小城,但是在另一个城市,在外表相仿的一幢小房子里,住着他的妻子柳笆、儿子彼佳和女儿娜斯佳,他们正在等他回去。还在部队里的时候,他就给妻子发了一份电报,说他立即就要离开部队回家了,盼望早日亲吻她和孩子们。柳博芙·瓦西里耶芙娜,伊万诺夫的妻子,连续三天都去迎接从西边来的每一列火车。她请了假,耽误了完成定额,几个晚上都兴奋得无法入睡,眼睁睁地听着挂钟的钟摆缓慢而冷漠地摆动。到第四天,柳博芙·瓦西里耶芙娜打发两个孩子——彼佳和娜斯佳——去车站接父亲,晚上仍然由她去接。

伊万诺夫第六天才到。迎接他的是儿子彼佳。彼佳今年已经十一岁多了,父亲没有马上认出这个显得比实际年龄大的老成少年就是自己的儿子。父亲看到彼佳又矮又瘦,但是脑袋很大,脑门很宽,脸上的表情镇定自若,好像对生活中的烦恼已经习以为常,那双观察世界的褐色小眼睛却充满了忧郁和不满的神色,仿佛看到的尽是混乱的景象。彼佳穿着整齐:脚上穿的是双旧鞋子,但还管用,裤子和上衣是父亲的旧衣服改的,但是没有破绽,该缝的缝了,该补的也补了,彼佳整个儿看上去像个虽然贫穷,但是勤快的小个儿庄稼汉。父亲惊讶得叹了口气。

"你是父亲吧?"彼佳被父亲抱起亲吻的时候问道,"这么说来,是父亲!"

"是父亲······你好,彼得·阿列克谢耶维奇!"

"你好······怎么走了这么久? 我们一直等啊等啊······"

"彼佳,火车走得慢······母亲和娜斯佳怎么样,都好吗?"

"好,"彼佳说,"你得了几颗勋章?"

"两颗,彼佳,还有三枚奖章。"

"我和母亲还以为你胸前都挂满了勋章呢。母亲也有两颗奖章,是她立了功发给她的······你的东西怎么这样少——只有一个背包!"

"我不需要更多的东西。"

"带着个箱子打仗不方便吧?"儿子问。

"不方便,"父亲表示同意,"带一个背包就方便多了。打仗没有人带箱子。"

"我还以为大家都带着箱子呢。要是我就把东西全放进箱子里——放背包里容易折断弄皱。"

他提着父亲的背包往家走,父亲跟在他后面。

母亲站在家门口的台阶上迎接他们。今天她向单位请了假,她的心好像有预感似的,知道丈夫今天回来。她离开工厂后先回家,然后打算再到车站。她怕谢苗·叶夫谢耶维奇上她家：有时候他喜欢白天来，他有个习惯——大白天来跟彼佳和五岁的娜斯佳坐一会儿。谢苗·叶夫谢耶维奇从来不会空手来，总会给孩子们带点糖果啦，砂糖啦，一个白面包啦，一张日用品购货券啦什么的。柳博芙·瓦西里耶芙娜自己也没有发现谢苗·叶夫谢耶维奇有什么不好，他们相识两年来，谢苗·叶夫谢耶维奇一直对她很好，对孩子们就像父亲那样，甚至比有些当父亲的更加关心孩子。但是今天柳博芙·瓦西里耶芙娜不希望丈夫看到谢苗·叶夫谢耶维奇。她把厨房和房间收拾了一下，家里必须保持整洁，不应该有多余的东西。过一段时间，明天或者后天，她自己会详详细细地把自己的情况如实告诉他。还好，今天谢苗·叶夫谢耶维奇没有来。

伊万诺夫走过去拥抱妻子，久久不松手，尽情感受亲人那已经忘却但又熟悉的温暖。

小娜斯佳从屋子里出来，看了看陌生的父亲，使劲要把他从母亲身边推开，然后哭了起来。彼佳背着父亲的背包，一声不响地站在父母身边。过了一会儿，他说：

"你们行了吧，娜斯佳她不明白是怎么回事，会哭个不停的。"

父亲放开母亲，抱起吓得直哭的娜斯佳。

"娜斯佳！"彼佳喝住她，"别犯傻了，听见没有！他是我们的父亲，我们的亲人！……"

父亲进屋洗了把脸，在桌子旁边坐了下来。他伸直两条腿，闭上了眼睛，心里顿时感到一种融融的乐趣和宁静的满足。战争已经过去。这几年他的这双脚走了几千里路，脸上留下道道疲惫的皱纹，一合上眼皮眼睛就疼得像刀割似的——现在它们盼望在昏暗或者黑暗中得到休息。

　　他坐在那儿的时候,全家都在厨房和房间里忙碌着准备节日般的佳肴。伊万诺夫逐一打量着家里的所有东西——挂钟、餐具柜、墙上的温度计、椅子、窗台上养的花、俄式炉灶……这些东西很长时间没有见到他了,一直在想念他。现在他回来了,看着它们,重新认识它们,仿佛它们都是他离开后一直生活在思念和贫困中的一个个亲人。他闻着家里那股挥之不去的亲切的气息——木柴的烟味、孩子们的体味、炉膛里的焦味……这气息与四年前一模一样,并不因为他不在而消失和变化。伊万诺夫在别的地方从来没有闻到过这样的气息,尽管他在战争期间到过许多不同的国家,住过几百家人家,但是那些地方散发着另外的气息,没有自己家园的感觉。伊万诺夫还想起了玛莎身上的体味,她头发的味儿,那是林中落叶的味儿,是陌生的杂草丛生的道路的味儿,是将要重新开始动荡不安的生活的味儿,而不是自己家庭的味儿。她现在在干什么呢,从部队回去后她怎样安排自己的生活呢,这个澡堂服务员的女儿玛莎?

　　伊万诺夫发现,彼佳处理家务事最利索。他不光自己干活,还指挥母亲和娜斯佳,什么该做,什么不该做,怎样做才好。娜斯佳绝对听彼佳的话,她已经不再害怕父亲,不再把他当作陌生人了。她有一张生动的、专心致志的、做什么事都认真老实的娃娃脸和一颗善良的心,所以彼佳说什么她都不生气。

　　"娜斯佳,把杯子里的土豆皮倒掉,我要用……"

　　娜斯佳乖乖地倒掉土豆皮,把杯子洗干净。母亲这时候正在做不加酵母的快速死面馅饼,她急着要把馅饼放进炉子里烤,彼佳已经把炉火烧旺了。

　　"快点,母亲,动作快点!"彼佳在发号施令,"你没看见我把炉子准备好了。怎么老是磨磨蹭蹭的,还是斯达汉诺夫先进生产者呢!"

"一会儿,彼佳,我一会儿就好。"母亲顺从地说,"我再加点葡萄干就完了,你父亲大约好久没吃过葡萄干了。这葡萄干我一直留着等你爸回来吃。"

"他能吃上,"彼佳说,"我们部队也发葡萄干。你没看见我们的战士一个个都吃得胖胖的,他们的伙食不错……娜斯佳,你怎么坐下来了,你是来做客的吗? 给我削土豆去,一会儿要放到平底锅上煎了当午饭呢……光吃馅饼一家人能吃饱吗!"

看到母亲馅饼还没有做好,彼佳用大炉叉把汤锅送进炉膛,不让炉火白白烧着。他又开始对炉火发号施令:

"瞧你是怎么烧的,火苗到处乱窜! 你给我好好烧着。对准了锅底烧,你以为那些当劈柴的树在树林里长大是那么容易吗……娜斯佳,你怎么搞的,怎么把劈柴往炉子里乱塞,要放整齐,我不是教过你吗。土豆皮你怎么削得这么厚,要削得薄一点——你干吗把土豆连皮带肉都削掉了? 这样一来我们的口粮就减少了……这事我给你说过多少次了……现在我给你说最后一次,下次再这样我就给你后脑勺一个巴掌!"

"你怎么啦,彼佳,怎么老是数落娜斯佳,"母亲柔声柔气地说,"她怎么惹你生气啦? 她削了那么多土豆,难道你要她像理发师那样一个个都削得那么薄,一点儿肉都不碰吗! ……父亲回来了,可你老生气!"

"我没有生气,我说的是正经事……得养活父亲,他刚从战场上回来,可是你们白白糟蹋粮食……我们家一年光土豆皮就浪费多少粮食! ……我们要是养口母猪,光一年的土豆皮就能把它养得又肥又壮,送到展览会上准能得个奖章……你们瞧瞧,要是这样多好啊,可你们不明白!"

伊万诺夫没想到自己有这样一个能干的儿子,他坐在那儿,打心眼里佩服儿子精打细算的聪明劲。不过他更喜欢性格温柔、也在一刻不停地忙家务活的小娜斯佳,她那双小手已经习惯干活了,十分灵巧。这就是说,这双手早就学会干家务活了。

"柳笆,你怎么什么也不跟我说?"伊万诺夫问妻子,"我不在的这几年你是怎么过的?身体好吗?在单位里干些什么?……"

柳博芙·瓦西里耶芙娜在丈夫面前现在像新娘似的感到羞涩:她跟他生疏了。丈夫跟她说话的时候她甚至脸红了,脸上像年轻时那样露出腼腆惊慌的神色,正是这样的表情当初令伊万诺夫心醉神迷。

"还好,阿辽沙……我们的日子过得还可以。孩子们很少生病,我一直照看着他们……糟糕的是我只有晚上才能在家里和他们在一起。我在砖厂干活,压砖坯,到工厂上班挺远的……"

"在哪儿干活?"伊万诺夫没听明白。

"在砖厂,压砖坯。我又没有什么专长,起先在工厂的大院里当杂务工,后来教我学会了技术,分配我去压砖坯。工作挺不错,就是孩子们没法照顾,他们挺孤独的……瞧,他们都长大了,什么都会干,像大人一样。"柳博芙·瓦西里耶芙娜低声说,"这样是不是好,阿辽沙,连我自己都不知道……"

"以后就知道了,柳笆……现在我们全家团聚了,是好是坏往后会搞清楚的……"

"有你在,一切都会好的,要不我一个人真不知道什么是对的,什么是不对的,所以老是提心吊胆的。现在你自己要想一想,咱们该怎样培养孩子……"

伊万诺夫站起身,在房间里来回走了一圈。

"照你这么说,总的还可以,你们的心情好吗?"

"还可以,阿辽沙,一切都过去了,我们都熬过来了。就是特别想念你,生怕你永远回不来了,像别人那样牺牲在那儿……"

她脸对着已经放进铁模子里的馅饼哭了起来,眼泪扑簌扑簌地掉在面团上。她刚给馅饼的表面涂了一层鸡蛋糊,正在用手掌往面团上抹,现在又往节日的馅饼洒上一层泪水。

娜斯佳双手抱住母亲的一条腿,脸紧紧贴着她的裙子,皱着眉严厉地看着父亲。

父亲俯身问她:

"你怎么啦!……娜斯佳,你怎么啦? 你生我的气了?"

他把她抱起来搂进怀里,抚摸着她的小脑袋。

"你怎么啦,闺女? 你把我全忘了,我上前线的时候你还小……"

娜斯佳把脑袋搁在父亲肩上,也哭了起来。

"你哭什么,娜斯佳?"

"妈妈哭我也哭。"

站在炉门前的彼佳感到不可理解,不满地说:

"你们这是怎么啦? ……都闹起情绪来了,可炉子里的火快烧灭了。难道要重新生一次火吗? 谁能给我们再发一张新的劈柴票呢? 原来那张购柴票上的定量全买了,快烧完了,柴房里只剩下一点点了——十块劈柴,还全是白杨木的……母亲,趁炉膛里还热,快把面团搁上。"

彼佳从炉膛里取出搁在大炉叉上的汤锅,再把烧红的炭火拨拢,而柳博芙·瓦西里耶芙娜好像要尽量讨好儿子,赶紧把两个生馅饼放进炉膛,甚至忘了给第二个馅饼抹鸡蛋糊。

伊万诺夫对自己的家感到十分奇特,也无法完全理解。妻子还是原来的模样——脸庞依然那么可爱,那么羞涩,尽管显得相当疲惫。孩子还是他生的两个孩子,只是在战争期间长大了,这也是很自然的事。但是不知道什么东西妨碍他全身心地感受回家的快乐——也许他对家庭生活已经完全不习惯了,即使最亲近、最亲密的人也无法立即理解了。他看着彼佳,看着自己如今已经长大的大儿子,听着他向母亲和妹妹发号施令并教训她们,观察他那一本正经、心事重重的神情,他禁不住怀着愧疚的心情在内心承认,他给予这孩子的父爱、对儿子的牵挂是很不够的。看着彼佳那可怜的模样真叫人伤心,其实他比别人更需要爱和关心,此刻伊万诺夫对自己的冷漠更加感到惭愧了。伊万诺夫不太了解自己的妻子儿女这几年是怎样熬过来的,所以他也不可能明白彼佳为什么养成了这样的性格。

全家围着桌子吃饭的时候,伊万诺夫明白了自己的责任。他必须尽快着手做事,也就是说,为了帮助妻子用正确的方法教育孩子,他要去工作去挣钱——这样一切才会好起来,彼佳才能够跟伙伴们玩耍,才能坐下来读书,而不是拿着炉叉站在炉子旁边发号施令。

吃饭的时候,彼佳吃得比谁都少,但是把掉在桌子上的残渣全捡起来塞进嘴里。

"你怎么啦,彼佳?"父亲问他,"你怎么只顾吃渣子,你的那块饼还没有吃完呢……你吃吧!吃完了母亲再给你添一块。"

"吃什么都一样。"彼佳皱着眉说,"我已经够了。"

"他怕自己吃多了娜斯佳会学他的样也要吃得多。"柳博芙·瓦西里耶芙娜坦率地说,"他舍不得吃。"

"可你们什么也不心疼。"彼佳冷冷地说,"我想让你们多吃点。"

父亲和母亲相互看了一眼,儿子的话使他们受到震动。

"你怎么也不好好吃呢?"父亲问娜斯佳,"你是不是学彼佳的样? 该吃就吃,不然永远长不大……"

"我已经长大了。"娜斯佳说。

她吃了一小块馅饼,把另一块稍大些的放在一边,用餐巾遮住。

"你这是干吗?"母亲问她,"要不要给你抹上点黄油?"

"不要,我吃饱了……"

"那就这么吃吧……干吗把这块饼放在一边?"

"谢苗叔叔要来。我这是留给他的。这不是你们的饼,是我省下的。我把它放在枕头底下,要不凉了……"

娜斯佳从椅子上下来,把那块包着餐巾的饼放到床上,然后塞到枕头底下。

母亲想起五一节的时候,她也是这样把烤好的馅饼用枕头捂着,免得谢苗·叶夫谢耶维奇来了吃凉的。

"这个谢苗叔叔是什么人?"伊万诺夫问妻子。

柳博芙·瓦西里耶芙娜不知道该怎样回答,于是说:

"我不知道他是什么人……他常常一个人来看望孩子,他的妻子和孩子被德国人杀害了,他跟咱们的孩子混熟了,经常来跟他们玩。"

"怎么玩?"伊万诺夫惊讶了,"他们在你这里玩什么? 他多大年纪?"

彼佳迅速地看了看母亲,又看了看父亲。母亲什么也没回答,只是用忧伤的目光看着娜斯佳。父亲冷笑了一下,从椅子上站起来,点燃了烟。

"这个谢苗叔叔跟你们玩的玩具在哪儿?"过了一会儿,父亲问彼佳。

娜斯佳从椅子上下来,爬到衣柜旁的另一把椅子上,从衣柜上取下几本小书交给父亲。

"这是玩具书,"娜斯佳对父亲说,"谢苗叔叔常常念给我听。瞧,这米什卡多好玩,这是个玩具,还是本书呢……"

伊万诺夫接过女儿递过来的几本玩具书:有讲狗熊米什卡的,有讲大炮的,有讲多姆娜奶奶在那间小屋里跟她的小孙女织麻布的……

彼佳想起现在该关上烟道的风门,不然屋里的热气要跑掉的。

他关上风门,对父亲说:

"他比你老,那个谢苗叔叔……他给我们好处,别跟他过不去……"

彼佳怕天气可能发生变化,走过去看了看窗外,发现天空中飘着九月里不该有的乌云。

"这云怎么这样阴沉沉的,"彼佳说,"肯定要下雪了!没准明天早上就要转冷了?那样的话我们怎么办:土豆还全在地里,过冬的准备还没有做……唉,真糟糕!……"

伊万诺夫看着自己的儿子,听着他说出这一番话,心里不免有点胆怯。他本来打算详细追问妻子:近两年来经常到他家里来的这个谢苗·叶夫谢耶维奇究竟是什么人?他来找谁?是找娜斯佳还是找他漂亮的妻子?但是彼佳跟母亲大谈家务事:

"母亲,把明天的粮票和指定供应证给我。煤油票也给我——明天是最后一天。还得买木炭,可你把口袋丢了,那里买炭要自备口袋,你就随便再给我找一个,或者找点旧布缝个新的吧。没有口袋咱们可不行。让娜斯佳明天看住我们院子里的水井,要不大家把水都打光了,冬天眼看就到了,到时候水位下降,我们家的井绳不够长,吊桶够不着水。总不能吃雪吧,化雪水还得用柴火。"

彼佳一面说一面还在炉子旁边打扫并且整理灶具。然后从炉膛里取出炉叉和汤锅。

"我们吃了点馅饼,现在来喝肉汤吃面包吧。"彼佳向大家发出指示,"你呢,父亲,明天早上到区苏维埃和军事委员会走一趟,你早一天去报到,我们就早一天领到你的粮票。"

"我去。"父亲顺从地答应说。

"你一定要去,千万不能忘记,不要明天一觉醒来什么都忘了。"

"不会的,我不会忘记的。"父亲保证说。

全家默默地吃完了这战后的第一顿有汤有肉的团圆饭,连彼佳都平静地坐在那儿,好像父亲、母亲和孩子们都害怕无意间说出的一句话会破坏全家团聚的宁静和幸福。

过了一会儿,伊万诺夫问妻子:

"柳笆,你们穿得怎么样?大约都穿烂了吧?"

"大家都穿旧衣服,可现在要添新的啦。"柳博芙·瓦西里耶芙娜说着微微一笑,"孩子们身上的衣服我补了又补,你的西装、你的两条裤子、你的所有内衣全改给他们穿了。我们缺钱花,但孩子总得穿吧……"

"说得对,"伊万诺夫说,"为了孩子别舍不得。"

"我没有舍不得,连你替我买的大衣我都卖了,现在我穿的是棉衣。"

"她的棉衣很短,穿了容易感冒。"彼佳说,"我要去澡堂当锅炉工,我领了工资就给她买大衣。集市上有人对手卖,我已经去打听过价钱,那儿有合适的……"

"你别操心,没有你的工资我们也能解决。"父亲说。

午饭后，娜斯佳往鼻子上架了一副大眼镜，坐在窗口给母亲补手套。那手套是母亲上班时套在袖笼里的——天气变冷了，已经是秋天了。

彼佳瞪了妹妹一眼，冲她发火说：

"你捣什么乱，干吗戴谢苗叔叔的眼镜！……"

"我是从眼镜上面看，没从眼镜里面看。"

"还犟嘴！我都看到了！这样你会损害眼睛变成瞎子的，到那时候，你就一辈子靠领养老金让别人养活你吧。马上把眼镜给我摘下来——听见没有！别补手套了，母亲自己会补的，或者等我空了我来补。去拿本子写字——你连上次什么时候写过都忘了吧！"

"怎么，娜斯佳上学了？"父亲问。

母亲回答说，还没有上学，她年龄还小，但是彼佳规定娜斯佳每天都要学习，他给她买了本子让她写字。彼佳还教她数数，用几颗南瓜子教她加减法，柳博芙·瓦西里耶芙娜自己教她认字母。

娜斯佳放下手套，从衣柜的抽屉里取出本子和蘸水笔，彼佳见妹妹都照他的吩咐做也就满意了，于是穿上母亲的棉衣到院子里去劈明天烧的柴。彼佳一般把头天劈好的柴隔夜搬进屋里，在炉子后面码好，让柴烘干，第二天既好烧又节省。

晚上，柳博芙·瓦西里耶芙娜早早做好了晚饭。她想让孩子们早点睡，自己可以单独和丈夫坐下来说说话。可是孩子们吃了晚饭好久都不睡，娜斯佳躺在木沙发上从被窝里偷偷看着父亲，而彼佳躺在俄式炉炕上——无论冬天还是夏天，他都睡在这炉炕上——他在炕上翻来覆去，一会儿咳嗽，一会儿自言自语，折腾老半天。夜深了，娜斯佳这才合上了疲惫的眼睛，彼佳也在炉炕上呼呼入睡了。

彼佳睡觉十分惊醒：他老是怕夜里发生了什么事他听不见，火灾啦，贼偷强盗抢啦，或者母亲忘了插门销，半夜里门开了屋里的热气全跑光了。这一次，彼佳醒过来是因为父母在厨房隔壁的屋子里情绪激动的谈话声。他不知道现在是什么时间——是半夜还是凌晨，反正父母还没有睡。

"阿辽沙，你别嚷嚷，会把孩子吵醒的。"母亲悄声说，"你不要骂他，他是个好人，他爱你的孩子……"

"我们不需要他的爱，"父亲说，"我的孩子我自己会爱的……亏你说得出口，他居然爱上了别人的孩子！我给你寄了军人领款证，你自己也有工作，为啥还需要这个谢苗·叶夫谢耶维奇？是不是你熬不住了……唉，柳芭啊柳芭！我没有想到你会这样。这么说来，你把我当成了大傻瓜……"

父亲不再说下去，他划了根火柴点烟斗。

"阿辽沙，你怎么这样说话！"母亲提高了嗓门，"孩子都是我一手扶养照管的，他们几乎没有生过病，身体都结实……"

"那又怎么样！"父亲说，"人家有四个孩子，照样日子过得不错，孩子长得不比我们家的差。你看看你的彼佳，成了什么样的人——说话办事像个老爷爷，可读书多半忘记了。"

彼佳在炕上叹了口气，为了继续往下听，他假装打起了呼噜。"得，我是老爷爷，"他想，"你可以舒舒服服地吃现成饭！"

"可是生活中最困难最重要的事情他都经历了！"母亲说，"再说学文化他也没有拉下啊。"

"你那个谢苗究竟是什么人？别给我东拉西扯了。"父亲光火了。

"他是个好人。"

"你爱他,是不是?"

"阿辽沙,我是你孩子的母亲……"

"说下去!直截了当地回答我!"

"我爱的是你,阿辽沙。我是母亲,当女人的那种事是很久以前了,而且也只跟你做,我都忘了是什么时候了。"

父亲不说话,一个劲儿地在黑暗中抽烟。

"我想你想得好苦啊,阿辽沙……是的,我身边有孩子,但是他们代替不了你,我一直在等你,这漫长可怕的几年,早晨我都不愿意醒来。"

"他在单位里担任什么职务?"

"他是我们厂材料处的。"

"明白了。一个骗子。"

"他不是骗子。我不知道……他们全家都死在莫吉廖夫,三个孩子,女儿都快出嫁了。"

"没关系,他又换了一个现成的家庭——那娘们还不老,模样还挺俊,所以他又过得挺滋润的。"

母亲什么也没有回答。屋子里静悄悄的,但是彼佳很快听到了母亲在哭泣。

"他跟孩子们经常讲起你,阿辽沙,"母亲又开口了,彼佳凭声音知道,母亲眼睛里噙着大颗大颗的眼泪,"他常给孩子们说你在前线为我们打仗,为我们受罪……他们问他,为什么要这样?他告诉他们,因为你是个好人……"

父亲哈哈大笑着敲灭了烟斗。

"你们那位谢苗·叶夫谢原来是这样一个人!从来没有见过我,可是对我大加赞赏。真了不起!"

"他确实没见过你。他这是故意编出来的,想让孩子们经常想着父亲,爱父亲。"

"他这样做究竟为什么?为什么?是为了尽快把你搞到手?你说啊,他究竟要干什么?"

"也许他心肠好,阿辽沙,所以才这样做。不然又为什么呢?"

"你真蠢,柳笆。请你原谅我。天底下不图回报的事是没有的。"

"可谢苗·叶夫谢耶维奇经常给孩子们带点东西,每次都带,有时候带点糖果,有时候带点白面,有时候带点砂糖,前几天还给娜斯佳一双毡靴,但是不能穿,尺码太小。而他自己从来不要我们什么。其实我们也不要他的,阿辽沙,没有他的礼物我们也能过,我们过惯了苦日子,可是他说,他关心别人的时候心里好受些,可以稍稍减轻对死去的家人的思念。你见了他就会知道他并不是你想象的那种人……"

"尽是胡说八道!"父亲说,"你别把我当傻瓜……跟你在一起,柳笆,我感到没意思,我还想好好过日子呢。"

"跟我们一块儿过吧,阿辽沙……"

"我跟你们在一块儿,而你去跟谢苗·叶夫谢那家伙在一块儿,是吗?"

"我不会再跟他一起了,阿辽沙。他再也不会上我家来了。我要告诉他,让他别再来了。"

"既然今后你不再跟他在一起了,那就是说,过去你们在一起过?……唉,柳笆,原来你是这种人,你们女人都是一路货。"

"那你们是什么货?"母亲恼火了,"这话是什么意思——我们女人都是一路货?我不是这样的人……我没日没夜地干活,我们做火车头锅炉用的耐火砖。我做得面黄肌瘦，大家都认不出我了，连要饭的都不会向我伸手。我也做得很苦，把孩子撇在家里没人照应。下班回来，家里常常是火没生，饭没做，灯没点，孩子们愁眉苦脸的，他们一开始不会做家务，不像现在，彼佳那时候还小……谢苗·叶夫谢耶维奇开始上我们家。他一来就陪孩子们玩。他也是孤身一人过日子。他问我：'我可不可以上你们家暖和暖和？'我告诉他我们家里也挺冷，我们家的劈柴潮乎乎的。他回答说：'没关系，我的心整个儿都凉透了，我只要在你们的孩子旁边坐坐就行，不用为我生炉子。'我说那好吧，你就来吧，孩子们跟你在一起也不会害怕了。后来我对他也习惯了，他来了我们大家的心情会好一些。我看着他就想起你，想到我们还有你在……家里没有你实在太苦太难了；只要有人来，气氛就不那么凄凉，时间也过得快些。没有你，时间对我们有什么用！"

"后来呢，后来怎么样？"父亲催促道。

"后来什么事也没有。现在你回来了，阿辽沙。"

"那好，如果是这样的话。"父亲说，"该睡觉了。"

但是母亲央求父亲：

"待一会儿再睡。咱们再说会儿话，跟你在一起我多高兴啊。"

"他们争得没完没了，"彼佳躺在炕上想，"讲清楚了不就行了呗。母亲明天还得早起上班呢，可她还在东扯西拉，哭倒是不哭了，但是高兴得不是时候。"

"这个谢苗爱你吗？"父亲问。

"等一等，我去给娜斯佳盖好被子，她睡着了总要踹被子，容易着凉。"

母亲给娜斯佳盖好被子，走进厨房，在炉子旁边站了一会儿，听听彼佳睡着了没有。彼佳明白了母亲的用意，打起了呼噜。过了一会儿母亲回去了，彼佳听到她在说话：

"大概是爱的吧。他看着我的时候神情挺温柔，我发现，可我这副模样——难道我现在还好看吗？他心里不好受，阿辽沙，他总得爱什么人吧。"

"你该吻吻他呀，既然你们是这样一种关系。"父亲平静地说。

"你又来了！他主动吻过我两次，尽管我不愿意。"

"既然你不愿意，那他为什么还要这样做？"

"我不知道。他说他一时糊涂，想起了妻子，而我有点儿像他妻子。"

"他也像我吗？"

"不，不像。谁都不像你，你是独一无二的，阿辽沙。"

"你说我是独一无二的？数数就是从一开始的，有了一就有二。"

"他只是吻了吻我的脸颊，没有吻嘴唇。"

"吻哪儿反正都是吻。"

"不，不一样，阿辽沙……你对我们的生活了解多少？"

"怎么不了解？这场战争我从头打到结束，离死神比你近……"

"你在打仗，可我在这里想你都快想疯了，心里难受得手都发抖，但是为了养活孩子，为了支援国家打败法西斯，我还得打起精神干活。"

母亲的语气平静，但是内心很痛苦，彼佳很可怜母亲：他知道，她自己学会了给一家三口补鞋，因为找鞋匠补鞋太贵，为了几颗土豆她帮邻居修理电炉。

"我受不了这样的日子和对你的思念，"母亲说，"要是实在受不了,我会死的,我知道那样会死的,可是我有孩子……我当时需要感受什么别的东西,阿辽沙,某种乐趣,让我喘口气。有一个人说他爱我,他对我那么好,就像你很久以前对我那样……"

"这个人是谁,还是谢苗·叶夫谢吗?"父亲问。

"不是,是另一个人。他是区工会的指导员,他是疏散来的……"

"管他是什么人,让他见鬼去吧!那么结果怎么样?他安慰你了?"

关于这个指导员的事,彼佳一点儿也不知道,他感到奇怪的是怎么居然一无所知。"咳,我们这个母亲胆子也够大的。"彼佳在心里说。

母亲回答父亲说:

"我从他那儿什么也没有得到,没有任何快乐。后来我反而更加痛苦。起初我的灵魂向往他,因为我的灵魂快死了,而当他成了与我亲密无间的人的时候,我却十分冷漠,心里想着家务事,后悔让他亲近自己。我明白了,只有跟你在一起,我心里才会感到平静和幸福,只有你在我身边的时候我才能得到休息。没有你,我无处躲避,即使为了孩子我也无法拯救自己……和我们一起过吧,阿辽沙,我们会幸福的!"

彼佳听得很清楚,父亲默默地起床,点燃了烟斗,坐到凳子上。

"那次亲近之后还碰过几次面?"父亲问。

"总共才一次。"母亲说,"后来再也没有过。还要几次啊?"

"你想几次就几次,那是你的事。"父亲说,"那你为什么说你是我们孩子的母亲,只有跟我在一起才做女人,而且还是很久以前的事……"

"这是实话，阿辽沙……"

"怎么可能呢？这算什么实话？你跟他在一起不也是女人吗？"

"不，跟他在一起的时候我不是女人，我想做女人，但是做不到……我那时候觉得，没有你我要完了，我需要有人跟我在一起，我已经受尽了折磨，心力交瘁，我的内心一片漆黑，连自己的孩子我都已经不爱了，而你是知道的，为了孩子我什么都能忍受，为了他们，要我献出这把骨头也心甘情愿！……"

"等一会！"父亲说，"你不是说你看错了这另外一个谢苗·叶夫谢吗，从他那儿你似乎没有得到任何乐趣？可是你并没有完蛋，也没有死，而是活得好好的。"

"我没有完蛋，"母亲低声说，"我还活着。"

"这就是说，你现在还在对我说谎！哪一句是你的真话？"

"我不知道，"母亲喃喃地说，"我知道得很少。"

"好啊！但是我知道得很多，我经历的苦难也比你多。"父亲说，"你是个烂货，就这么回事。"

母亲一声不吭。只听见父亲急促而吃力的喘气声。

"现在我回来了，"他说，"仗也打完了，可是你伤了我的心……那好吧，现在你去跟你的什么谢苗啊叶夫谢啊过日子吧！你让我成了大家取笑的对象，成了笑柄，可我也是个人，而不是玩具……"

父亲摸着黑，开始穿衣穿鞋，然后点着了煤油灯，坐到桌子旁边给手表上发条。

"现在是四点钟，"他自言自语说，"天还黑。俗话说：女人好找，妻子难得。这话有道理。"

家里静悄悄的。娜斯佳睡在木床上，发出均匀的呼吸声。彼佳脸贴着热炕上的枕头，忘记了自己应该打呼噜。

"阿辽沙!"母亲低声下气地说,"阿辽沙,原谅我吧!"

彼佳只听见父亲在唉声叹气,接着是打碎玻璃的声音。彼佳从帘子缝里发现父母的那间屋里变暗了,但是灯还亮着。"他把玻璃灯罩砸碎了,"彼佳猜想道,"可是玻璃灯罩现在哪儿也买不到。"

"你把手划破了,"母亲说,"你的手在流血呢,到衣柜里拿块毛巾捂上。"

"给我闭嘴!"父亲冲着母亲吼道,"你的声音我都受不了……给我叫醒孩子,马上叫醒! ……去啊,听见没有! 让我告诉他们,他们的母亲是个什么货色! 让他们知道知道!"

娜斯佳吓得尖叫着醒了过来。

"妈妈!"她喊道,"我要到你那儿,行吗?"

娜斯佳喜欢夜里爬到母亲床上和母亲睡一个被窝。

彼佳从炕上坐了起来,双脚悬在炕沿上,对大家说:

"该睡觉啦! 你们干吗吵醒我? 天还没有亮,外面黑着呢! 你们吵什么? 还点了灯?"

"睡吧,娜斯佳,睡吧,还早呢,我这就过来。"母亲说,"彼佳,你也别起来,也别说话了。"

"那你们为什么还说话? 父亲要干什么?"彼佳说。

"我干什么关你什么事?"父亲答道,"你这个多管闲事的家伙!"

"你为什么把灯罩砸了? 你干吗吓唬母亲? 她已经这么瘦了,吃土豆也不抹黄油,把黄油省给娜斯佳吃。"

"你知道母亲干了些什么丑事?"父亲像小孩告状似的大声说道。

"阿辽沙!"柳博芙·瓦西里耶芙娜央求丈夫。

"我知道,我什么都知道!"彼佳说,"母亲为了你老是哭,一直在盼你回来,可你回来了,她还是哭。你才什么都不知道呢!"

"你还什么都不懂!"父亲火冒三丈,"我们家里出了你这么一个宝贝。"

"我什么都一清二楚。"彼佳在炕上回嘴说,"你自己才不懂呢。我们都有事情要做,要过日子,可你们吵个不停,像笨蛋似的……"

彼佳不再说话,他靠在枕头上忍不住嘤嘤哭了起来。

"你在家里发号施令,"父亲说,"不过现在也无所谓了,你就在这里当家长吧……"

彼佳擦干眼泪,回嘴说:

"你啊,算什么父亲,说出这样的话,亏你还是个大人,上过战场……明天你到残废军人合作社去看看,哈里顿叔叔在那儿站柜台,他卖面包从来不缺斤短两。他也上过前线,现在回来了。你去问问他,他给谁都说,自己还笑呢,我亲耳听到的。他的妻子阿纽塔,学会了开汽车,现在专门运食品,她人挺好,从不偷拿面包。她也有相好的,经常去人家家里,人家还请她吃东西。她那个相好也有勋章,缺一只胳臂,是工业品零售店的头儿……"

"你胡说些什么啊,还是去睡吧,天快亮了。"母亲说。

"你们不是不让我睡吗……天亮还早呢。那个缺胳臂的和阿纽塔好上了,他们在一起日子过得挺好。而哈里顿当时在打仗。后来哈里顿回来了,就跟阿纽塔吵架。白天吵,夜里就喝酒,还吃菜呢,阿纽塔只是哭,什么也不吃。吵啊吵啊,后来他折腾得连自己都没有劲了,也不再折磨阿纽塔,反而对阿纽塔说:你怎么只有一个独臂的家伙,你真是个蠢婆娘,你瞧我,离开你之后我跟格拉什卡、阿普罗西卡、玛鲁西卡、跟你同名的纽什卡、再加上玛格塔林卡都有过关系。说着他自己也笑了,阿纽塔阿姨也笑了,后来阿纽塔夸起了哈里顿,说她的哈里顿是个好人,世界上没有比他更好的人了,他杀死了好多法西斯,女人也排着队要跟他好。这全是哈里顿叔叔收点面包的时候跟大家讲的。现在他们日子过得挺和睦,挺友好。而哈里顿叔叔又笑着说:'我骗了我的阿纽塔,其实我一个女人也没有,格拉什卡啦,纽什卡啦,阿普罗西卡啦,还有什么玛格塔林卡啦,一个都没有。当兵的——就是祖国的儿子,他没有时间胡搞,他一心一意要打敌人。我这是故意编出来吓唬阿纽塔的……' 父亲,你睡吧,把灯吹灭了,没有灯罩烟灰多……"

伊万诺夫听了儿子彼佳讲的故事感到十分吃惊。"这狗崽子!"父亲在心里骂儿子,"我还以为他接着要讲我的玛莎呢……"

彼佳说累了,打起了呼噜。这一次他真的睡着了。

他醒过来的时候天已经大亮了。他吓了一跳:自己睡了这么久,早晨的家务事一点也没有做呢。

家里只剩下娜斯佳一个人。她坐在地上翻那本很久以前母亲给她买的图画书。这本书她每天都看,她没有别的书。她一面看一面用手指在字母上划来划去,好像在阅读似的。

"你怎么一大早就糟蹋书本?把书放回去!"彼佳吩咐妹妹,"母亲在哪里?上班去了?"

"上班去了。"娜斯佳轻声回答,合上了书。

"父亲上哪儿去了?"彼佳朝厨房和房间里看了一遍,问道,"他拿了背包没有?"

"他拿了。"娜斯佳说。

"他跟你说什么了?"

"他没说,他光亲了亲我的嘴巴和眼睛。"

"原来是这样。"彼佳说着便沉思起来。

"你给我站起来。"彼佳命令妹妹,"我来给你把脸洗干净,给你穿上衣服,我带你出去……"

此刻,他们的父亲正坐在火车站。他已经喝了四两伏特加酒,一大早就凭旅途供应证吃好了午饭。昨天夜里他就下定决心要离开这里,到玛莎住的那个城市,和她再次相会,也许从此以后跟她永不分离。遗憾的是,他的年龄比这个澡堂服务员的女儿大许多。不过,结果究竟怎样还得走着瞧,事前无法预测。但伊万诺夫还是希望玛莎见了他多少会高兴的,要是那样的话,他也就心满意足了。这表明他自己也有了新的知己,而且还是个漂亮的、活泼的、心地善良的人。到了那儿事情会清楚的!

不一会儿,火车来了,这列火车正巧开往昨天伊万诺夫回来的那个方向。他拿起背包向车厢走去。"玛莎料不到我会去,"伊万诺夫想,"她曾经对我说过,我迟早会忘记她的,我和她再也不会见面了。可我现在就去找她,而且永不分离。"

他上车后站在过道平台上,他想等火车开动了再最后看一眼这座小城——这是战前他居住的地方,是他的两个孩子出生的地方……他想再看一眼他抛弃的那个家,从车厢就可以清清楚楚地看到他家的房子,因为他们家所在的那条街正对着火车要经过的铁路道口。

火车启动了,徐徐经过车站的岔道,向荒凉的秋野驶去。伊万诺夫抓住车厢的扶梯,从过道平台上看着一幢幢小屋、大楼、板棚以及消防瞭望塔,看着这座曾经使他感到亲切的城市渐渐向后退去。他认出了远处那两个高高的烟囱:一个是肥皂厂的,另一个是砖厂的,柳笆现在正在那儿压砖坯。现在让她按照自己的愿望生活吧,他也将按照自己的愿望生活。也许他能够原谅她,但是这意味着什么呢? 反正他已经铁了心,决不原谅那个在战争期间为了排遣孤独和寂寞而与他人亲吻同居的人。至于柳笆因为生活艰难、不堪贫困和痛苦折磨而跟什么谢苗或叶夫谢亲热,这不能成为开脱辩解的理由,只能证明她对他们有感情。一切爱情均产生于贫困和痛苦,如果一个人什么都不缺,一点都不痛苦,那么他永远不会爱上另一个人。

伊万诺夫打算离开过道平台,到车厢里睡觉。他不想最后看一眼那幢自己曾经住过、他的孩子还留在那儿的房子,何必自寻烦恼呢。他探身看了看前面,想知道离那个道口还有多远。他一眼就看到了道口。铁路在这里与一条通往城里的乡间土路交叉。土路上散落着从大车上掉下来的一束束麦秸和干草,以及柳枝和马粪。除了一周两天的赶集日子,这条路上一般很少有行人,偶尔有个农民赶着满载干草的大车进城或者从城里返回乡下。现在就是这样,路上不见人影,只是从城里,从和土路相接的那条街上,远远的有两个孩子跑过来,一个大一点,另一个小一点,大的搀着小的手,拉着他飞跑。那小的不管怎样使劲,怎样加快脚步,还是赶不上那个大的。于是那个大的拼命拖着小的往前赶。跑到城边最后一幢房子附近,他们停下了脚步,朝车站方向看了看,肯定是在考虑要不要到车站去。然后他们又朝正在经过道口的客车看了看,便径直朝列车奔来,似乎想立即追上它。

伊万诺夫所在的车厢正在通过道口。他拎起放在过道平台地板上的背包,准备进入车厢,躺到上层那个铺位睡觉,免得其他旅客来打搅他。那两个孩子有没有追上最后一节车厢? 伊万诺夫在通过平台上探身朝后面看了看。

两个孩子手拉着手,继续向道口奔来。突然,他俩一起摔倒了,爬起来又继续往前跑。大的那个举起一只手,脸对着行进中的火车,对着伊万诺夫的方向,不停地招手,好像在呼唤什么人回到他身边。这时候,他们又摔倒在地上。伊万诺夫看清楚了,大的那个孩子一只脚穿着毡靴,另一只脚穿着套鞋——怪不得他老是摔跤。

伊万诺夫闭上眼睛,他不愿看到,也不愿感受那两个筋疲力尽、摔倒在地的孩子的疼痛。他只觉得自己胸口火辣辣的,似乎他那颗禁锢着的心有生以来始终在无谓地跳动,直到此时此刻才冲破牢笼获得了自由,使他浑身充满了温暖和战栗。他好像豁然开朗了,对过去知道的一切,现在认识得更加准确更加深刻了。过去他是隔着一层自尊和自私的屏障去感受另一种生活,现在他那颗袒露的心突然直接接触到了。

他站在车厢扶梯口,再次朝车尾方向那两个渐渐离去的孩子看了一眼。这时候他已经知道,那是他的两个孩子,儿子彼佳和女儿娜斯佳。车厢经过道口的时候,他们肯定看见他了,所以彼佳才呼唤他回家,回到母亲身边,而当时他正在考虑别的事情,心不在焉地看着他们,没有认出自己的孩子。

这时候列车已经把彼佳和娜斯佳远远抛在后面,但他们还在沿着铁轨旁的沙土小路拼命奔跑。彼佳仍然拉着妹妹娜斯佳的手,她的脚步赶不上的时候就拖着她跑。

伊万诺夫把背包扔下车,然后走下扶梯,踏上了那条沙土小路,他的两个孩子正沿着这条小路向他奔来。

第三个儿子

在州的首府,有一位老太死了。她的丈夫,七十岁的退休工人,到电报局向全国各地发了一份内容相同的电报:"母病故,速归。"

电报局那位上了年纪的女职员慢慢吞吞地点钱,还老是出错,然后填写单据,再用颤抖的双手盖上图章。老头那双红肿的眼睛从小木窗里和善地望着她,可是脑子里却在想别的事,他要排遣心头的悲哀。在他看来,这位上了年纪的女职员也有一颗破碎的心和难言的苦衷——没准她是个寡妇或者被狠心的丈夫抛弃了。

你看她动作迟钝,连钱也点不清,一副神不守舍的模样。是啊,哪怕干一件普普通通的简单活儿,人也需要内心的幸福啊!

年迈的父亲发完电报就回到了家里。他坐在停尸台旁边的凳子上,紧挨着死者冰凉的双脚。他抽着烟,自言自语地说些伤心的话儿,眼睛却望着那只在鸟笼的横梁上跳来跳去、在孤独中苦熬日子的灰色小鸟。他有时轻轻地哭一阵,接着又平静下来,给怀表上发条,不时看看窗外变幻不定的天气——一会儿大团大团的湿雪裹着树叶无精打采地纷纷飘落,一会儿又淅淅沥沥下起雨来,一会儿西沉的太阳又钻出云层,像星星那样发出阴冷的光。老人在等待儿子们归来。

大儿子第二天就坐飞机赶来了,其余五个儿子也在此后的两天内陆续到齐了。

有一个儿子,排行第三,还带来了女儿,一个从未见过爷爷的六岁小女孩。

母亲躺在停尸台上已经第四天了,可是由于久病和枯瘦,她的尸体已经变得十分干净,闻不出死亡的气息。老太赋予儿子们旺盛而健康的生命,到头来自己却剩下一个干瘪瘦小、虚弱不堪的躯体,尽管形容枯槁,可是长期来她一直倍加爱惜,以便活下去,爱自己的孩子并为他们而自豪。

这几个体格魁梧的男子汉——年龄从二十到四十岁——默默地站在停放着棺材的长桌周围。他们兄弟六人,第七个是父亲,身材比最小的儿子还矮小,力气也不如他。老头手里抱着小孙女,小孙女看到陌生的死者吓得闭上了眼睛,因为死者的眼睛露出一条缝正在一眨也不眨地盯着她。

兄弟六人在无声地哭泣,尽管竭力克制,脸上仍淌着眼泪。为了默默地忍受这巨大的悲恸,他们的脸抽搐得都变形了。他们的父亲已经欲哭无泪,早在他们回来之前,他的眼泪已经哭干了。现在他正怀着暗暗的激动和不合时宜的喜悦心情欣赏着这半打身强力壮的儿子。他们中间有两个是海员,都升了船长;另一个在莫斯科当演员;那个带女儿来的是物理学家,共产党员;最小的在农学院学习;老大在一家飞机制造厂担任车间主任,由于工作出色,胸前挂着一枚勋章。父子七人一起默默地围着母亲的尸体,无声地为她哭泣,彼此隐瞒着各自的失望以及对于童年,对于一去不返的享受母爱的幸福的怀念。这幸福来自母亲那颗拳拳之心,源源不断,无需回报,并且始终沐浴着他们,哪怕远隔千山万水。他们每时每刻都在尽情地享受这种幸福,因此变得更加坚强,更加无所畏惧地在生活中取得成功。如今母亲已经成了一具尸体,她再也不能爱他们了,躺在那儿犹如一个冷漠而陌生的老太婆。

她的每一个儿子现在都感到孤独和害怕,好像漆黑的旷野中一幢旧房子的窗台上亮着一盏灯,灯光照亮了黑夜、草地、上下翻飞的甲虫和嗡嗡作响的蚊群——孩子们心目中的整个世界。这幢破旧的房子尽管被生于斯长于斯的那些人遗弃了,可是它的大门从未关闭过,它期待着游子们归来,然而谁也没有回来。如今,窗台上的灯光突然熄灭了,现实化成了回忆。

母亲临终前嘱咐老伴,出殡前要请神父上门为她做祈祷,而出殡和埋葬可以不要神父,这样既免得儿子们生气,又能让他们为她送葬。老太与其说是信仰上帝,倒不如说是希望恩爱了一辈子的老伴在祷告声和烛光下望着她的遗容会更加悲伤和怀念她。她不愿意这样随随便便、没有任何仪式地与人世告别。父亲在儿子们回来后一直在寻找一位神父,最后总算在傍晚前领来了一个人,也是个小老头,衣着平常,打扮跟老百姓一样,皮肤由于长期斋戒而显得红润,灵活的目光中透露出一股工于心计的精明劲儿。神父进门的时候,腰间挎着一只军官用的皮包,皮包里放着举行宗教仪式所必须的各种法器:神香、几支蜡烛、一本经书、一件法衣和一只带链条的手提香炉。他熟练地一一摆上法器,在棺材旁点起几支蜡烛,在香炉里燃起神香,事先也不招呼一声便照着经书念诵起来。在场的六兄弟纷纷站起来,他们感到既尴尬又羞愧,于是低下头,一动不动地站在棺材周围,彼此望着后脑勺。上了年纪的神父当着他们的面匆忙地、几乎嘲弄似的诵唱了一阵,还不时用那双表示谅解的小眼睛朝死者的一大群子孙扫上一眼。他既有点儿怕他们,又有点儿敬佩他们,说不定还愿意跟他们聊聊,甚至表示一下自己对社会主义建设的热情。可是兄弟六人,还有死者的丈夫,谁也没有吭声,谁也没有在胸前画十字——他们是在为死者守灵,而不是参加宗教仪式。

短暂的宗教仪式结束之后,神父立即收起自己的东西,吹灭了棺材旁的蜡烛,把法器重新放进那只军官用的皮包。父亲塞给神父几个钱。神父不敢久留,赶紧穿过这六个对他看也不看一眼的男人排成的队伍,提心吊胆地消失在门外。其实,他巴不得留下来参加葬后宴,谈谈战争和革命的前途。跟他们接触肯定会使他得到满足,因为他们是新社会的代表,而他内心是赞成新社会的,只是无法被新社会接纳。他幻想着有朝一日要独自完成一件英雄业绩,从而跨入灿烂的明天,投入到新一代的行列中。他为此向当地飞机场提出了申请,希望他们把他带到最高的高度,然后让他不用氧气面具从那儿直接跳伞,可是他没有得到答复。

晚上,老人在隔壁房间里铺了六张床,自己准备与小孙女睡在死去的老伴睡了四十年的大床上。大床就在停放棺材的大房间里。儿子们走进隔壁房间。老人站在门口,一直等到儿子们脱了衣服睡下后,才掩上门,再到各处关了灯,然后去陪孙女睡觉。小孙女独自在大床上蒙着脑袋睡着了。

老人摸着黑在孙女床前站了一会儿。户外的积雪聚集了天空中微弱而分散的光,通过窗户洒进了黑洞洞的房间。老人走到打开着的棺材跟前,吻了吻妻子的双手、额头和嘴唇,对她说:“现在你安息吧。”他蹑手蹑脚地在孙女身边躺下,为了忘却心头的悲哀,他闭上了眼睛。他刚迷迷糊糊睡着，突然又醒了。隔壁房间的门缝底下透过来一线亮光——儿子们重新打开了电灯，从那儿传来阵阵笑声和嘈杂的说话声。

小女孩听见吵闹声便开始折腾起来，也许她根本就没有睡着，只是由于害怕黑暗和死人才不敢把脑袋从被窝里伸出来。

大儿子正在兴致勃勃而又充满自信地大谈空心的金属螺旋桨，嗓门洪亮，中气十足，让人感觉到他有一口健全的及时修补过的牙齿和一个又红又大的喉咙。当海员的两兄弟在讲述外国港口的趣闻逸事，接着两人又放声大笑起来，因为父亲给他们盖的就是他们孩提时代盖过的被子。这些被子上下两端都缝着一块白色的小布条，上面分别写着"头"和"脚"这两个字，这样铺床的时候不至于上下颠倒，把又脏又臭的盖脚的那头盖到脸上。过了不久，当海员和当演员的弟兄俩又抱作一团，在地板上翻滚着打闹起来，就像当初他们一起生活的童年时代一样。最小的弟弟在一旁煽风点火，还声称他只消用一只左手就能对付他俩。看得出，他们兄弟几个彼此十分相爱，为这次见面而感到高兴。他们已经多年没有聚在一起了，今后也不知道什么时候才能相聚。也许，要到为父亲送葬的那一天？哥俩闹腾得正起劲，不觉掀翻了一把椅子。他们安静了片刻，然后可能想起母亲已经死了，再也听不到什么声音了，于是又继续打闹起来。过了一会儿，老大出了个主意，要演员轻轻哼一首歌：那些动听的莫斯科歌曲肯定是他的拿手好戏。演员说，无缘无故的他很难张口。"好吧，你们找块布把我蒙上。"演员请求说。大家找了块布遮住了他的脸。于是他隔着一层布唱了起来，这样不至于太难堪。老六趁他演唱的时候不知道搞了什么名堂，一个哥哥突然从床上摔下来，正巧压在躺在地板上的另一个哥哥身上。大家哄笑起来,并且责令弟弟立即用一只手把摔倒的哥哥抱到床上。老六稍稍回敬了他们一句,其中有两人禁不住大声笑了起来,声音很响,以至睡在黑屋里的小女孩从被子里探出脑袋问道:

"爷爷!爷爷!你睡着了吗?"

"没有。我没睡,我没事儿。"老人说着轻轻咳了几声。

小女孩忍不住嘤嘤哭了起来。老人摸摸她的脸:脸上湿乎乎的。

"你哭什么呀?"老人压低声音问。

"我可怜奶奶,"小孙女说,"大家都活着,说说笑笑的。就她一个人死了。"

老人什么也没有说。他一会儿用鼻子哼唧几下,一会儿又干咳几声。小女孩害怕了,抬起身想看个究竟,爷爷是不是真的没睡着。她仔细看了看他的脸,问道:

"你为啥也在哭啊?我已经不哭了。"

爷爷抚摸着她的脑袋,悄悄回答说:

"嗯……我没有哭,我是在出汗。"

小女孩爬起来坐到爷爷头旁边。

"你在想那个老太婆吧?"她说,"你最好别哭。你年纪大了,很快也要死的,那时候反正也不会哭了。"

"我不哭了。"老人轻轻回答。

隔壁闹哄哄的房间里突然变得鸦雀无声。刚才兄弟中不知是谁说了句什么话,大家立即停止了打闹。有人又轻轻说了句什么。老人根据声音知道说话的是老三,物理学家,小孙女的父亲。在此之前一直没有听到他的声音:他没有说过一句话,也没有发出一声笑。不知他说了什么,让兄弟们安静了下来,他们甚至不再说话了。

过了不久,隔壁房门开了。老三走了出来,衣着还像白天那样整齐。他走到母亲棺材跟前,俯身望着母亲朦胧的没有任何感觉的脸。

夜深人静。路上没有一个行人。兄弟五人在隔壁房间里一动不动。祖孙俩屏息静气地注视着自己的儿子和父亲。

老三突然挺起身子,在黑暗中伸出一只手去抓棺材的边沿,可是没有抓住,却把棺材在桌子上稍稍移动了一点位置,自己则摔倒了,只听砰的一声,他的脑袋撞在地板上。他没有哼一声,可他的女儿却惊叫起来。

兄弟五人穿着内衣急匆匆跑过来,把老三抬到隔壁房间,让他恢复知觉和平静。过了一会儿,老三苏醒过来,其余五个兄弟都已经穿好了制服或外衣,虽说时间才半夜一点多钟。他们悄悄分散开来,有的走到另一个房间,有的走到院子里,走到度过了童年时代的那幢房子周围的黑暗中去。然后,他们一边哭泣,一边轻轻地诉说着内心的痛苦,仿佛母亲就站在他们每个人身边,正在倾听他们每个人的心声,并为自己的死使儿子们痛苦不堪而感到悲伤。倘若可能的话,她真想永远活下去,免得儿子们为了她而痛苦,为了她而耗费她赋予他们的精力和心血,可是无法实现长命百岁的愿望。

第二天早上,兄弟六人把棺材抬出去埋葬,老人抱着孙女跟在他们后面。现在,思念老伴已经成为他的习惯,他感到满足和骄傲:这六个身强力壮的男子汉将来也会这样为他送葬,绝不比现在差。

基　　坑

三十岁生日那天，沃谢夫被那家他赖以为生的小机械厂解雇了。给他的解雇通知书中写着："鉴于他体力日益衰退，上班时间走神，决定予以辞退。"

沃谢夫把行李装进一只大口袋，然后离开了住所。他要到外面去把自己今后的前途想个明白，可是外面空荡荡的，纹丝不动的树木小心翼翼地将暑热保存在自己的树叶里，不见人影的大路上布满了死气沉沉的尘土——自然界一片寂静的景象。沃谢夫不知道往哪儿走，于是把两只胳臂撑在城市尽头一座庄园的低矮的围墙上，许多无家可归的孤儿在这庄园里学习劳动技能和有用的知识。再往前便是郊外了——那儿只有一家专为打短工的人和低工资阶层开设的啤酒店，看上去像一座没有院子的机关。啤酒店后面有一个高高的土岗，土岗上有一棵老树孤零零地耸立在晴空中。沃谢夫慢慢走到啤酒店门口，循着真诚的人声进入了店堂。这里的顾客都是些缺乏毅力、忘却了自己不幸的人。置身于他们中间，沃谢夫感到更加糊涂也更加轻松自在了。他在啤酒店里一直待到黄昏。这时候天气变了，刮起了呼呼的大风。沃谢夫走到敞开的窗户跟前观察黑夜的降临。他发现土岗上那棵老树被风吹得直摇晃，树叶都羞答答地侧向一边。不知在什么地方，大约在苏维埃商业职工花园里，管乐队正在有气无力地演奏，那单调乏味、无法实现的乐曲声随风飘过峡谷旁边的空地，然后融入大自然。沃谢夫难得有欢乐，因此欣赏音乐的时候满怀着希望，但是他又无法做出任何与音乐相媲美的事业，只能一动不动地度过晚上的时光。风停了，周围恢复了宁静，这宁静被一层更加宁静的黑暗包围着。沃谢夫坐到窗口观察温柔的夜色，倾听凄凉的声音，并且忍受处于粗糙而坚硬的骨头包围中的心脏的折磨。

"喂，服务员！"寂静的店堂里有人在招呼，"给我们来两杯，填填肚子！"

沃谢夫早就发现，顾客们犹如情侣那样成双结对地走进店堂，有时候也会拥进来一大帮人，好像来参加婚礼似的。

服务员这一回没有给啤酒，前来喝酒的两名铺屋顶工人撩起围单擦了擦贪婪的嘴巴。

"你这官僚主义，工人阶级就得发号施令，你摆什么臭架子！"

服务员珍惜自己的生命，不愿意浪费精力，因此没有跟他们争论。

"公民们，机关已经下班，你们回家去做事吧。"

两位铺屋顶的工人各自从盘子里拿了一个咸面包塞进嘴里，然后就离开了。啤酒店里只剩下沃谢夫一个人。

"公民！您只要了一杯啤酒，可坐个没完没了。您付的是酒钱，不是房租！"

沃谢夫提起自己的口袋,朝茫茫黑夜走去。困惑莫解的天空在沃谢夫头顶上方闪烁着烦人的星光,而城里的灯火已经熄灭,那些有本领的人已经吃好晚饭睡觉了。沃谢夫踩着细碎的泥土,往下走到山沟里,然后俯身躺下睡觉,与自己告别。不过要安然入睡,脑子里不能有杂念,对生活要有信心,要宽恕以往的苦难。沃谢夫躺下了,可是脑子还在胡思乱想,他不知道自己在这世界上究竟有没有用处? 离了他所有的事情会不会一帆风顺? 不知道从哪里吹来一阵风,那是为了不让人们窒息,郊外的一条狗发出微弱而疑虑的吠声,以此表示自己勤于职守。

"这狗也觉得无聊,它之所以活着也只是因为降生到了这世界上,跟我一样。"

沃谢夫累得脸色苍白,他感到眼皮发冷,便用眼皮遮住了温暖的眼睛。

沃谢夫睁开湿润的眼睛的时候,啤酒店服务员在开始张罗一天的活计。阳光下,晨风吹拂,野草波动。生存和吃饭问题又重新摆在他面前,于是他去找厂工会——他要捍卫自己无谓劳动的权利。

"行政部门反映你生产的时候站在那儿胡思乱想。"工会的人告诉他,"你在想些什么呀,沃谢夫同志?"

"我在考虑生活的计划。"

"工厂按照托拉斯现成的计划生产。至于个人生活的计划么,你可以到俱乐部或者红角那里制定。"

"我考虑的是共同生活的计划。自己的生活我不担心,对我来说这不是个谜。"

"你又能做什么呢?"

"我可以设想出某种类似幸福的东西。人的心里踏实了,生产率也会得到改善。"

"幸福产生于唯物主义,沃谢夫同志,而不在于心里踏实不踏实。我们不能替你说话,你这人没有觉悟,我们不能当群众的尾巴。"

沃谢夫想求他们随便分配给他一份轻活,只要不饿肚皮就行,至于思考问题么,可以放在业余时间,但是求人是有条件的,那就是对方必须尊重你,可沃谢夫看不出他们对他有什么感情。

"你们害怕当尾巴,因为尾巴拖在最后面——所以你们骑到了人家的头上!"

"沃谢夫,国家多给了你一个小时让你思考问题,你原来干八小时活,现在改成七小时,你该知足了,别再说三道四了! 要是我们大家一下子都去思考问题,那谁去行动?"

"人没有思想行动也就失去了意义!"沃谢夫沉思着说。

他一无所获地离开了厂工会。他经过的那条路上暑气蒸腾,路的两旁正在建造房子和技术设备——那些至今还无处栖身的群众将默默无闻地生存在这些房子里。沃谢夫的身体并不贪图舒适,即使住在露天也不感到委屈,当初住在原先的房子里日子太平,不愁吃不愁喝,反而感到苦恼和不幸。他再一次经过城郊那家啤酒店,又去看了看过夜的那个地方——那儿留下了某种与他的生命有着联系的东西。沃谢夫不知不觉来到了旷野,抬头远望,只见天地连成一片,低头近看,只觉得劲风拂面。

没过多久,他就对自己的生命产生了怀疑,他觉得离开了真理浑身就没有力气,不了解整个世界的确切构造和今后努力的方向,他就无法长时间走路,于是他在一条水沟旁边坐了下来。沃谢夫想得累了,便躺倒在沾满灰尘、被路人践踏过的草地上。骄阳似火,热风劲吹,村子里的公鸡在啼叫———一切都驯服于生存的规律,唯独沃谢夫与众不同,缄默不语。沃谢夫的脑袋旁边有一片枯萎的树叶,那是被风从远处的一棵树上刮下来的,现在这片树叶将在泥土里腐烂。沃谢夫捡起这片枯叶,藏进口袋的夹层里,那里他珍藏着各种各样不幸的和默默无闻的东西。"你不知道生命的意义,"沃谢夫怀着一丝同情想道,"现在你就待在这儿吧,我会弄明白你为何而生,为何而死。既然谁也不需要你,把你抛弃在这世界上,那就让我来保存你、牵记你吧。"

"这世界上一切都在苟且偷安,没有一点觉悟。"躺在路边的沃谢夫说着站了起来,准备走出忍耐的重重包围。"我们的信念似乎被某个人或者少数几个人从我们身上挖走并攫为己有了。"

一路上他已经走得筋疲力尽。只要想起自己的心灵不再认识真理,沃谢夫马上就会感到疲惫。

远处的城市已经遥遥在望,城里的合作面包房的烟囱正在冒烟,夕阳映照着屋顶上空被来来往往的市民搅起的尘土。这城市开头第一家就是铁铺。沃谢夫经过的时候,里面正在修理一辆由于在泥泞的道路上颠簸而损坏的汽车。一位胖胖的残疾人站在拴马桩旁边对铁匠说:

"米什,你给我装满一袋烟,要不夜里我再来砸你的锁!"

钻在汽车底下的铁匠没有搭理他。于是残疾人用拐杖捅了一下他的屁股。

"米什,你还是放下活儿给我装烟袋吧,要不我叫你损失惨重!"

沃谢夫在残疾人身边停住脚步,因为这时候从市中心走过来一队少先队员,队伍前的鼓号手们已经累了,鼓号声显得有气无力。

"昨天我已经给了你整整一个卢布,"铁匠说,"你至少得让我太平一个星期吧！要是我忍无可忍了就烧掉你的拐棍！"

"你烧吧，"残疾人说，"到时候让孩子们用轮椅把我推来，我就掀掉你铁铺的屋顶！"

铁匠全神贯注地看着孩子们，他心一软，就给残疾人的烟荷包里装了满满一袋烟叶：

"你这不知足的家伙，简直是强盗！"

沃谢夫注意到这残疾人没有腿——左腿全没了，右腿上接了一段木棍，他全靠两根拐杖和装在短了一截的右腿上的木棍支撑着。残疾人嘴里没有一颗牙齿，全给他吃东西吃掉了，但是他吃得肥头胖耳，剩下的上半截身体圆滚滚的。他那双微眯的褐色眼睛观察着这个与他不相干的世界，目光中流露出无奈的贪婪和郁积着欲望的苦闷，而嘴里的上下牙床在摩擦，在诉说一位失去双腿的残疾人的无声的思想。

走在前面的少先队鼓号手奏起了充满青春活力的进行曲。赤着双脚、意识到自己远大前程的女少先队员们迈着整齐的步伐走过铁铺门口，她们孱弱的正在发育的身上穿着水兵服，沉思而专注的脑袋上随心所欲地戴着红色贝雷帽，她们的腿上蒙着一层青春的毫毛。每个女孩都感到了自身的价值，意识到自己的生命对于继往开来和漫长的征途具有不可或缺的重要性，因此脚下合着队伍的步伐，脸上荡漾着微笑。这些女少先队员中间的任何一个降生到这世界上的时候，正巧赶上一场社会战争，田野里到处是马的尸体。少先队员们从娘胎里出来的时候并非人人都有完好的皮肤，他们的母亲只靠储存在自己体内的营养维持生命，因此每一位女少先队员的脸上都留下了先天不足、发育不良和气色欠佳的痕迹。但是孩提时代友谊带来的幸福，在少年游戏中实现未来的世界的乐趣，以及体现在严格的自由中的尊严,这一切给她们稚嫩的脸上抹了一层庄重而欢乐的色彩,从而取代了她们美丽的容貌和家庭的良好营养。

沃谢夫怯生生地站在他不认识的情绪昂扬的孩子们的游行队伍面前。使他感到惭愧的是,这些少先队员肯定比他知道得多,体验也多,因为孩子——这是鲜嫩的身体渐渐成熟的大好时光,而他沃谢夫,如同生命追求自身目的的无谓尝试一样,被匆匆逝去的青春淹没在寂静的忘川中。因此沃谢夫既感到惭愧,又觉得浑身充满了活力——他巴不得马上揭示出生命所具有的普遍而永恒的意义,让自己的生命赶在孩子们前面,比孩子们那黝黑、充满了坚定的温柔的两条腿跑得更快。

一名女少先队员离开队伍,跑到铁铺旁边的黑麦地里摘了她需要的一枝植物。小女孩弯腰采摘的时候暴露出浮肿的背部有一块胎记。一眨眼工夫,她又在沃谢夫和残疾人面前飞快地消失了,让这两名观众感到遗憾。沃谢夫为了给自己寻找内心的平衡和轻松,看了看残疾人,只见他被没有出路的血液憋得满脸通红,嘴里发出一声呻吟,一只手在口袋深处摸索了一下。沃谢夫观察着这个腰圆体胖的残疾人的情绪变化,心里不禁暗暗高兴,因为这个帝国主义的残疾人永远无法得到社会主义的孩子。残疾人不肯罢休,目光依然盯着少先队游行队伍的队尾,沃谢夫不免为孩子们的完整性和纯洁性而担忧。

“你的眼睛最好往别处看。”他对残疾人说,“你还是抽烟吧!”

“滚一边去,你这指手画脚的家伙!”无腿人吼道。

沃谢夫在原地没有动。

“听见没有?”残疾人提醒说,“想尝尝我的拳头吗?”

“不,”沃谢夫说,“我怕你训斥那小女孩或者采取什么行动。”

残疾人习惯性地垂下那个大脑袋,脸上露出痛苦的表情。

"我怎么会训斥孩子,你这混蛋! 我瞅着这些孩子是为了记住他们,因为我快死了。"

"你大概是在资本主义的战争中受的伤。"沃谢夫小声说,"不过残疾人也有长寿的,我见过。"

残疾人的目光紧紧盯着沃谢夫,此刻他的目光中闪射出智力超人的凶狠。残疾人对这位过路人充满了仇恨,一开始气得连话都说不出来,过了一会儿才恶狠狠地一字一顿说:

"长寿的人有的是,可像你这样的残疾人却找不到!"

"我没有上过真正的战场,"沃谢夫说,"要不我回来的时候也会缺胳膊少腿的。"

"我一看就知道你没打过仗,所以你是个傻瓜! 没经历过战争的男人就好比没有生过孩子的娘们——一辈子是个白痴。透过你的皮囊我能看清你的内瓤!"

"咳!"铁匠哀叹道,"看着孩子们连我自己都想高喊'五一节万岁!'"

少先队的鼓号手休息了一会儿,又在远处奏起了进行曲。沃谢夫还在继续苦恼,为了生存,他朝城里走去。

夜幕降临之前,沃谢夫一直在城里默默地徘徊,似乎在期待着这世界获得人们普遍认识的时刻。然而,他自己对世界的认识还是模糊不清,他感到自己黑洞洞的身体里有一处安静的地方,那里空无一物,但是也互不干扰。沃谢夫像隐身人似的漫步在人群中,只觉得悲哀的理智的力量在不断增长,自己越来越孤独和痛苦。

直到此刻,他才见到了市中心以及市内正在建造的种种设施。

建筑工地的脚手架上灯火通明,可是寂静的田野之光和慵懒的睡眠气息从旷野传到这里,原封不动地滞留在空气中。人们离开了大自然,在明亮的灯光下自觉自愿地干活,有的在垒砖砌围墙,有的扛着重物在迷宫似的脚手架上大步前进。沃谢夫久久地观察着这座正在建造中的陌生的高塔。他发现工人们的动作不紧不慢,并不特别使劲,可是已经为高塔的竣工做出了成绩。

"人把房子造好了,可是自己却垮了,到时候谁去住呢?"沃谢夫边走边怀疑。

他离开市中心向郊外走去。他还在途中的时候,茫茫的黑夜已经降临。只有水和风才使远处的黑暗和自然界有了住户,唯独飞鸟才能歌颂这伟大的物质的悲哀,因为它们自上而下地飞翔,它们觉得轻松自如。

沃谢夫无意中走到了一个荒僻的地方,发现那儿有一个温暖的土坑可以过夜;他下到这个土坑里,把那只专门为了怀念和报复而收集种种不起眼的小玩意儿的口袋枕在脑袋底下,伤心地进入了梦乡。有一个人拿着镰刀走进荒地,开始铲除那些自古以来一直长在这里的野草。将近半夜的时候,那人割草割到了沃谢夫身边,他要求他起来并离开广场。

"你这是干什么?"沃谢夫很不乐意,"这算什么广场,明明是块空地嘛!"

"现在就要成为广场了,这里规定要铺石块。你明天早晨到这儿看看,上面就要盖起房子了。"

"那我上哪儿?"

"你可以大胆地到工棚里去睡觉。你到那儿可以一觉睡到天亮,天亮了你就什么都明白了。"

沃谢夫听了割草人的话就离开了，他走了没多久就发现在一个菜园里有一间木板搭成的工棚。工棚里面仰面躺着十七或二十个人，一盏昏暗的煤油灯照着他们不觉悟的脸。他们一个个瘦得像死人，每个人的皮肤和骨骼之间那些狭窄的地方布满了一根根血管，根据这些血管的粗细可以看出，紧张劳动的时候有多少血液流过。花布衬衫的起伏准确地传递着心脏在缓缓地养精蓄锐的信息——心脏就在衬衫下面，在每个酣睡的人的黑洞洞、空荡荡的体内跳动。沃谢夫仔细察看靠得最近的那个人的脸——看他脸上是否流露出满足和幸福的表情。可那人睡得很死，眼睛紧紧闭着，神色忧伤，两条冰凉的腿直挺挺地套在破旧的工作裤里。除了呼吸，工棚里没有一点声响，没有一个人在做梦，也没有一个人在跟回忆交谈——每一个人的生命里没有一点多余的内容。睡觉的时候只有心脏在跳动，在细心地保护他。沃谢夫感到又冷又累，于是躺倒在两名熟睡的工人中间取暖。置身于紧闭双眼的陌生人中间，并且能够在他们身边过夜，沃谢夫已经心满意足，因此不一会儿就睡着了——在感觉不到真理的情况下一直睡到天亮。

早晨，沃谢夫的脑袋遭到一种本能的袭击，他醒了。他没有睁开眼睛，听到几个陌生的声音在说话。

"他很虚弱！"

"他没有觉悟。"

"没关系，资本主义把我们这些人都变成了傻瓜，这个人也是黑暗的残余。"

"只要他出身好就还有用处。"

"看他那皮包骨头的模样，准是穷苦阶级的人。"

沃谢夫睁开眼睛,只见天已大亮。昨天晚上睡觉的那些人现在都活生生地站在他身边,观察着他那虚弱的身体状况。

"你们大概什么都知道吧?"沃谢夫怀着一线希望怯生生地问。

"那还用说! 所有组织的生存权全掌握在我们手里。"一个矮个子工人说,他的嘴上长着几根稀疏的胡子。

这时候门开了。沃谢夫看到夜里割草的那个人提着一把公用茶壶走进来。工棚院子里炉子上的水已经烧开了。起床时间已过,该吃饭准备上工了。

木板墙上挂着一只乡村款式的钟,它借助没有生命的钟摆的重量不紧不慢地走着。为了安慰每一个看时间的人,钟面上画了一朵玫瑰花。工人们沿着长桌的两边坐下,在工棚里干女人活的割草人把面包切开后分给每人一块,又给每个人添了一块昨天剩下的冷牛肉。工人们认真地吃了起来。对他们来说,吃饭不是一种享受,仅仅是尽一份义务罢了。

"过来跟我们一起吃饭吧!"正在吃饭的那些人招呼沃谢夫。

沃谢夫站起来,但他对世界的普遍必要性还缺乏充分的信心,因此走过去吃饭的时候心里既惭愧又痛苦。

工人们吃了点东西,拿起铁锹出去了,沃谢夫也跟着他们走了。

割光了野草的荒地上弥漫着一股枯草的气息和裸露的地面散发出的潮气,让人更加清晰地感到人生普遍的忧愁和无谓的烦恼。沃谢夫领了一把铁锹,他怀着对自己生命绝望的那种狠劲,双手紧紧抓住铁锹,好像他要从泥土中间挖出真理。痛苦不堪的沃谢夫宁愿自己不了解生命的意义,但是希望哪怕在身边的另一个人身上看到它,而且为了待在那个人的身边,他不惜为劳动而牺牲自己衰弱的、被思想和无思想折磨得疲惫不堪的身体。

空地中央站着工程师,他年纪不大,可是因为算计大自然头发都白了。这个世界在他看来无非是一个没有生命的物体,他判别世界的依据就是那些用来建造房屋的材料,这世界随时随地都服从于他那专心致志、善于想象,却又仅仅局限于认识大自然惯性的理智的安排。物质永远屈服于精确和忍耐,也就是说,物质是死的、空的。但人是活的,是万物之灵,因此工程师现在向这批工人露出了彬彬有礼的微笑。沃谢夫看到工程师两颊绯红,不过并不是因为他保养有方,而是因为心脏跳动过快。这个心脏剧烈跳动的人博得了沃谢夫的好感。

工程师告诉奇克林,他已经分配好了土方,确定了基坑的范围——说着还指给他看插在地里的一根根小木桩:现在可以开始干活了。奇克林一边听工程师介绍,一边凭着自己的经验和智慧重新核实他对工程的分配。挖土方的时候他是队长,与泥土打交道是他的拿手好戏,开始砌石块的时候他听从萨弗隆诺夫的指挥。

"人手太少,"奇克林对工程师说,"这是疲劳作业,而不是干活。耽误了时间就什么都完了。"

"劳动介绍所答应派五十个人,可我要的是一百。"工程师回答,"基础工程的所有工作全由我和你负责,你是重点工程队。"

"我们不打先锋,要让大家保持相同的进度。只要增加人手就行。"

说完奇克林就把铁锹插进表层的松土里,低头看着地面,神情冷漠而专注。沃谢夫也开始向下挖土,把浑身的力气全用到铁锹上。现在他认为孩子会长大,欢乐会变成思想,未来的一代人将在这座坚固的大厦里安居乐业,从高大的窗户里眺望那无边无际、热切期待他们的世界。他已经彻底摧毁了数以千计的草茎、草根和勤劳的昆虫在地下构筑的巢穴,并且深入到悲伤的黏土沟里了。可是奇克林已经赶在他前面,早已放下铁锹,操起铁棍在砸下面的硬土了。奇克林摧毁的是大自然古老的结构,却无法理解其中的奥秘。

"不知道为什么刚才是沙土,现在是黏土,接下去将是石灰石!……简直是随心所欲,想怎么样就怎么样:要是你不用铁家伙去触动这土地,那它还会像个蠢婆娘似的躺在那儿。可悲啊!"

奇克林知道自己队里人手不够,对黏土又不熟悉,因此赶紧狠砸这沉睡了数千年的泥土,他把自己的生命化作一次次的锤打,倾注在没有生命的泥土上。他的心脏在习惯性地剧烈跳动,他那富有忍耐精神的背上大汗淋漓,他皮肤下面没有一点保护性的脂肪——他的衰老的血管和五脏六腑都快露出来了,他不用计算和意识,却能精确无误地感受周围的一切。想当初他比现在年轻,曾经受到姑娘们的青睐——她们渴望得到他那强壮的、漂泊无定的、缺乏自我保护能力却对任何人都忠贞不渝的肉体。那时候许多人都需要在奇克林温暖而忠诚的身上寻求庇护和安宁,他为了自己也有所体验,很想庇护更多的人,可是女人和朋友们在忌妒的驱使下往往将他抛弃。每到夜里,奇克林痛苦难耐,便到集市广场上掀翻售货亭或者干脆把它们搬走,为此他后来在监狱里吃尽苦头,在樱桃花盛开的夏天晚上,经常可以听到他在监狱里唱歌。

快到中午的时候,沃谢夫还在拼命挖土,可是挖出的土越来越少,他不由得开始光火了。他已经远远地落在大家后面,只有一位瘦小的工人挖得比他慢。这个落在最后面的工人身材矮小,神色忧郁,虚汗从他麻木而枯燥、长着一圈稀疏的胡子的脸上"吧嗒吧嗒"掉到地上。往基坑外挥土的时候,他不住地咳嗽、吐痰,平静下来就闭上眼睛,好像要睡觉的样子。

"科兹洛夫!"萨弗隆诺夫喊他,"你又不行了吗?"

"又不行了。"科兹洛夫回答,声音可怜得像婴儿。

"你对各种各样的冲突欣赏得太多了,"萨弗隆诺夫说,"所以没有力气!"

科兹洛夫用通红的湿漉漉的眼睛看了看萨弗隆诺夫,一句话也没有说,因为他已经累得什么都不在乎了。

沃谢夫打量了一下周围的这些人,既然大家都忍着,那么他也决定凑合着活下去。他和大家一起生,到时候就和大家一起死。

"科兹洛夫,你趴下来歇一会儿!"奇克林说,"又是咳嗽,又是叹气,伤心得连一句话也不说——这哪里是在挖基坑,简直是在挖坟墓。"

科兹洛夫对别人的怜悯不以为然,他自己悄悄地把手伸进衣服抚摸了一下自己麻木枯瘦的胸脯,继续挖掘黏糊糊的泥土。他对建成高楼大厦后即将开始新的生活还抱有信心,他怕自己如果以一个愁苦的非劳动分子身份出现的话,人家可能不让他参与那种新的生活。唯一让他每天早晨感到担心的是,他的心脏跳动得十分勉强,不过他还是希望即使靠一小块心脏的残片将来也能生活。由于胸腔衰弱,他不得不在干活的时候经常抚摸自己骨瘦如柴的身体,并且悄悄地劝说自己要忍耐。

时间已经过了晌午,可是劳动介绍所还没有派来挖土的工人。夜间割草的那个人睡足觉之后已经起来煮好了土豆,再浇上鸡蛋糊,抹上黄油,掺进隔夜粥,撒上少许莳萝末做点缀,然后端上这锅大杂烩,让工人们补充已经下降的体力。

大家默默地吃着,彼此也不看一眼,也没有那种狼吞虎咽的馋相,他们并不承认食物的价值,似乎人的力气仅仅来自意识。科兹洛夫有时候不小心对着锅子咳嗽,可以看到从他嘴里喷出的食物碎屑,可是吃饭的那些人谁也没有去捍卫食物的纯洁,制止科兹洛夫的行为。沃谢夫看在眼里,却用自己的勺子专挑科兹洛夫喷过的那些地方的食物,以此更好地表达对他的同情。

　　工程师按照每天的惯例巡视过各个必不可少的设施之后来到了基坑工地。他站在一旁,等到大家把锅里的东西吃光后才说道:

　　"星期一还要来四十个人。今天是星期六,你们该收工了。"

　　"为什么要收工?"奇克林问,"我们还可以挖一个或者一个半立方,没有必要提前收工。"

　　"必须收工了。"工地主任不同意,"你们已经工作了六个多小时,再说这是法律规定的。"

　　"那种法律仅仅适用于疲劳分子,"奇克林抬杠说,"睡觉之前我还剩点力气。你们有什么想法?"他问大家。

　　"离天黑还早着呢,"萨弗隆诺夫说,"何必白白浪费生命,咱们还是干活吧。我们可不是动物,我们可以为热情而生活。"

　　"没准大自然在底下会向我们展示点什么。"沃谢夫说。

　　"有道理!"不知哪一位工人附和他。

　　工程师垂下了头,他害怕回家虚度光阴,他不知道一个人怎样生活。

　　"那么我也去绘几张图纸,再重新核对一下用桩量。"

　　"你去绘图去计算吧,不然干什么呢?"奇克林表示同意,"反正地面已经掘开,实在无聊了我们也会离开的,到那时候我们再确定生活并且休息一下。"

　　工地主任慢慢地离开了。他想起了自己的童年,那时候逢到节日前夕女佣就洗刷地板,母亲收拾房间。马路上污水横流,他这个男孩子就不知道该往哪儿去，于是他就发愁，显得心事重重。眼下天气同样不好，平原上空出现了一团团缓缓飘移的乌云，全俄罗斯到处都在洗刷地板迎接社会主义的盛大节日——享受似乎为时尚早，也没有必要，最好还是坐下来认真考虑一番，为未来大厦的各个部分设计图纸吧。

科兹洛夫吃饱喝足后心里乐滋滋的，脑子也变得聪明起来。

"说是当了全世界的主人，可是嘴巴还馋得很。"科兹洛夫说，"主人应该一下子把房子造好，可是你们会死在这块空地上。"

"科兹洛夫，你是畜生！"萨弗隆诺夫断言道，"你只是对无产阶级表面的组织性感到高兴，他们有没有房子住跟你有什么关系！"

"让我高兴高兴吧！"科兹洛夫说，"有谁爱过我，哪怕一次？大家都跟我说，你忍着点吧，资本主义这老东西快死了。现在资本主义已经完蛋了，可我还是一个人在被窝里过日子，我真苦闷啊！"

沃谢夫出于和科兹洛夫的友谊而激动起来。

"苦闷没关系，科兹洛夫同志，"他说，"这说明我们这个阶级胸怀全世界，而幸福反正是资产阶级的事情……幸福只能产生羞耻！"

接着，沃谢夫和他的伙伴们就站起来干活了。太阳还高悬在天空，鸟儿在明朗的天空中如诉如泣地歌唱，这并非表示它们得意，它们是在空中寻觅食物。燕子贴着埋头挖土的人们的头顶一掠而过，它们累得不再扑扇翅膀，羽毛下流淌着争取生存的汗水。为了喂养雏燕和女伴，它们从一清早就开始飞来飞去，不停地折磨自己。沃谢夫有一次捡到一只在空中猝死掉到地上的鸟：它浑身都被汗水湿透了。他拔去羽毛，想看看它的躯体，他手里捧着的居然是一个劳累而死、只剩一把骨头的空壳儿。从此以后，为了消灭粘连的泥土，沃谢夫不再怜惜自己，因为这里将耸立起一座大厦，住进大厦里的人们将不受风雨的困扰,他们将把面包屑从窗户里扔给住在外面的鸟雀。

奇克林看不见鸟雀,看不见天空,也感觉不到思想,只是一个劲儿地用铁棍砸土,他的身体在砸土的过程中渐渐瘪下去,可是他并不因为劳累而伤心,他知道晚上睡一觉身体又会重新鼓起来。

疲惫不堪的科兹洛夫坐到地上,用斧子砍一块裸露在外的石灰石。他干得忘记了时间和地点,把自己剩下的全部热量倾注在这块石头上——石头慢慢热了,而科兹洛夫却渐渐凉了。他可以这样不知不觉地彻底死去,而这块砸碎的石头就成了留给下一代的一份可怜的遗产。科兹洛夫的裤脚管因为运动而掀了起来,露出了两根顶着皮肤的弯曲而尖削的小腿骨,犹如两把带豁口的刀子。沃谢夫看到这两根没有防御的骨头心里感到恼火,他以为它们会穿过脆弱的皮肤戳出来。他摸摸自己腿上长着相同骨头的地方,对大家说:

"该收工了!不然你们会累死的,到时候不是没有人了吗?"

沃谢夫没有听到有谁搭理他。天色已晚,幽蓝色的夜幕在远处渐渐降下,它许诺将为人们带来睡眠和凉爽。死一般的寂静犹如悲伤一样笼罩在大地上空。科兹洛夫依然目不旁视地敲打着土里的石块,他那衰弱的心脏大约还在枯燥地跳动。

夜里,工地主任走出自己的绘图室。基坑里空荡荡的,工人们睡在工棚里,他们一个紧挨着一个,直挺挺地躺成一行,只有那盏半明半昧的煤油灯从墙缝中透出亮光,点灯是为了预防不测,或者有人突然想喝水。工程师普罗舍夫斯基走到工棚跟前,透过木板节疤留下的窟窿向里面望去,只见奇克林睡在墙脚下,那只因为用力过度而浮肿的胳臂搭在肚皮上,整个身体在恢复体力的睡梦中发出声响。科兹洛夫光着脚,张着嘴,喉咙里发出"咕噜咕噜"的声音,仿佛吸进呼出的空气在穿透一层滞重的瘀血,那双半张半闭的灰白的眼睛里流出几颗眼泪——那是由于做梦或者不明原因的悲伤的缘故。

普罗舍夫斯基把脑袋从板墙那儿缩回来思考了片刻。远处一家工厂的建筑工地上灯火通明,但是普罗舍夫斯基知道,那儿除了没有生命的建筑材料和疲惫不堪、不动脑子的人之外,什么也没有。现在他想出了一个主意,要建造一座独特的供全体无产阶级居住的大厦,以此来代替人们至今还分门独户居住的这座旧城。一年以后,当地的全体无产阶级将搬出这座小私有者的城市,住进这座宏伟的大厦。十年二十年之后,另一个工程师将在世界中心建造一座供普天下劳动人民永久而幸福地居住的高塔。普罗舍夫斯基现在就能预见应该把一部融艺术性和实用性于一体的静力学作品置于世界的中心,但是他无法预先体验住在平原中央公共大厦里的居民的心灵构造,更不用说设想住在世界中心未来高塔中那些居民的面貌了。那时候年轻人的身体将是什么模样?驱使心脏跳动、头脑思考的将是什么样的动力?

普罗舍夫斯基现在就想知道这一切,免得他设计建造房子成为徒劳之举。房屋必须住人,而人必须拥有充沛的生命热情,这热情就叫灵魂。他怕建造的是那种徒有虚名的房子——仅供人们避风躲雨的房子。

夜间寒气袭人,普罗舍夫斯基都快冻僵了。他走下基坑,基坑里静悄悄的。他在坑底坐了一会儿。他屁股底下是一块石头,旁边是高高的坑壁,坑壁的截面上黏土和表土层次分明。是不是任何基础都可以构成上层建筑?是不是任何一种生活资料的生产都能够带来副产品——使人拥有灵魂?如果按照精打细算的原则改善生产,那么从中能不能产生出乎意料的间接产品?

工程师普罗舍夫斯基从二十五岁开始就已经感觉到自己的意识受到束缚,再也无法进一步领会生活,仿佛在他具有感受能力的理智面前横亘着一道黑墙。从那时候起,他就一直在这道黑墙下挣扎、苦恼,后来终于平静下来,因为他实际上已经领悟到了组成世界和人的那种物质的最核心、最本质的构造,所有最重要的科学都在墙的这一边,墙背后仅仅是一片无聊的地方,用不着去苦苦追求。有没有谁越过了这道墙呢?这依然令人感兴趣。普罗舍夫斯基又一次走到工棚的墙跟前,弯下腰朝里张望,他想在墙背后睡觉的人身上发现生命的某种奥秘,可是那盏煤油灯里的煤油快点完了,里面什么也看不清,只听见一片缓慢的渐渐微弱下来的呼吸声。普罗舍夫斯基离开工棚,到通宵理发店里去理发。他苦恼的时候喜欢让别人的手触摸自己。

午夜之后,普罗舍夫斯基回到自己的住处——果园里的一间厢房。他打开面向黑暗的窗户,坐下来歇一会儿。有时候吹来一阵微风,树叶开始轻轻摇晃,但是很快又恢复了宁静。果园后面有人在走动,一边走一边还在唱歌,也许是统计员值夜班回来,也许是有人不想睡觉。

遥远的天空中,一颗若隐若现的星星在无奈地闪烁,它永远无法靠近地球。透过朦胧的夜空,普罗舍夫斯基凝望着这颗星星,时间在慢慢流逝,他不由得怀疑起来:

"我是不是该死了?"

普罗舍夫斯基发现,没有人硬要他坚持到遥远的死亡的那一天。剩下的不是希望,仅仅是忍耐。他的大限之日就在周而复始的黑夜后面,在花开花落的果园后面,在来来往往的行人背后。到那时候,他将躺在病床上,面对墙壁,来不及哭一声就撒手而去。只有他的妹妹还将活在这世界上,可是她要生儿育女,她对儿女的爱恋肯定要超过对死去的哥哥的怀念。

"我还是死去的好,"普罗舍夫斯基想,"人们利用我,可是没有人为我而高兴。明天我就给妹妹写最后一封信,早上就得买一枚邮票。"

他下定了死的决心之后,就躺到床上,怀着对生命无所谓的幸福心情入睡了。还没有来得及感受全部幸福,他在凌晨三点钟就已经因为幸福而醒了。他点亮了灯,在灯光和寂静中,在附近的苹果树的包围中,一直坐到天亮。他打开窗户,倾听鸟雀的鸣叫和行人的脚步声。

挖土工人醒过来之后,一个陌生人走进了他们住宿的工棚。挖土工人中只有科兹洛夫认识他,他们之间曾经发生过冲突。这个人就是区工会主席帕什金同志。他的脸已经显得苍老,背也开始驼了——这与其说是因为上了年岁,倒不如说是因为社会工作繁重。基于上述原因,他说话就像父辈那样,几乎什么都知道,或者什么都能预先知道。

"有什么办法呢,"遇到困难的时候他往往这样说,"幸福总是会按照历史规律降临的。"说着,他顺从地低下沮丧而无须思考的脑袋。

帕什金在开挖的基坑旁边站了片刻,眼睛看着地下,就像视察所有的生产一样。

"速度太慢,"他告诉工人们说,"为什么你们舍不得提高生产率?社会主义没有你们照样成功,可你们离了社会主义就白活一辈子,死路一条。"

"帕什金同志,按说我们也挺努力的。"科兹洛夫说。

"怎么能说努力呢?! 只挖了一堆土!"

工人们听了帕什金的责备感到不好意思,只能用沉默表示回答。他们站在那儿看到:人家说得有道理,应该赶紧挖土,尽快盖起房子,要不人死了就来不及了。就像现在生命呼出的气那样渐渐消失,但是通过盖房子可以把生命组织起来供今后使用——为了将来永远的幸福,也为了孩子们。

帕什金举目远望——前面是平原和沟壑,那儿刮起了一阵阵大风,空中出现了一团团阴冷的乌云,蚊子般的小虫在滋生繁衍,各种疾病在流行蔓延,富农们在策划阴谋,落后的农村昏睡不醒,唯独无产阶级像狗崽子那样生活在这空旷寂寞的地方,还必须挖空心思地为大家想出并用手工的方法制造永生的物质。帕什金不禁可怜起自己所有的各级工会,他在自己身上发现了对劳动者的好感。

"同志们,我决定从工会系统给你们几项特权。"帕什金说。

"你从哪儿来的特权?"萨弗隆诺夫问,"特权应该先由我们制造,再交给你,然后你还给我们。"

帕什金用他那双既沮丧又能预见的眼睛看了看萨弗隆诺夫,就到城里办公事去了。科兹洛夫也跟着他走了,远离大家之后对他说:

"帕什金同志,我们的队伍里多了个沃谢夫,可他没有劳动介绍所的证明,按说您应该把他退回去……"

"我没有发现这里有什么冲突,现在无产阶级正缺人。"帕什金下了这样的结论,让科兹洛夫碰了鼻子。科兹洛夫顿时失去了无产阶级的信心。他想进城去写诬告信并调解各种冲突,以便在组织方面做出成绩。

直到晌午之前,时间过得十分顺利。无论是组织部门或者技术部门都没有派人来,可是泥土在铁锹下还是越挖越深,泥土只承认工人的力气和耐心。沃谢夫有时候俯身捡起一块小石头,或者别的什么黏结成团的残骸,塞进裤子收藏起来。令他既高兴又不安的是,石块几乎都夹在泥土里,始终处在黑暗中。这么看来,石块在那里自有其存在的理由,那么人就更有生存的理由了。但是,普遍的悲伤又开始折磨沃谢夫,有时候他觉得外面的整个生活就像自己的内脏一样,于是常常通过喉咙发出嘶哑的声音,张开嘴巴进行沟通。

晌午过后科兹洛夫就无法尽情呼吸了,他尽量认真地做深呼吸,但是空气无法像原来那样顺畅地到达腹部,只是在上面回荡。科兹洛夫坐在裸露的泥土上,双手捧着瘦骨嶙峋的脸部。

"累垮了吧?"萨弗隆诺夫问,"要想身体强壮你真该报名参加体育锻炼,可是你喜欢闹矛盾,你的思想落后了。"

奇克林连续不断、毫不松劲地用铁棍砸一块天然形成的石板,始终没有为了思想和情绪而停顿下来。他不知道为什么要改变生活方式——去当小偷或者冒犯革命。

"科兹洛夫又没有力气了!"萨弗隆诺夫告诉奇克林,"他活不到社会主义了,他身上缺少某种功能!"

奇克林停止劳动,发现科兹洛夫在用双手抚摸自己的身体。这时候奇克林马上开始思考,因为他的生命深入地下的进程已经中断,无法继续前进了。他把汗湿的背部靠在坑壁上,眼睛望着远方,脑海里浮现出一件件往事——他再也无法思考别的事情了。紧挨着基坑的沟壑里,稀稀拉拉地长着杂草,细小的沙砾一动不动地躺在那儿。形影不离的太阳将自己的热量毫无节制地消耗在这里的每一个低级的生命上,就连这一条沟也是很久以前太阳借助夏季暴雨的力量冲刷出来的,但是沟里尚未放置可供无产阶级使用的任何东西。为了检验自己的理智,奇克林走进沟里,迈着惯常的步子,保持均匀的呼吸,对它进行全面测量。这条沟完全适合做基坑,只要规划一下沟坡的斜度,再挖一条排水沟就可以了。

"科兹洛夫生病没有关系,"奇克林测量回来说,"我们不用花力气在这儿挖基坑了,我们把房子移到沟里,再接着往上盖——科兹洛夫肯定能活到那一天。"

听奇克林这么一说,许多人不再挖土,纷纷坐下来休息。科兹洛夫也不再感到疲倦,他想去找普罗舍夫斯基,告诉他大家不再挖土,必须采取严格的纪律。科兹洛夫盘算着在组织工作方面做出成绩的时候,心里十分得意,连病也好多了。他刚要动身,立即被萨弗隆诺夫叫住了。

"你这是干什么,科兹洛夫,想走知识分子路线吗?你看,知识分子自己深入到我们群众当中来了。"

普罗舍夫斯基带着几个陌生人朝基坑走来。给妹妹的信他已经寄出,现在他要苦干一番,密切关注眼前的事物,建造房屋供他人使用,只是千万别扰乱自己的意识,因为他已经在自己的意识中决定对留下来的人采取一种特别的、与死亡和孤独相一致的温情脉脉的无所谓态度。对于那些从前出于某种原因他不喜欢的人,他的态度特别和蔼可亲,在他们身上他现在几乎领会了自己生命的奥秘,他怀着既激动又不解的心情仔细端详着那一张张陌生而熟悉的愚蠢的脸。

这些陌生人原来是帕什金为了确保跟上国家速度而派来的新工人。可是他们以前不是工人。奇克林一眼就看出他们是经过再教育的城市职员、形形色色的离群索居的草原上的牧民,以及习惯于跟在马屁股后面慢吞吞干活的农民。在他们身上看不到丝毫的无产阶级劳动天才,他们擅长仰面朝天躺着或者用别的姿势睡觉。

普罗舍夫斯基指定奇克林把新来的工人分配到基坑工地的各个岗位并且教会他们干活,因为总得学会跟世界上的人相处,一起生活和工作。

"对我们来说这算不了什么,"萨弗隆诺夫说,"我们可以让他们从落后变成积极。"

"这就对了,这就对了。"普罗舍夫斯基说着就跟随奇克林向沟里走去。

奇克林说,这条沟只需稍加平整就是现成的基坑,利用这片洼地可以为未来保存体弱的人。普罗舍夫斯基表示同意,因为大厦建成之前他反正要死的。

"我萌发了一个科学的疑问。"萨弗隆诺夫说着,皱起了他那礼貌而有觉悟的脸。大家都竖起耳朵听他说,而萨弗隆诺夫望着周围的人,脸上挂着神秘而智慧的微笑。

"奇克林同志这个具有世界意义的设想是从哪儿来的?"萨弗隆诺夫慢条斯理地说,"也许他小时候受过特殊人物的亲吻,所以对洼地的认识比科学家还高明!奇克林同志,你怎么这样善于思考,而我和普罗舍夫斯基同志就像游离于阶级之外的小人物,想不出改进的办法!……"

奇克林心情不好,无意卖弄关子,含含糊糊地回答说:

"活不下去了,你就得动脑子。"

普罗舍夫斯基看了看奇克林这个漫无目的的受难者,请他对洼地进行钻孔测量,然后就回自己的办公室去了。他在那儿开始仔细研究为这幢无产阶级公共大厦各个部位设计的图纸,其目的是要感受具体的物,忘却记忆中的人。大约过了两个小时,沃谢夫为他送来了钻探取出的泥土样品。

普罗舍夫斯基接过土样,全神贯注地研究起来——他只希望跟这一团黑乎乎的泥土待在一起。沃谢夫退到门外消失了,一边走一边自言自语地诉说着自己的烦恼。

工程师看完了土样,顺着已经没有希望和满足欲的理智的惯性,久久地计算着那团泥土受到挤压和变形情况下的各种数据。从前,当普罗舍夫斯基还有感情生活,还看得到幸福的时候,他计算泥土强度肯定不会那么精确,而现在他只想关心物质及其构造,让它们在自己的头脑和空虚的心灵中代替友谊和对人们的眷恋。对未来大厦进行静力学的计算可以使普罗舍夫斯基清晰的思想保持一种近乎欣赏的冷静——大厦的各个细部引起的兴趣比同志式的情谊更加美好更加牢固。对普罗舍夫斯基来说,那种不需要运动、不需要生命、也不需要消亡的永恒物质可以代替某种被遗忘的然而又必不可少的东西,就像那失去的女友一样。

普罗舍夫斯基对各种数据进行了计算,从而保证了这幢未来的无产阶级公共大厦坚不可摧,同时也得到了安慰,因为用于保护至今还住在外面的人们的那些材料是非常可靠的。普罗舍夫斯基内心感到轻松和平静,仿佛他不是在度过临死前落寞的时光,而是在享受母亲曾经亲口悄悄告诉他,但是在回忆中也消失了的那种生活。

普罗舍夫斯基不想破坏内心的平静和惊讶,于是离开了土方工程办公室。在自然界,空虚的夏日将近黄昏,远近的一切渐渐趋于平静:鸟雀归巢,人们安歇,远方的农舍上空炊烟袅袅。农舍里那个默默无闻、劳累了一天的人坐在锅边等着吃晚饭,他已经决定一直忍耐到生命结束。基坑工地上空荡荡的,挖土的工人已经转移到沟里,在那儿忙忙碌碌地干活。普罗舍夫斯基突然想到遥远的中心城市待一段时间,那儿的人们很少睡觉,总在思考和争论,那儿的美食店晚上照常营业,美酒飘香,糖果诱人,如果你想永远生活在这喧闹中,那么可以找一个陌生女郎彻夜长谈,体验友谊神秘而幸福的感觉,第二天早晨在熄灭的煤气路灯下告别,然后在空荡荡的晨曦中各奔东西,无须许下再次见面的诺言。

普罗舍夫斯基在办公室旁边的长椅上坐下来。从前,他也是这样坐在父亲的屋前——从那时候开始夏天的夜晚没有丝毫的变化,他喜欢观察来往的行人,有些人博得他的好感,于是他哀叹人与人之间缺乏了解。有一种感觉还保留至今,并且使他伤心:从前,也是在这样的一个夜晚,有一位姑娘走过他童年时居住的那幢房子,他已经想不起她的脸长得怎么样,也不记得这件事发生在哪一年,但是从此以后他就仔细打量所有女人的脸,不过他再也没有见到那位在他面前连脚步也没有停下就飘然而过,然而却成了他唯一女友的姑娘。

在革命的岁月里,俄罗斯各地的狗日日夜夜叫个不停,如今它们都悄然无声了:现在是劳动的年代,劳动者在宁静中安睡。警察在外面守卫着工人住宅的安静,保证工人们睡好觉,为第二天干活储备体力。只有那些值夜班的工人和沃谢夫进城时遇到的那个残疾人没有睡觉。残疾人今天坐着轮椅到帕什金同志那儿领取每周一份的生活必需品。

帕什金住在一幢坚固得不怕火烧的房子里,他房间里几扇敞开的窗户正对着文化花园,那里的花儿即使在夜里也大放异彩。残疾人经过厨房窗口,厨房里正在预备晚餐,热闹非凡。他在帕什金书房对面停下。主人端坐在书桌前,正在全神贯注地批阅一份残疾人看不见的文件。他的书桌上放着各种各样增进健康和发挥积极性的饮料和罐头——帕什金具有很高的阶级觉悟,是先锋队队员,已经积累了相当多的成绩,因此要科学地保养自己的身体——不仅为了个人生活快活,也为了周围的工人群众。残疾人等了一会儿,终于看到帕什金结束思考站起来,做了一套伸展身体各个部位的快速体操,恢复精力后又坐下了。残疾人想朝窗口喊话,可是帕什金拿起一只小瓶,做了三次深呼吸,然后从瓶子里喝了一口。

"我还要等你多久啊?"残疾人问,他意识不到生命的价值,也不了解健康的重要,"你是不是又要我教训教训你?"

帕什金一听,不由得火了,但是经过紧张的思索之后他平静下来了——他从来不愿意轻易光火。

"你怎么啦,扎切夫同志? 你还缺少什么? 何必生那么大的气?"

扎切夫据实回答他:

"你这资产阶级怎么啦? 难道你忘了为什么我还容忍你吗? 你想尝尝我的拳头吗? 你给我记住:什么法律都管不住我!"

残疾人说着,就随手从地里拔起一溜玫瑰花,不加利用就扔到一边去了。

"扎切夫同志,"帕什金回答说,"我真不明白你:你享受的是一等抚恤金,怎么还不知足? 我一直都是尽了最大努力来迁就你的。"

"胡说,你这个阶级异己分子! 是我迁就你,而不是你迁就我!"

这时候帕什金的妻子走进书房——她鲜红的嘴里含着一块肉。

"廖沃契卡，你又生气啦？"她说，"我这就给他拿包东西。简直受不了，跟这号人打交道再坚强的神经也会垮掉。"

说完她抖动着满身的肥肉走了。

"嘿，你这混蛋把老婆养得多肥！"扎切夫从花园里喊道，"空身走路浑身的肥肉都在抖动，看来你真会调理这母狗！"

帕什金在领导落后分子方面经验丰富，他才不会生那份闲气呢。

"扎切夫同志，你自己也完全可以养一个女人，给你的抚恤金就考虑到满足所有的最低需要。"

"咳，你这混蛋说得多轻巧！"扎切夫在黑暗中说，"我那份抚恤金买麦子都不够——只能买麦秸。可我想吃肉喝牛奶。你去告诉你那臭婆娘，让她给我一瓶浓一些的鲜奶油。"

帕什金的妻子提着一包东西走进丈夫的房间。

"奥丽娅，他还要鲜奶油。"帕什金告诉她。

"亏他说得出口！没准还要给他买中国丝绸做裤子呢？你真会出馊主意！"

"她这是想让我在街上剪开她的裙子吗，"扎切夫从花坛上喊道，"还是要我砸烂她卧室的窗子，连她涂脂抹粉的那个梳妆台也砸得稀巴烂？她要我收拾她！"

帕什金的妻子记得扎切夫曾经写信到州监察委员会告她丈夫，上级调查了整整一个月，甚至对他的名字也产生了怀疑：为什么也叫列夫？也叫伊里奇？可别再来这一手啊！这么一想，她立即给残疾人拿出了一瓶合作社生产的鲜奶油。扎切夫从窗口里接过一包食品和一瓶鲜奶油，便离开了花园。

"这些食品的质量我回家是要检查的。"他把轮椅停在篱笆门口，"假如又是一块臭牛肉或者残羹剩饭，那么你们就等着我用砖头砸你们的肚子。我的人品比你们高尚，我要吃和我身份相称的东西。"

扎切夫走了，只剩下了帕什金夫妇俩。帕什金直到半夜都无法摆脱残疾人带来的恐惧。帕什金的妻子善于通过思考来排除烦恼，她看到丈夫不说话，就想出了这样一个点子：

"廖沃契卡，你看这样行吗？……你最好想个办法把扎切夫组织起来，再给他个官儿当当——就让他去领导残疾人！要知道人人都想当官，即使芝麻绿豆大的官儿也乐意当，一当官心里就舒服了，态度也和气了……你啊，廖沃契卡，还是太老实，不开窍！"

帕什金听了妻子这一番开导，内心立即平静下来，对妻子充满了爱——基本的生命又回到了他身上。

"奥丽娅，我的宝贝，你对群众的心理真是摸透了！为此让我向你靠拢！"

说着，他把脑袋靠在妻子身上，尽情地享受着幸福和温暖。花园里夜色越来越浓，只听得扎切夫的轮椅在远处吱嘎作响。根据这声音，全城的小百姓都清楚地知道奶油没有了，因为扎切夫一直用富人给他的一包包奶油擦他的轮椅。他故意糟蹋食品，目的是不让资产阶级的身体里增添多余的力气，而他自己又不愿意吃这种有钱人的东西。最近两天来，扎切夫不知为什么想见到尼基塔·奇克林，于是把轮椅朝基坑工地摇去。

"尼基塔！"他在工人住宿的板棚旁边喊道。

他这么一喊，夜晚显得更加黑，更加静，微弱的生命在黑暗中显得更加可悲。工棚里没有人回答扎切夫，只听得一阵阵可怜的呼吸声。"要是不睡觉，干活的人早就完蛋了。"扎切夫思忖着，然后悄悄地继续向前。这时候从沟里走出来两个人,他们手里提着灯,所以一眼看到了扎切夫。

"你是谁? 怎么这样矮?"是萨弗隆诺夫的声音。

"是我,"扎切夫回答,"是资本使我缩短了一半。你们俩中间有没有一个叫尼基塔的?"

"这不是什么动物,而是个人!"说话的还是萨弗隆诺夫,"奇克林,你向他做个自我介绍。"

奇克林用灯光照着扎切夫的脸和整个矮小的身体,然后不好意思地把灯移到暗处。

"你来干什么,扎切夫?"奇克林低声问道,"是来喝粥的吧? 跟我走吧,我们这儿还剩了点儿粥,反正明天馊了也会倒掉的。"

奇克林担心扎切夫因为接受别人的施舍而感到委屈,他喝粥的时候会想,这粥谁都不要喝了,最后总要倒掉的。从前,奇克林还在疏浚河道,清除那些沉在河底影响航行的树木的时候,扎切夫就经常找他,向工人阶级要吃要喝。可是到了夏天,他就改变方针,开始吃大户了,他想用这样的办法为穷人争取今后幸福的运动做一点贡献。

"我很想念你,"扎切夫说,"坏蛋的存在使我感到痛苦,所以我想问你,你们那幢荒唐楼什么时候能盖好? 盖好了就可以把这城市一把火烧掉。"

"你这个不知好歹的家伙!"萨弗隆诺夫批评残疾人,"我们拼死拼活盖公共大楼,可你居然说我们荒唐,真是一点没有脑子!"

萨弗隆诺夫知道,社会主义是一项科学的事业,因此说话也讲究逻辑性和科学性,为了使自己的话牢靠,他赋予它们双重意义,即基本意义和备用意义,就像赋予任何物质一样。他们一行三人已经到了工棚门口,然后一起走了进去。沃谢夫从角落里端出一铁锅焐在棉衣里的粥给他们喝。奇克林和萨弗隆诺夫都快冻僵了,浑身是泥水,他们到基坑工地是要摸清地下的渗水情况,并且用黏土堵住渗水。

扎切夫没有打开自己的那包食品,只喝公家的粥,这样既可以填饱肚皮又可以跟其他两个喝粥的人保持平等。奇克林和萨弗隆诺夫喝完粥就走到外面——临睡前喘口气,也看看周围的动静。他们就这样站在那儿。缀满繁星的夜空与洼地里难挖的土和挖土工人渐渐微弱的呼吸并不协调。如果光看下面,光看一块块干土和生活在拥挤和贫困中的野草,那么生活中就没有什么希望。遍布全世界的丑恶行为以及人类不文明的凄凉景象,使萨弗隆诺夫感到难堪,也动摇了他的思想支柱。他甚至开始怀疑未来的幸福。他原来想象幸福就是蓝天、艳阳,可是现在周围一片黑暗,一切都徒劳无益。

"奇克林,你干吗这样无声无息地活着?你最好还是说点什么或者干点什么,让我高兴高兴!"

"你要我干什么,拥抱你吗?"奇克林回答,"只要把基坑挖好就行了……你还是去说服劳动介绍所派来的那些工人好好干活吧!不然他们舍不得花力气,就好像他们身体里有什么东西似的。"

"可以,"萨弗隆诺夫回答,"我可以大胆地去说服他们!我可以马上把这些牧民和抄抄写写的人变成工人阶级,让他们不遗余力地挖土,直到脸上露出所有的死亡因素……尼基塔,为什么田野里死气沉沉的?难道这世界都充满了苦闷,只有我们心里才装着五年计划?"

奇克林有一颗硬得跟石头一样、长满了浓密的头发的小脑袋。

他这一辈子不是抡起大锤打铁就是挥动铁锹挖土,还没来得及动脑子思考问题,所以无法解答萨弗隆诺夫的疑问。

他们在一片寂静中歇了一会儿就去睡觉了。扎切夫已经趴在轮椅上睡着了,而沃谢夫好奇而耐心地睁着眼睛仰面躺在那儿。

"说是世界上的事情你们都知道,可你们自己却只知道挖土和睡觉!"沃谢夫说,"我最好还是离开你们,到集体农庄去讨饭,反正离开了真理我活着也觉得惭愧。"

萨弗隆诺夫脸上装出某种比别人高明的表情,迈着领导人的轻松步伐绕着熟睡的人们的脚边走了一圈。

"喂,同志,请问您希望得到什么形状的产品?圆形的还是液态的?"

"别碰它,"奇克林说,"我们大家都生活在这空虚的世界上,难道你心里平静吗?"

喜欢美好生活和谦虚理性的萨弗隆诺夫对沃谢夫的遭遇怀着尊敬,同时也深感不安:是不是只有阶级敌人才是真理?要知道阶级敌人现在可以借助睡眠和想象的形式出现!

"奇克林同志,请你暂时不要发表宣言。"萨弗隆诺夫郑重其事地说,"这是个原则性问题,根据感觉和大众变态心理的全部理论,应该把它收回去……"

"萨弗隆诺夫,你别再扣我的工资了,"已经被吵醒的科兹洛夫说,"请你不要高谈阔论,我想睡觉,不然我要去告你!你放心好了,睡眠也可以看作是给你的一份报酬,睡梦中会指示你该怎么办……"

萨弗隆诺夫嘴里发出某种训诫似的声音,又用他那个大嗓门喊道:

"科兹洛夫公民，您就放心睡觉吧。要是说话也打起了官腔，这算哪门子的神经衰弱的知识分子？……科兹洛夫，既然你一肚子学问，又躺在前排，那你起来告诉大家：为什么资产阶级没有给沃谢夫同志留下全世界固定资产的明细表？为什么他老吃亏，还让人笑话？"

可是科兹洛夫已经睡着了，他只感到自己的身体深不可测。而沃谢夫也俯身躺下，开始自言自语地抱怨与生俱来的神秘生命。

最后几个精神抖擞的人也都躺下不再说话了。拂晓前的夜晚万籁无声，只有小动物在晨曦微露的草原上鸣叫，不知道是在表示痛苦还是欢乐。奇克林坐在熟睡的人们中间，默默地体验着自己的生命。有时候他喜欢坐在寂静中观察能见到的一切事物。他思考能力不强，为此而感到难过——他往往感觉到了，可是又说不出来，只能干着急。他坐的时间越长，内心的悲伤积聚得越多，于是他站起来双手顶住工棚的墙壁，恨不得推倒它，自己也好出去。他没有丝毫睡意，相反，他巴不得马上到田野里，跟各种各样的姑娘和形形色色的人在树底下跳舞，就像从前他在瓷砖厂干活的时候那样。有一天，瓷砖厂老板的女儿冷不防吻了吻他：那是在七月份，他正沿着楼梯到搅泥车间去，她朝他迎面走来，突然，她踮起遮在裙子底下的双脚，一把搂住他的肩膀，用她那浮肿的嘴默默地吻了吻他脸颊上的胡子。现在奇克林已经记不起她的面容，也想不起她的性格，当时他不喜欢她，以为她是个不知羞耻的女人。他没有停下脚步，匆匆从她身边走过了，也许她后来哭了，这个高尚的女人。

奇克林穿上那件患了伤寒症似的黄棉袄——那是征服资产阶级以来他剩下的唯一财产，为了抵御冬天般的寒夜，他把周身裹得严严实实，他打算到路上溜达一会儿，完成某件事情之后再在晨露中入睡。

不知是谁走进工棚,站在门口的黑暗处。

"您还没有睡啊,奇克林同志!"普罗舍夫斯基说,"我也在溜达,怎么也睡不着:我总觉得自己失去了什么人,怎么也碰不到了……"

钦佩工程师智慧的奇克林不善于向他表示同情,只是尴尬地沉默着。

普罗舍夫斯基坐到长椅上,垂下了脑袋;自从决定从世界上消失之后,他见了人也不再腼腆了,反而主动去找他们。

"请您原谅,奇克林同志,我一个人待在家里心里老是害怕。可不可以让我在这儿一直坐到天亮?"

"这有什么不可以的呢?"奇克林说,"在我们这儿你可以安心休息,你就睡我的位子吧,我找个地方凑合一下。"

"不用了,我就这样坐一会儿吧。我在家里既伤心又害怕,我不知道该怎么办。请您对我不要有什么不正确的想法。"

奇克林根本就没有任何想法。

"你哪儿也别去,"他说,"我们不让任何人来碰你,现在你不用害怕。"

普罗舍夫斯基坐在那儿,还是原来那种心情。灯光照着他那严肃的、与幸福的自我感觉无缘的脸。他已经在后悔自己贸然闯到这里:在死亡和消灭一切之前,他反正不用忍耐很长时间了。

萨弗隆诺夫听到了说话声,微微睁开一只眼,开始考虑对这个坐在这儿的知识分子代表应该采取哪一种最合适的方针。他想好后说:

"普罗舍夫斯基同志,根据我掌握的情报,您为了设计设备完善的无产阶级公共住房耗尽了心血。据我观察,您现在深更半夜到无产阶级群众中来,也许您背后有一头凶猛的野兽! 不过,既然有专家政策,那您就在我对面躺下,眼睛望着我的脸,大胆睡觉吧。"

轮椅上的扎切夫也醒了。

"没准他想吃东西?"他替普罗舍夫斯基问道,"我这儿有资产阶级的食品。"

"同志,什么样的资产阶级食品? 有多少营养?"萨弗隆诺夫问,"您这是在哪儿见到了资产阶级分子?"

"闭上你的嘴,魔鬼!"扎切夫说,"你该做的事情就是好好活着,而我呢,就是死掉,给别人腾出地方!"

"你别怕,"奇克林对普罗舍夫斯基说,"躺下闭上眼睛。我就在旁边,你害怕了就叫我。"

为了不打扰别人,普罗舍夫斯基猫着腰轻轻地走到奇克林的铺位上和衣躺下了。奇克林脱下自己身上的棉袄,扔给他盖在脚上。

"我已经四个月没有缴工会会费了。"普罗舍夫斯基轻声说,他的下身一会儿就冷得嗦嗦抖,赶紧裹上棉袄,"我一直以为还来得及。"

"现在您是个自动退出工会的人,事实就是这样!"萨弗隆诺夫躺在自己的铺位上说。

"睡觉别说话!"奇克林对大家说,说完就走了出去,他要到外面在无聊的夜晚独自待一会儿。

第二天早晨,科兹洛夫久久地伫立在熟睡的普罗舍夫斯基身旁。令他感到难受的是,这位聪明的领导者像个微不足道的小公民那样睡在老百姓中间,很快就要失去自己的威信了。科兹洛夫不得不深入思考这种莫名其妙的状况。他不愿意也不可能让工地主任的不恰当的路线给整个国家造成损失。他甚至开始着急起来,于是匆匆洗了把脸,做好了充分的准备。在生命的这种时刻,在面临危险的时刻,他感到内心充满了一种强烈的社会乐趣,他想用这种乐趣来建立功勋,满腔热情地献出生命,让整个阶级都知道他的名字并为他哭泣。这时候科兹洛夫兴奋得浑身发抖,竟然忘记了现在是夏天。他故意走到普罗舍夫斯基身边,叫醒了他。

"工地主任同志,请您回到自己的住处,"他冷冷地说,"我们工人还没有达到理解一切的水平,因此您担任这样的职务是不光彩的。"

"这不管您的事。"普罗舍夫斯基回答说。

"不对,请原谅,"科兹洛夫反驳说,"常言道,每个公民应该担负分配给他的任务,可是您把自己的任务推给下面,向落后分子看齐。这无论如何是不行的!我要向上级报告,说您破坏我们的路线,反对速度和领导——就是这么回事!"

扎切夫在默默地用牙龈咀嚼食物,他认为最好就在今天,不过要稍等一会儿,要像痛打冲在前面的坏蛋那样狠揍科兹洛夫的肚皮。沃谢夫听到了他们的谈话和喊叫,但躺在那儿没有吱声,他还是不理解生命。"我真该投胎蚊子,蚊子的命十分短暂,一眨眼就完了。"他这样想。

普罗舍夫斯基也不跟科兹洛夫说什么,他从铺位上站起来看了看熟悉的沃谢夫,然后又仔细打量熟睡着的其他人。普罗舍夫斯基想把那些憋在心里的话或者要求说出来,可是悲伤就像疲倦那样涌上他的脸,于是他向门外走去。奇克林正从晨光初露的方向走来,他对普罗舍夫斯基说,要是晚上他还感到害怕的话,那就还到这儿来睡觉,他要是有什么要求,最好还是说出来。

普罗舍夫斯基没有回答,他们俩继续默默地走路。沉闷、炎热、漫长的白天开始了。太阳像一个瞎子,神色木然地悬挂在贫瘠的土地上空;不过,也没有为生命提供另外的场所。

"有一天,那是在很久以前,几乎还是在童年时代,"普罗舍夫斯基说,"奇克林同志,我发现有一个女人走过我的身边,她很年轻,就像我当时那样。事情大约发生在六月或者七月份,从那以后我就开始感到苦闷,开始记住并理解一切,可是后来一直没有见到她,现在我真想看她一眼。别的我就一无所求了。"

"你在什么地方见到她的?"奇克林问。

"就在本市。"

"她肯定就是瓷砖厂老板的女儿!"奇克林猜测道。

"为什么?"普罗舍夫斯基说,"我不明白!"

"我见到她也是在六月份,当时我连看都不愿意看她一眼呢。可是后来,过了一段时间,我对她产生了火一般的感情,就像你一样。我们俩遇到的是同一个人。"

普罗舍夫斯基微微一笑,说:

"你有什么根据呢?"

"我可以把她带到你面前。只要她还活在这世界上,你一定能见到她。"

奇克林完全能够体会普罗舍夫斯基的相思之苦,因为他尽管比较健忘,但是毕竟还记得当初自己也有过同样的感情经历——思念那个出生在另一个阶级、娇小轻盈、曾经默默地吻过他左脸颊的人。这就是说,同一个尤物曾经在近处和远处对他们俩都产生了影响。

"恐怕她现在老了,"奇克林接着说,"说不定受了不少苦,皮肤变黑了,粗糙得像厨娘。"

"也许是这样，"普罗舍夫斯基肯定地说，"许多年过去了，如果她还活着，肯定全身像黑炭一样了。"

他们走到基坑边上停下来。其实早该挖地基盖公共住房了，那样的话，普罗舍夫斯基需要的那个人也可以完好无损地活到现在。

"很可能她现在有觉悟了，"奇克林说，"正在为我们的利益工作。年轻时倒霉的人会慢慢变聪明的。"

普罗舍夫斯基环顾四周，只见空荡荡的一片，不由得为他不知去向的女友和许多有用的人只能在这片缺乏舒适的环境、致命的土地上生活和消失而深感惋惜。他向奇克林吐露了一个令人伤心的想法：

"我都不知道她脸蛋是什么模样！奇克林同志，要是她来了，我们怎么办呢？"

奇克林说：

"你凭感觉就能把她认出来——这世界上被遗忘的人还少吗？你只要凭自己伤心的感觉就能想起她的模样！"

普罗舍夫斯基知道他说得有道理。为了讨好奇克林，他掏出怀表，以此表示自己关心即将开始的白天的劳动。

萨弗隆诺夫模仿知识分子走路的样子和若有所思的表情，走到奇克林身边。

"同志们，我听到你们刚才表达了自己的倾向性，所以我请你们消极一点，不然生产时间就要到了！而你呢，奇克林同志，应该确定应对科兹洛夫的方针——他采取的是一条急工路线。"

科兹洛夫这时候正在闷闷不乐地吃早饭。他认为自己对革命的贡献还不够多，每天为社会做的好事也太少。今天半夜醒来以后一直到天亮他都在苦恼：主要的组织建设没有让他参加，他的活动仅仅局限于这片洼地，没有在宏大的领导范围内施展才能。天亮前科兹洛夫决定退休，领取残废金，这样可以为社会作出最大的贡献——无产阶级的良心在他身上做出了痛苦的抉择。

萨弗隆诺夫听到科兹洛夫有这样的想法，认为他是个寄生虫，于是说道：

"科兹洛夫，你采取的原则是要抛弃工人群众，自己游离于外，这就意味着你是另立旗号的阶级异己分子。"

"你还是给我闭嘴吧，"科兹洛夫说，"不然会露出马脚的！你还记得贯彻集体化方针的时候你唆使一位贫农杀鸡吃的那件事吧！还记得吗？我们知道是谁企图削弱集体化！我们了解你的底细！"

萨弗隆诺夫还在思考日常生活中的种种痛苦，因此没有理睬科兹洛夫，迈着自由思想者的步伐离开了，他才不在乎别人去告他的状呢。

奇克林走过来问科兹洛夫是怎么回事。

"今天我就到社会保险局去申请退休。"科兹洛夫说，"我想监视一切动向，防止危害社会的行为和小资产阶级造反。"

"工人阶级不是沙皇，"奇克林说，"它不怕造反。"

"尽管不害怕，"科兹洛夫表示同意，"但最好还是要保护它。"

扎切夫已经坐着轮椅到了他们身边。他先往后退了一段距离，然后使劲向前冲，一声不响地用脑袋朝科兹洛夫的肚子拼命撞去。科兹洛夫吓得仰面朝天倒了下去，暂时把为社会做出最大贡献的愿望抛到了九霄云外。奇克林俯身把扎切夫连同他的轮椅一起提起来，使劲往空中抛去。扎切夫恢复运动的平衡之后居然在飞行过程中还能说话：

"你这是干什么，尼基塔？我是想让他得到一等残废金！"

说着他掉下来,把轮椅压得粉碎。

"你走吧,科兹洛夫!"奇克林对躺在地上的人说,"我们大家肯定也会一个个到那儿去的。现在轮到你休息了。"

科兹洛夫清醒过来后宣布,他夜里做梦经常梦见中央保险管理总局局长罗曼诺夫同志以及衣着整齐的各色人等,因此这一个星期他始终激动不安。

不一会儿,科兹洛夫穿好了上衣,奇克林和其他人帮他拍掉沾在衣服上的泥土和灰尘。萨弗隆诺夫把无法动弹的扎切夫抱进工棚,然后扔到墙角里,说:

"让这个无产阶级的东西在这儿躺一会儿,他体内会产生原则的。"

科兹洛夫和大家握手告别后去办理退休手续。

"再见了,"萨弗隆诺夫说,"现在你是工人队伍中的天使,随着工人被提拔到各个负责岗位……"

科兹洛夫自己也会思想,因此拿了自己那只装财产的小箱子,一声不响地离开这里,去加入有益于社会的上层生活了。

这时候在洼地后面的田野里有一个人在奔跑,暂时还看不清他的面目,也无法让他停下来。只见裹在衣服里的身体瘦如枯竹,裤子在晃荡,里面像空的一样。他跑到大家跟前收住了脚步,独自在旁边的土堆上坐下,显得跟大家格格不入。他闭着一只眼,另一只眼瞅着大家,似乎在防备什么,但是也不打算抱怨。他的眼睛呈黄颜色,衡量事物的目光中透露出一股精明而又悲伤的神情。

过了一会儿,这人叹了口气就俯身躺下睡觉了。没有人不让他留在这儿,因为不参加建设的人多的是,再说上洼地劳动的时间也到了。

　　干活的人到了晚上就做各种各样的梦,有些人在梦中实现了自己的愿望,有些人预感到自己的棺材将埋进黏土的坟墓。但是白天大家都一样弯腰屈背地耐心挖土,以便在这新挖的深坑里为坚不可摧的大厦奠定永恒的基石。

　　新来的挖土工渐渐适应了环境,干活也习惯了。他们每人都为自己想好了今后的出路——有人希望取得一定的工龄后去学习,有人期待着改行的机会,有人想入党后躲进领导机关——每个人都始终记着拯救自己的想法,因此挖土十分卖力。

　　帕什金两天来一次基坑工地,他还是认为速度太慢。他一般都是骑马来的,因为在讲究节约的时代他把马车卖掉了,现在他从马背上视察这宏大的挖土场面。扎切夫就在现场,他趁帕什金下马到基坑深处察看的机会让马饮了过多的水,结果帕什金为了爱惜自己的身体,不敢骑马改乘汽车了。

　　沃谢夫还像从前那样感觉不到生活的真理,但挖土这项重活消耗了他的体力,使他安定下来,只是在休息天收集自然界种种不幸的小玩意儿,作为这世界无计划建设的证据和所有活物感染上忧郁症的事实保存起来。

　　现在,夜晚变得更黑暗更漫长。每到晚上,待在工棚里十分无聊。那个来自田野的黄眼睛庄稼汉现在也住在工人中间,他一声不响,但是包揽了所有的女人活计,包括精心缝补衣服,以此争得生存的权利。萨弗隆诺夫心里已经在盘算要不要介绍这个庄稼汉以服务员的身份参加工会,但是因为不知道他家里有多少牲口、有没有雇工,因此不敢贸然行动。

　　每到晚上,沃谢夫就睁着眼睛躺在那儿,盼望将来一切都能被大家认识并且纳入微弱的幸福感之中。扎切夫试图让沃谢夫相信，他的愿望只是异想天开而已，因为私有财产这股敌对势力会重新滋生并且会挡住生命之光，现在唯一需要做的是悉心保护革命的柔情——孩子，并且为他们留下遗训。

"怎么样，同志们，"有一天萨弗隆诺夫说，"我们要不要装个无线电，听听我们取得的成就和上级的指示？我们这儿有落后的群众，文化革命对他们是有好处的，听听各种音乐也可以使他们不至于产生阴暗的情绪！"

"最好领一个没爹没娘的小女孩，总比你的无线电强。"扎切夫表示反对。

"扎切夫同志，你领一个小女孩有什么好处或者能得到什么教益？她为建造大厦操过什么心？"

"为了你的大厦，她现在连糖也不吃，这就是她的功劳，你这没良心的东西！"扎切夫回答说。

"那好吧，"萨弗隆诺夫提出了自己的意见，"扎切夫同志，那就请你用自己的交通工具领一个孤苦伶仃的小女孩来吧。见了她那可怜的模样我们会生活得更加协调！"

萨弗隆诺夫以扫盲和启蒙领导人的姿态站在大家面前，迈着坚定的步伐走了一圈，脸上露出积极思考的表情。

"同志们，我们这儿应该有一个以孩子面貌出现的无产阶级世界的领袖。在这方面扎切夫同志证实了这样一个论断：他虽然失去了双腿，可是脑袋还十分健全。"

扎切夫本想回应萨弗隆诺夫，可是认为最好还是抓住那个乡下人的裤腿拖到自己身边，再挥舞肌肉发达的拳头朝他这个现成的资产阶级罪犯肋间使劲捅两下。黄眼睛庄稼汉疼得眯起了眼睛，但是他没有进行任何自卫,只是一声不吭地站在地上。

"你啊,真是个铁疙瘩,站在那儿一点儿也不害怕,"扎切夫气得举起长长的胳臂又给了庄稼汉一拳,"看样子这阴险的家伙以前挨过更厉害的拳脚,我们这儿太便宜他了。我叫你尝尝这儿是谁家的天下,你这头公牛!"

庄稼汉坐下来喘气。他因为自己在乡下拥有财产而经常遭到扎切夫殴打,对此他已经习惯了,他一声不吭地忍着疼痛。

"沃谢夫同志也该尝尝扎切夫同志惩罚的拳头,"萨弗隆诺夫说,"只有他身处无产阶级中间却不明白为什么活着。"

"你这是想干什么,萨弗隆诺夫同志?"在工棚角落里听他们说话的沃谢夫问道,"我想知道真理是为了提高劳动生产率。"

萨弗隆诺夫做了个教训的手势,皱着眉装出可怜落后分子的表情。

"无产阶级为热情而生,沃谢夫同志! 你也该得到这种倾向啦! 听到这个口号每一个工会会员都要热血沸腾!"

奇克林当时不在场,他在瓷砖厂周围徘徊。一切都是原来的模样,只是到处弥漫着没落世界的凋零气息。马路两旁的行道树已经枯死干裂,树叶也早已脱落,但是在矮小的房舍的双层窗户后面还有人居住,他们的生命力比树木还强。奇克林年轻的时候,这里散发着面包房的香味,木炭工人来来往往,乡下人站在大车上叫卖牛奶的吆喝声不绝于耳。童年时代的太阳温暖着路上的尘土。这片蓝色的、动荡的、奇克林赤着脚刚开始接触的土地上,生命永无止境。如今,停炉熄火的面包房和老态龙钟的苹果园上空,弥漫着破败和往事如烟的气息。

奇克林身上那种始终活跃的生命使他感到伤心,尤其是他看到的那道围墙加深了他的伤感。童年时他常常坐在围墙下玩得乐而忘返,如今这道围墙已经倒塌,上面长满了青苔,很久以前钉进木板里的那些钉子被时间之力挤了出来。令人感到悲伤和神秘的是,奇克林成了一名男子汉,他空耗感情,颠沛流离,从事过各种劳动。破旧的围墙仡立不动,它还惦记着奇克林,殷切企盼着有朝一日他会从它身边经过,并且伸出与幸福久违的手抚摸一下被人遗忘的围墙板。

瓷砖厂坐落在一条杂草丛生的无人涉足的胡同里,紧挨着公墓那道严实的高墙。工厂大楼因为地基沉降现在变矮了。工厂的院子里阒无人迹,只有一个陌生的小老头坐在原料棚下面修树皮鞋,看样子他打算穿了树皮鞋回到古代去。

"这是怎么回事?"奇克林问他。

"亲爱的,这儿都停工啦!苏维埃政权强大得很,可这里的机器虚弱得很,派不上用场。我倒是无所谓,反正是快入土的人了。"

"天底下你就只喜欢树皮鞋!你在这儿别走开,等我给你找点穿的或者吃的。"

"你是什么人?"老头皱着眉问,脸上装出一本正经的尊重人的表情,"小偷还是资产阶级老板?"

"我可是无产阶级。"奇克林不乐意地回答。

"噢,没准你是当今的皇上,那我等你。"

奇克林怀着惭愧和悲伤的心情走进破旧的厂房,他很快找到了当初老板女儿吻他的那座木扶梯,这梯子已经腐朽不堪,奇克林刚踩上去就塌了。他在黑暗中摸了摸历尽沧桑的梯子的残骸作为最后的永诀。奇克林在黑暗中站了一会儿,发现有一线微弱的灯光和一扇不知通往何处的门。门后是一间被遗忘的或者设计图纸上未曾标明的没有窗户的房间,房间的地上亮着一盏煤油灯。奇克林不知道是谁为了保全生命而躲到了这个隐蔽的地方,他站到了房间中央。

煤油灯旁边的地板上躺着一个女人,她身体底下的麦秸已经磨光了,身上几乎没有穿衣服,眼睛紧紧闭着,好像她累了或者睡着了。坐在她脑袋旁边的小女孩也在打盹,但是始终没有忘记用一块柠檬皮不停地擦母亲的嘴唇。小女孩醒过来发现母亲已经安静下来,她的下巴颏无力地耷拉着,没有牙齿的黑洞洞的嘴张得大大的。小女孩被母亲这副模样吓坏了,为了壮胆,她用一根细绳子绕着母亲的头顶和下巴把母亲的嘴扎了起来,所以那女人的嘴又闭住了。小女孩挨着母亲的脸躺下,这样睡着了心里也踏实。这时候母亲稍稍醒了,她问:

"你怎么睡了? 给我用柠檬擦嘴唇,你没看见我多难受!"

小女孩又开始用柠檬擦母亲的嘴唇。那女人安静下来,体验着从柠檬皮中获得的养分。

"你不会睡着吧? 不会离开我吧?"她问女儿。

"不会的,现在我一点儿也不想睡了。我就是闭上眼睛也会一直想着你,你可是我的妈妈呀!"

母亲微微睁开了眼睛。那是一双充满了怀疑和冷漠,准备迎接生活中的任何不幸,黯淡无光的眼睛。过了一会儿,她自我辩解似的说:

"我现在也不可怜你了,我谁也不需要,我的心肠变得像石头一样硬。你把灯灭了,帮我翻个身,我想死了。"

小女孩故意不吭声,依然用柠檬皮擦母亲的嘴。

"把灯灭了,"那老女人说,"不然我一直看着你就死不成了。你千万别离开我,等我死了再走吧。"

小女孩吹灭了煤油灯。奇克林坐到地上,生怕发出声音。

"妈妈,你还活着还是已经死了?"小女孩在黑暗中问道。

"还剩一口气,"母亲回答,"你出去以后别说我死在这儿了。你跟谁也别说你是我生的,不然他们会把你整死的。你要走得远远的,往后你自己也要忘记自己的身世,那样才能活下去……"

"妈妈,你为什么要死啊?因为你是资产阶级还是死神要抓你?"

"我觉得活着没意思,我太累了。"母亲说。

"因为你很早很早以前就生下来了,可我不一样。"小女孩说。"你死了我谁也不告诉,谁也不知道有没有你这个人。今后只有我一个人活着了,只有我一个人脑子里还记着你。"她沉默了片刻,"你知道吗,我现在睡一会儿,不,睡半会儿,你就躺着想吧,想了就不会死了。"

"你把这条绳子给我解开,"母亲说,"我要给勒死了。"

但是小女孩已经悄无声息地睡着了,周围静悄悄的。奇克林都听不到她们娘俩的呼吸声。看样子这屋子里不存在任何活物,没有耗子,没有蛆虫,什么也没有,也听不到一点声响。只有一次,不知道什么东西发出了沉闷的声音——也许是隔壁那间被人遗忘的屋子里的旧砖掉下来了,也许是泥土无法忍受永恒而碎裂成了粉末。

"来人哪!"

奇克林支起耳朵倾听动静,小心翼翼地向黑暗处爬去,尽量避免压着小女孩。奇克林摸索着爬了好久,一路上总有什么碍手碍脚的东西。奇克林摸到了小女孩的脑袋,接着又摸到了母亲的脸,于是他俯身亲吻她的嘴唇——为了辨别她是不是那个曾经在这里吻过他的姑娘。根据她干燥的嘴唇的气味以及残留在干裂的嘴唇细褶里的一丝柔情，他断定她就是那位姑娘。

"这对我有什么用呢?"那女人说得很坦率,"我永远是孤独的。"说完,她侧过脸死了。

"应该点灯!"奇克林喊道。他在黑暗中摸索了一阵,点亮了灯。

小女孩还在睡梦中,她的脑袋枕着母亲的肚皮,寒冷的地气使她缩成一团,并且用这样的姿势保持体温。奇克林想让孩子得到休息,开始等待她自己醒过来。为了不让小女孩把自己的体温消耗在冰凉的母亲身上,他把她抱在怀里,一直到天亮都守着死者留下的这最后一点遗产。

初秋,周围是倦意浓重的夜色,沃谢夫坐在工棚里开始觉得时间漫长。

其余的人也都或躺或坐,那盏公用的油灯照着他们的脸,谁都没有说话。帕什金同志警惕地给挖土工人的宿舍安装了广播喇叭,让每个人在休息的时间里能够从喇叭中获得群众生活的意义。

"同志们,我们必须动员荨麻走上社会主义建设第一线! 荨麻不是别的什么,恰恰是国外急需的物资……

"同志们,"广播喇叭每时每刻都在提出要求,"我们必须剪下马尾巴和马脖子上的鬃毛! 八万匹马能够为我们提供三十台拖拉机! ……"

萨弗隆诺夫听得心花怒放,他唯一感到遗憾的是没法跟广播喇叭进行对话,不然那里也可以知道他已经积极主动地做好了剪马鬃的准备,知道他感到无比幸福。至于扎切夫,他跟沃谢夫一样,对广播喇叭里的长篇大论感到莫名的惭愧。他们并不反对那些演说家和教师爷,只是内心的愧疚感愈来愈强烈。有时候扎切夫无法忍耐内心的压抑和绝望,禁不住对着从喇叭里滔滔不绝流出来的觉悟很高的声音吼道:

"你们把这声音关掉!让我来代替它!……"

萨弗隆诺夫马上迈着优雅的步伐站出来制止:

"扎切夫同志,我认为您发表的意见够多了,现在应该不折不扣地服从领导布置的生产。"

"萨弗隆诺夫,你让人太平点吧!"沃谢夫说,"我们活得已经够无聊的了。"

但是社会主义者萨弗隆诺夫生怕忘记欢乐的职责,用居高临下的威严口吻回答大家说:

"谁的裤兜里装着党证,谁就应该浑身充满了干劲。我向您挑战,沃谢夫同志,咱们比一比谁的情绪最幸福。"

广播喇叭像暴风雪似的在连续不断地工作,接下来又再一次号召每个劳动者务必到集体农庄的地里把雪搜集起来。这时候喇叭突然哑了,可能是在这之前一直借助自然界的力量冷漠地传送必要的话语的科学失去了效力。

萨弗隆诺夫看到大家消极地沉默着,于是代替喇叭发挥作用:

"让我们提出一个问题:俄罗斯人民是从哪里来的?我们的答案是:来自小资产阶级!他们本来可以有别的来源,但是地方没有了。因此,我们必须把每个人扔进社会主义的盐水里,让他们脱掉资本主义的皮,让心脏关注阶级斗争篝火周围的生命热情,并且产生冲天的干劲!……"

萨弗隆诺夫的智力没有出路,就消耗在说话上,因此他说话滔滔不绝,没完没了。有的人双手支着脑袋听他讲话,想用他的声音充填自己空虚而痛苦的脑袋,有的人一味地伤心苦闷,没有听见他在说什么。普罗舍夫斯基坐在工棚的门槛上,注视着夜幕下的世界。他看到了黑沉沉的树木,有时候还能听到远方传来的音乐在震动着空气。普罗舍夫斯基感情上什么也不反对。当幸福遥不可及、只有树木在悄悄议论幸福、管乐队在工会公园里歌颂幸福的时候,他觉得生活是美好的。

不一会儿,挖土工人全都累得没脱衣服就睡着了,他们身上还是白天穿的衬衫和罩裤,这样就不必解开纽扣,可以保存力气搞生产。

只剩下萨弗隆诺夫一个人没睡。他看着横眠竖倒的人们痛心地说:

"咳,你们这些群众啊群众!很难把你们组织成共产主义骨干!你们这些混蛋究竟需要什么?你们这些坏蛋把整个先锋队都坑苦了!"

萨弗隆诺夫清楚地意识到群众落后得可怜,自己却又紧紧靠在一个精疲力竭的人身上,沉入了梦乡。

第二天早晨,他躺在铺位上欢迎奇克林带来的小女孩——未来的成员,接着又迷迷糊糊睡着了。

小女孩小心翼翼地坐到长椅上,仔细看了看墙上那张处在标语口号中的苏联地图,然后指着地图上的一条子午线问奇克林:

"叔叔,这是什么?是阻挡资产阶级的篱笆吗?"

"是篱笆,闺女,不让他们爬到我们这边来。"奇克林解释道,他希望给予她革命的智慧。

"我妈妈没有爬篱笆,可照样死了!"

"那是没有办法的事,"奇克林说,"现在资产阶级都要死的。"

"让他们死吧,"小女孩说,"反正我记得她,做梦也梦见她。就是她的肚皮没有了,我睡觉脑袋没处搁。"

"没关系,你就搁我肚皮上。"奇克林答应她。

"克拉辛破冰船和克里姆林宫哪一个更好?"

"宝贝,这我可不知道。我是个微不足道的小人物!"奇克林说,他想起自己浑身上下只有脑袋缺乏感觉的能力,假如脑袋有感觉的话,那他可以把整个世界向孩子解释得一清二楚,让她放心地生活。

小女孩绕着新的住处走了一圈,数了数所有的物件和在场的人。她想马上确定自己喜欢谁,不喜欢谁,跟谁合得来,跟谁合不来。完成了这件事之后,她对这间木板搭成的工棚已经习惯了,并且想吃东西了。

"拿吃的来! 喂,尤丽娅,我宰了你!"

奇克林给她端来了粥,在她的小肚皮上盖了一条干净的毛巾。

"你怎么给我吃冷粥? 哼,你呀,尤丽娅!"

"你怎么叫我尤丽娅?"

"我妈妈就叫尤丽娅,那时候她还能用眼睛看,还能不停地呼吸,她嫁了马尔蒂诺维奇,因为他是无产阶级,马尔蒂诺维奇一回家就对妈妈说:'喂,尤丽娅,我宰了你!'妈妈一句话也不说,还是跟他好。"

普罗舍夫斯基一边听一边观察这小女孩。他早就醒了,小女孩的出现既使他不安,又叫他伤心:这孩子浑身洋溢着一股寒气般新鲜的生命活力,但是要遭受比他更复杂更长久的折磨。

"我找到了你的那位姑娘,"奇克林告诉普罗舍夫斯基,"我们去看看她吧,她还完整。"

普罗舍夫斯基站起来走了。对他来说，无论躺着还是前进，反正都一样。

瓷砖厂院子里的那老头已经修好了树皮鞋，可是他不敢穿着这样的鞋子在世界上随便走。

"同志们，请问我穿了树皮鞋人家会不会把我抓起来，会不会找我的麻烦？"老头问，"眼下连穷光蛋也穿上了皮靴，从前娘们打生下来都是光着屁股穿裙子，现在她们裙子底下也都穿上了花裤衩，你看这多新鲜！"

"没人管你！"奇克林说，"走你的路，别多嘴。"

"我一句话也不会说的！我怕人家会说：'啊，你穿的是树皮鞋，看样子准是个穷人！既然是穷人，那为什么一个人过日子，不愿跟别的穷人凑到一块儿！……'我就怕这个！不然我早走了。"

"你考虑考虑吧，老头儿。"奇克林劝他。

"没什么好考虑的。"

"你活了好久了，以前的事就够你回忆了。"

"可我全忘了，要么重投一次娘胎。"

奇克林来到那女人的藏身之处，俯身再一次吻了吻她。

"可她已经死了啊！"普罗舍夫斯基感到奇怪。

"那又怎么样！"奇克林说，"一个人如果受到百般折磨，那他往往就成了死人。你需要她不是为了生活，而仅仅是为了回忆。"

普罗舍夫斯基跪下来，触摸到了那女人两片没有生命、受尽屈辱的嘴唇，但是感觉不到兴奋和柔情。

"这不是我年轻时见到的那个女人。"他说着站了起来，又补充了一句，"也许就是她。和自己钟爱的女人近距离接触之后，我始终认不出她们了，可是在远处又想得厉害。"

奇克林沉默不语。他在陌生人和死人身上都能感受到某种亲切的余温,如果他吻过或者深入地接近过那个人。

普罗舍夫斯基无法离开死者。当初她轻盈灵活,热情如火,在他身边走过。看着她垂着眼睛渐渐走远,看着她摇摇晃晃、悲伤的身影,他当时简直不想活了。后来,他一听到这世界上凄厉的风声就会想念她。那一次他不敢去追那个女人——他青年时代的幸福,也许从此就使她一辈子都无依无靠。她受尽了百般折磨之后就躲到了这里,在饥饿和悲伤中死去。如今她仰面躺着——奇克林为了吻她而将她翻了个身,那根绕过头顶和下巴颏的绳子使她的嘴闭着,两条裸露的长腿由于疾病和无处栖身而长满了野兽般浓密的汗毛——某种古老的返祖力量使死者活着的时候就变成了浑身长毛的动物。

“喂,行了。”奇克林说,“让这里的各种没有生命的物质和她作伴吧。死人和活人一样多,他们并不寂寞。”

奇克林抚摸了一下墙上的砖,捡起一件不知什么破烂放到死者身旁,然后两人都走了。那女人继续躺在那儿,永远保持着临终时的那个年龄:三十二岁零三个月。

奇克林穿过院子,然后又折回来,用碎砖、石块和其他重物堵住了那道通向死者的门。普罗舍夫斯基没有协助他,过后他问奇克林:

“你干吗这样地道?”

“你怎么提这样的问题?”奇克林感到惊讶,“死人也是人嘛。”

“可她什么也不需要了。”

“她不需要,可我需要她。人总要留下点什么。每当看到死人的痛苦或者他们的遗骸,我就会强烈地体验到我为什么而活着。”

编树皮鞋的老头已经离开了院子,只留下一双千疮百孔的破鞋,仿佛是对那一去不返的老头的纪念。

太阳已经升得很高了,早已到了劳动的时间。奇克林和普罗舍夫斯基急匆匆沿着未铺木板的泥路向基坑走去。路上洒满了落叶,落叶下藏着要到来年夏天才发芽的种子,它们正在那儿取暖。

那天晚上,挖土工人没有打开广播喇叭,吃饱了晚饭就坐下来看着那小女孩,从而破坏了工会通过广播进行的文化工作。扎切夫在早晨就已经决定,等到这小女孩以及与她类似的孩子稍稍长大一点,他立即把本地的成人统统杀死。只有他一个人知道苏联的领土上全是社会主义的敌人、个人主义者和未来世界的阴谋家,但是他在私底下感到欣慰的是,他很快就要杀掉这批家伙,只留下无产阶级的孩子和父母双亡的孤儿。

"你是谁啊,孩子?"萨弗隆诺夫问,"你爸爸妈妈是干什么的?"

"我谁也不是。"小女孩说。

"为什么你谁也不是呢? 哪一条女性原则让你乐意在苏维埃政权下诞生?"

"我自己不想诞生,我怕母亲是资产阶级。"

"那你是怎么参加组织的?"

小女孩惭愧而恐惧地低下了头,抚弄着自己的衬衣。她知道自己处在无产阶级中间,因此遵照母亲很早以前的反复叮咛,自己保护自己。

"我知道谁最大。"

"谁最大?"萨弗隆诺夫问。

"斯大林最大,布琼尼第二。没有他们的时候,世界上只有资产阶级,我也没有生下来,因为我不愿意。现在有了斯大林,也就有了我。"

"真是个好孩子，"萨弗隆诺夫说，"你母亲是个有觉悟的女人。我们的苏维埃政权已经深入人心，我们的孩子不记得自己的母亲，可是已经跟斯大林同志心连心了！"

来历不明的黄眼庄稼汉一直在工棚角落里絮絮叨叨诉说自己的苦恼，但是不说明苦恼的原因，只是尽量讨好大家。那苦闷的头脑中浮现出一个淹没在黑麦中的村子，风在村子上空吹拂，轻轻转动磨坊的风车，碾磨不可或缺的粮食。前不久，他就住在那儿，胃里有饱的感觉，心里有家庭幸福的感觉。多少年来他从村子里眺望远方和未来，每次看到的都是天和地在平原尽头连成一片，而自己头顶上有充足的阳光和星光。

为了不再继续想下去，庄稼汉躺下来，让泪水尽快像泉水般滚滚流淌。

"别哭了，你这小市民！"萨弗隆诺夫喝道，"现在这里有小孩，难道你不知道我们应该彻底扫除悲观情绪吗？"

"萨弗隆诺夫同志，我的眼泪哭干了，"庄稼汉在角落里说，"我这是因为落后才动了感情。"

小女孩站起来，用脑袋顶着木板墙。她开始想念母亲，她害怕孤独的黑夜，她还在想，母亲会多么伤心、多么长久地躺在那儿等待自己女儿变成老太婆，然后死去的那一天。

"肚皮在哪儿？"她转身问那些盯着她看的人，"我睡哪儿？"

奇克林立即躺下来做好了准备。

"拿吃的来！"小女孩说，"一个个坐得像尤丽娅，可我没吃的！"

扎切夫坐着轮椅到她跟前，给她吃早上从食品店经理那儿征收来的水果糕。

"吃吧,可怜的孩子!你今后的前途还不明朗,可我们呢,已经是一清二楚的了。"

小女孩吃完了水果糕就脸朝下趴在奇克林的肚皮上。她已经累得脸色苍白,迷迷糊糊睡着了,一只手习惯地搂住了奇克林,就像以前搂住母亲一样。

萨弗隆诺夫、沃谢夫和所有其他挖土的工人都久久地看着熟睡中的小生命,她将主宰他们的坟墓,并在宁静的布满他们白骨的土地上生活。

"同志们!"萨弗隆诺夫开始总结大家共同的感觉,"躺在我们面前的就是没有知觉的实际的社会主义。从广播喇叭和其他文化资料中我们听到的只是路线,可是什么也看不见摸不着。而现在躺在这里的是创造物和党的目标——即将成为全世界一分子的小孩!为此,我们必须尽快挖好基坑,早日建成大厦,用石墙让孩子们免遭风吹雨淋,感冒害病!"

沃谢夫摸了摸小女孩的手,像小时候端详教堂墙上的天使那样上上下下打量了她一番。这个被遗弃的、举目无亲的弱小的躯体将来总能感受到生命意义的暖流,她的智慧终将看到类似创世纪第一天那样的时代。

大家当场决定第二天提前一小时开始挖土,以便早日垒砌奠基石并进行其他建筑项目。

"我这个残疾人只能对你们的意见表示欢迎,可是帮不上忙!"扎切夫说,"你们反正都要死的,你们的心是空的,你们最好还是去爱一个小生命吧!用劳动麻醉自己吧!你们暂时就这么活着吧!"

由于天气凉了,扎切夫强迫庄稼汉脱下厚呢上衣,穿到自己身上,免得夜里着凉。庄稼汉一辈子都在积累资本主义,也就是说,他以前没有挨过冻。

休息的日子普罗舍夫斯基一般都是在观察中度过的,或者给妹妹写信。贴邮票、把信投入邮箱的那个时刻始终赋予他一种平静的幸福感,这时候他仿佛感到有人需要他继续活下去,并且为公共的利益谨慎行事。妹妹始终不给他回信,她子女很多,终日辛劳,脑子仿佛麻木了。每年的复活节前夕,她才给哥哥寄一张明信片,上面只有几句话:"基督复活了,亲爱的哥哥! 我们的生活还是老样子,我做饭,孩子们渐渐长大,丈夫提了一级,现在他拿回家四十八卢布。请来我们家做客。你的妹妹阿尼娅。"

普罗舍夫斯基每次都把明信片放在口袋里好多天,反复阅读的时候不禁潸然泪下。

他独自一人散步的时候走得很远很远。有一次他走到一个远离城市和大路的山岗上停了下来。那天雾气迷蒙,若晴似阴,时间也仿佛停止了流逝——在这样的日子里植物和动物都在瞌睡,而人们在怀念自己的父母。普罗舍夫斯基默默地望着雾蒙蒙的古老的大自然,发现天际有几幢神态安详、比空气中的光线更加明亮的白色楼房。他不知道那些精致的建筑物的名称和用途,尽管他明白,建造远方的那几幢大楼不仅仅出于实用的目的,也是为了给人们带来欢乐。普罗舍夫斯基对悲伤早已习以为常了,现在却惊讶地发现远处的那些纪念碑式的建筑刚柔相济,恰到好处。他还从来没有见过石块能够安排得这样匀称自如,丝丝入扣,他也不知道家乡的灰色石块具有闪闪发光的奇效。在这重新建设的世界上,这组白色的作品犹如一座岛屿,雄威壮丽,熠熠生辉。这些楼房绝非一律白色,还有蓝色、黄色和绿色镶嵌其间,这赋予它们一种特殊的稚拙美。"这是什么时候建成的?"普罗舍夫斯基说,语气中带着不满。对他来说,感受这黯淡的地球上的悲伤要更加舒服些,而他人的或者遥远的幸福往往使他惭愧和担忧——他下意识地希望这永远处于建设中,却又始终无法竣工的世界像他那被毁灭的生活一样。

他再一次仔细看了看那座新的城市,他既不想忘掉它,又不希望自己看错了。那些楼房依然清清楚楚地屹立在那里,仿佛它们的周围不是迷蒙的雾霭,而是凛冽透明的空气。

往回走的时候,普罗舍夫斯基发现城里的街道上有许多女人。她们年纪轻轻,可是步履迟缓——也许她们一边散步,一边在等待星光灿烂的夜晚。她们的腿迈动的时候有一股贪婪的力量,而躯干变得又宽又圆,成了容纳未来的蓄水池——这意味着还有未来,意味着现在是不幸的,而且离结束还很遥远。这些女人神态惶惑的模样使普罗舍夫斯基能够忍耐自己今后难以解释的生存,一直到最近的将来自觉地死去。普罗舍夫斯基一回到技术办公室就坐下来制订自己的死亡计划,以便确保自己更快更可靠地死去。制订完计划后,普罗舍夫斯基感到累了,就躺在沙发上安心地睡着了。明天只要对这个计划再添加说明就可以了,然后找一个比较漂亮的女人谈一次恋爱。满足了恋爱的欲望之后,普罗舍夫斯基总会出现正常的自杀愿望。现在他已经完成了这样的精确计算。

黎明时分,奇克林带着一个只穿裤衩的陌生人来到办公室。

"他是来找你的,普罗舍夫斯基。"奇克林说,"他要求把棺材还给他们村子。"

"什么棺材?"

身材魁梧、由于风吹和伤心而浑身浮肿、裸露着上身的陌生人没有立即开口说话,只是低着头在紧张地思考。也许他经常忘记自己和自己所关心的问题,可能是因为疲劳过度,或者是他身上的各个器官在生命的过程中陆续死亡了。

"棺材!"他的声音热烈而粗糙,"我们把木头棺材垒在山洞里准备今后派用场,可你们把整个山沟都挖空了。把棺材还给我们!"

奇克林说,昨天晚上在北边的基准桩附近确实发现了一百口棺材,其中两口棺材他给了小女孩,一口给她做床,将来她可以不用再睡在他肚皮上了,另一口给她装玩具和其他儿童用品,让她也拥有一个红角。

"把剩下的棺材还给他。"普罗舍夫斯基说。

"把全部棺材还给我们,"那人的声音像是从垃圾里发出的。"我们少了不动产,大家等着要自己的财产。那些棺材是我们自己花钱做的,不能没收。"

"不行,"奇克林说,"那两口棺材你要留给我们的孩子,你们反正嫌小。"

陌生人站在那儿想了想,还是没有同意:

"不行!我们自己的孩子往哪儿搁?我们是按身材和高矮打的棺材,谁该睡哪一口棺材上面都有记号,我们能够活着就是因为人人都有棺材,现在棺材是我们的全部家当。那些棺材藏到山洞之前,我们全都睡过了。"

前些日子就住进基坑工地的那个黄眼睛庄稼汉匆匆忙忙走进办公室。

"叶里谢依,"他对那个赤裸着上身的人说,"我已经用绳子把棺材串起来了,乘着天气好,我们去拖走吧。"

"有两口棺材你没有看住,"叶里谢依说,"现在你自己睡什么?"

“我么,叶里谢依·萨维奇,就睡在我家院子里那棵大槭树底下,我已经在树根下面给自己挖了个坑。我死后我的血液会像树汁那样顺着树干往上渗,一直渗到树顶!你以为我的血太稀,那树觉得不好喝吗?”

上半身裸露的那个人站在那儿没有丝毫反应,一句话也不回答。他跟随庄稼汉去搬棺材,没有发现路边的石块和刺骨的晨风。奇克林也跟着他们走了,他看到叶里谢依背上有厚厚一层污垢,还长出了一层起保护作用的毛。叶里谢依不时停下来用一双空洞的睡意蒙眬的眼睛环顾四周,仿佛在回想什么遗忘的事情,或者在寻找一点儿忧愁的平静。可是他觉得故乡变得认不出了,于是垂下了黯淡无光的眼睛。

一大溜棺材排在基坑边干燥的高地里。先前投奔挖土工人的那个庄稼汉喜笑颜开:棺材找到了,叶里谢依也来了。他已经在棺材的前后两端钻好了窟窿,用绳子把它们串了起来,叶里谢依抓住最前面那口棺材的绳子往肩上一搭,像纤夫那样使劲拉着这些木制品在干枯的生活之海中前进。奇克林和所有的挖土工人全都站在那儿,没有阻挠叶里谢依,眼看着一串空棺材在地上留下一道痕迹。

“叔叔,他们是资产阶级吗?”小女孩拉着奇克林问。

“不是的,孩子,”奇克林回答,“他们住的是草屋,种了庄稼还分一半给我们吃。”

小女孩抬头看了看他们一张张苍老的脸。

“那他们干吗要棺材?只有资产阶级才该死,穷人不该死。”

挖土工谁也没有吭声,他们不知道说什么好。

“只有一个人没有穿衣服!”小女孩说,“人家不可怜你了,就要剥下你的衣服,让衣服保留下来。我妈妈也是光着身子躺在那儿的。"

"你说得对,孩子,百分之一百正确,"萨弗隆诺夫断言道,"两个富农刚离开我们。"

"你去打死他们!"

"不允许啊,孩子,两个人还算不上一个阶级……"

"这是一加一。"小女孩掐着手指说。

"从总体上说,他们人数很少,"萨弗隆诺夫惋惜地说,"根据全会精神,我们必须把他们作为一个阶级去消灭,让全体无产阶级和雇农阶层成为没有敌人的孤儿!"

"那你们跟谁一起留下来?"

"跟任务,跟继续采取各种措施的强硬路线留下来,明白吗?"

"明白了,"小女孩说,"就是说要把坏人统统杀掉,要不好人太少了。"

"你真是有阶级觉悟的一代人。"萨弗隆诺夫非常高兴,"你年龄不大,可对各种关系认识得非常清楚。君主主义为了打仗才不分青红皂白地收罗人,而对我们来说,只有阶级才是最宝贵的,就是自己的阶级我们很快也要进行清洗,把那些不觉悟的分子撵出去!"

"清洗坏蛋,"小女孩一下子就猜对了,"到时候就只剩下最大最大的大人物!我妈妈活着的时候也说自己是坏蛋,可现在死了就变成了好人,我说得对吗?"

"对。"奇克林说。

小女孩想起自己的母亲现在一个人孤零零地躺在黑暗中,于是旁若无人地走到一边去,一声不响地坐下来玩沙子。其实,她并没有玩沙子,她一边心不在焉地在拨弄着什么,一边在思考。

挖土工人们走过去俯身问她:

"你怎么啦?"

"没什么,"小女孩说,连看也不看他们,"我在你们这儿感到没意思。你们不爱我。等到夜里你们睡着了,我就把你们统统杀死。"

工人们自豪地你看看我,我看看你,他们人人都巴不得把这孩子抱在手上,紧紧搂在怀里,这样可以感受到这小生命产生智慧和魅力的那个温暖的地方。

只有瘦弱的沃谢夫一个人闷闷不乐地站在那儿,呆呆地望着远方。他依然不知道共同的生活中有没有什么特别的东西——没有人能够凭记忆向他背诵全世界的章程,而地球表面发生的种种事件没法吸引他。沃谢夫离开大家,悄悄地消失在田野里。他在那儿躺下来歇一会儿,他避开了众人的耳目,为自己不再参与这些疯狂的事件而感到满意。

过了一会儿,他发现了那两个庄稼汉拖棺材留下的痕迹。他们要把棺材拖到自己遥远的家乡。他们村子里的篱笆都已经倒塌了,到处长满了牛蒡,也许温暖的农家院子里现在悄无声息,也许贫穷的集体农庄庄员们带着一堆农具像孤儿似的站在风口里。沃谢夫迈着局外人的那种机械的步伐朝那儿走去。他没有意识到基坑工地上文化工作薄弱才使他对未来大厦的建设无动于衷。尽管阳光明媚,可他心头布满了阴霾,弥漫于田野里的一股淡淡的野草气息更增添了一丝忧愁。举目四望,空气中到处是生命呼出的雾气,形成了一种昏昏欲睡、令人窒息的朦胧气氛。这疲惫的世界还在继续忍耐着,一切有生命的东西似乎都处在时间和运动中:开端已经被大家遗忘,而终结又无人知道,唯一剩下的就是向四面八方前进。于是沃谢夫走上一条四通八达的道路,渐渐消失了。

科兹洛夫坐着汽车来到基坑工地,帕什金亲自为他开车。科兹洛夫身穿三件套的浅灰色西装,由于心情一直快活,他的脸也发胖了,并且强烈地爱上了无产阶级大众。每次回答劳动者问话的时候,他的开场白总是那句自鸣得意的话:"好啊,好极了!"然后才继续发挥。每当自言自语的时候,他喜欢说:"您这微不足道的法西斯女人,现在在哪里!"或者说:"您像列宁的遗训一样美好!"以及许多其他简短的口号式歌曲。

今天早晨,科兹洛夫把自己对一位中年女人的爱作为感情加以消灭了。那女人白白给他写了许多倾诉爱慕之情的信,他因为忙于处理繁重的公务,又不想预先没收她的一片柔情,所以没有回信,他要找的是那种更加高尚、更加积极的女人。尤其他在报上看到邮局不堪负担、工作混乱之后,决定不让女人给他写信,以此加强这个部门的社会主义建设。为了推卸自己爱的责任,他给那女人写了最后一张总结性的明信片:

> 昔日满桌佳肴,
> 如今停放棺材!

科兹洛夫

这句诗他刚才读到,赶紧用上了。每天早晨醒来,他一般都要躺在床上看书。记住了那些公式、口号、诗句、遗训、警句、歌词、决议、各种法令的草案之后,他就去视察各个机关和组织。那些单位的人都认识并尊敬他这个积极的社会力量,而他用自己的学问、见识和修养去吓唬那些已经被吓得要命的职员。除了领取一等退休金之外,他还免费享受现成食品。有一次他顺道到了一家合作社,

一进门就气势汹汹地把经理叫到自己身边,对他说:

"好啊,好极了,可是你们的合作社是罗切德尔式的合作社,而不是苏维埃式的合作社! 也就是说,你们不是社会主义康庄大道上的中坚力量!"

"我不认识您,公民。"经理谦恭地说。

"看样子又是这种情况:他这个消极分子向上苍祈求的不是幸福,而是面包,不能缺少的黑面包?! 好啊,好极了!"科兹洛夫说完就出去了,内心感到受了极大的侮辱,但是十天之后他就成了这个合作社的经销部主任。他始终不知道自己得到这个职务是经理亲自张罗的结果,这位经理不仅考虑到群众的狂热,而且考虑到狂热者的品质。

现在帕什金为科兹洛夫感到骄傲——他相信离开全体无产阶级,接受自己先锋队这个榜样的日子已经不远了:这就是社会主义。因此帕什金到处炫耀科兹洛夫这个由高明的工会领导在群众中培养的积极分子榜样。有科兹洛夫在场,帕什金再也不怕扎切夫了:他知道,只要给扎切夫一个职务,哪怕只是负责收取会费,他就不会再向负责干部索要黄油了,因为他自己已经处在吃黄油的前夜了。

科兹洛夫下了汽车,装出聪明的样子走到建筑工地上,站在基坑边上全面视察整个劳动进度。对于站在他旁边的那些挖土工人,他告诫他们:

"你们别成为实际中的机会主义者!"

中午休息的时候,帕什金向工人们宣布:乡下的贫农阶层在想念集体农庄,因此要从工人阶级中挑选一些特殊人物去开展铲除农村资本主义根子的阶级斗争。

"早就该干掉那些富裕的寄生虫了!"萨弗隆诺夫说出了自己的

意见,"我们已经感觉不到阶级斗争的熊熊烈火了,这把火是必不可少的,不然积极分子们的热情从哪里来?"

接着,施工队派遣萨弗隆诺夫和科兹洛夫到附近的农村去帮助贫农,免得他们在社会主义制度下还像没爹没娘的孤儿,或者躲在防空洞里变成单干的骗子。

扎切夫带着小女孩坐轮椅到帕什金跟前对他说:

"你看看这干瘪的社会主义。你这坏蛋低下头仔细看看,她瘦得只剩下一把骨头,脂肪全给你吃光了!"

"是事实!"小女孩说。

这时候萨弗隆诺夫也表示了自己的意见:

"帕什金同志,请你把娜斯佳登记上,她可是我们未来欢乐的对象!"

帕什金掏出记事本,在上面画了个点儿。帕什金的小本上已经画了好多点儿,每个点儿都表示对群众的一份关心。

当天晚上,娜斯佳给萨弗隆诺夫铺了一个单独的床位,并且坐下来守在他身边。萨弗隆诺夫自己要求小女孩想念他,因为她是这里唯一有良心的女性。娜斯佳整个晚上都静静地陪伴着他,尽量想象萨弗隆诺夫到那些在农舍里发愁的穷人那儿的情景,以及他在陌生人中间身上长满虱子的模样。

过了一会儿,娜斯佳钻进萨弗隆诺夫的被窝,焐暖被窝之后又睡在奇克林的肚皮上。她很早很早以前就养成了在继父上床前为母亲焐暖被窝的习惯。

未来生活大厦的地基已经挖好,接下去要在地基上垒石块。可是帕什金的头脑中往往会出现种种光辉的思想,他向市里最大的革命家报告说,大楼的规模太小,因为社会主义的妇女朝气蓬勃,热血沸腾,将来地球的表面上都是蹒跚学步的孩子。难道让孩子们住在露天,遭受未经组织的天气的摆布吗?

"不,"最大的革命家回答说,不小心把桌子上的一块营养丰富的三明治碰落到地上,"你们把基坑扩大四倍。"

帕什金弯下腰,捡起三明治放回桌上。

"何必弯腰去捡呢,"革命家说,"明年我们全区计划生产粮食五亿普特①。"

帕什金听了,就把三明治重新放回到废纸篓里,他怕人家认为他还停留在勤俭节约时代的水平。

普罗舍夫斯基站在大楼旁边等待帕什金立即传达工作安排。帕什金走过前厅的时候就已经决定把基坑扩大六倍,而不是四倍,这样做肯定符合党的总路线,甚至走到总路线的前面,然后再回过头来在干干净净的地方迎接总路线——到那时候,总路线一定会发现他,而他将作为一个永恒的点儿铭刻在总路线上。

"扩大六倍。"他向普罗舍夫斯基发出指示,"我早就说过,速度太慢!"

普罗舍夫斯基听了心花怒放。帕什金看到工程师幸福的表情也很满意,因为他感觉到了属于自己工会的工程技术部门工会的情绪。但是普罗舍夫斯基感到满足并不是因为规模扩大了,而是因为挖土工人在基坑的工地上将很快耗尽自己的生命,就像他会很快死去一样。对他来说,最好有死去的朋友,而不是活着的朋友,这样可以把自己的骨头淹没在共同的骨头中,免得在地球表面留下记忆或

① 沙皇时期俄国的主要计量单位之一,1 普特等于 40 俄磅,约合 16.38 千克。

者见证人——让未来变得陌生而空洞,让过去留在坟墓中,留在那些密密麻麻的、当初彼此曾经拥抱过的骨头中,留在那些彼此曾经相爱过,却又被遗忘了的遗骸中。

普罗舍夫斯基去找奇克林布置扩大基坑的事。还没有走到奇克林那儿,他已经发现挖土工人围成了一堆,沉默的人群中还有一辆农民的大车。奇克林从工棚中搬出一口空棺材装到大车上,接着他又搬出了第二口棺材,娜斯佳紧紧跟在他后面,边走边从棺材上扒下自己的图画。为了不让小女孩生气,奇克林一只手夹着她,另一只手夹着棺材。

"他们反正已经死了,干吗还要棺材!"娜斯佳光火了,"我的东西没地方放了!"

"这样做是应该的,"奇克林说,"死人都是些特别的人。"

"什么了不起的大人物!"娜斯佳惊奇地说,"那大伙干吗还活着? 最好大家都死了,个个成为了不起的大人物!"

"大家活着就是为了消灭资产阶级。"奇克林说着,把最后一口棺材放到大车上。大车上坐着两个人——沃谢夫和刚才跟叶里谢依一起离开的那个模样像富农帮凶的庄稼汉。

"你们这是给谁送棺材?"普罗舍夫斯基问。

"萨弗隆诺夫和科兹洛夫死在乡下了,现在把我的棺材给了他们。唉,有什么办法呢?!"娜斯佳一五一十地告诉他。她靠在大车上,对失掉的东西念念不忘。

沃谢夫不知道从哪里乘马车来了,一会儿又赶着马车回去了。奇克林把小女孩交给扎切夫照管,自己去追赶那辆已经远去的马车。

月光下,他不停地往前走,一直走到深夜。有时候,可以看到旁边山沟里有住家的惨淡的灯光,几条狗在那儿发出凄厉的叫声——也许它们感到无聊,也许发现有人路过而害怕了。装棺材的马车始终走在奇克林的前面,他一路紧跟不舍。

沃谢夫背靠着棺材,眼睛凝望着天空——看到星星在开会,看到朦胧的银河了无生气。他期待着那里做出中止时间永恒、补偿生活艰辛的决定。当他不再抱有希望的时候,就渐渐睡着了,直到马车停下才醒过来。

过了几分钟,奇克林走到了马车跟前。他环顾四周,只见附近有一个衰败的村子,村子里一片破落贫穷的景象——无论是年久失修的篱笆还是倒伏路旁的树木,都透出一股凄凉。农舍里都亮着灯光,可是外面一个人也没有。奇克林走到第一家门口,擦亮了一根火柴,想看清门上一张白色的小纸条。纸条上写着:"这里是总路线集体农庄第七号公有化大院,现由努力贯彻国家各项决议、执行各项农村政策的社会工作积极分子居住。"

"让我进来!"奇克林敲门。

积极分子出来放他进去。接着,积极分子开具接收棺材的证明,并吩咐沃谢夫到村苏维埃为两位牺牲的同志彻夜守灵。

"我自己会去的。"奇克林说。

"那你就去吧,"积极分子回答,"不过请你把自己的资料告诉我,我把你列入在职干部。"

奇克林给他讲自己的履历,积极分子在一小时之内就把他列入了干部编制。他交给沃谢夫另外一项繁重的任务——今天夜里把所有的母鸡屁股都摸一遍,在天亮之前确定它们下了多少新鲜的鸡蛋。

"我的手太大,完不成任务。"沃谢夫说。

"你怎么啦——向鸡屁股看齐吗?"积极分子十分惊讶,"这世界上谁说了算? 是党还是你?"

"他算什么!"那个黄眼睛庄稼汉代替他回答。在这之前他站在那儿一声不吭,可现在害怕了。

沃谢夫试着用双手挖了挖自己的屁股后断定:我必须停止思考,就让某种共同的东西活着吧;干吗为了自己一个人的躯体而烦恼? 我又不是什么大人物!

为了缩小身材和麻木感情,沃谢夫猫着腰去完成检查母鸡的任务了。积极分子低头研究文件,眼睛紧紧盯着所有的详细提纲和任务。他以私有者的那种贪婪劲儿,全然不顾自己家庭的幸福,一心一意建设必要的未来,为自己准备不朽,所以他现在已经心力交瘁,全身浮肿,像女人似的胖脸上长满了稀疏的毛发。灯光照耀着他那双疑神疑鬼,从思想到行动都在监视着可恶的富农的眼睛。

积极分子在灯光下坐了整整一夜,他竖着耳朵倾听黑洞洞的路上有没有区通讯员骑马来传达上级给村里的指示。每次看到新的指示,他总有一种新奇和享受的感觉,简直像在窥探风云人物的隐私。难得有哪一夜不来指示,积极分子通宵达旦地领会指示精神,为第二天坚决贯彻指示而积蓄热情。他偶尔也会为了生活的烦恼而发呆,这时候他哀怨地望着出现在眼前的任何一个人,想起自己是个糊涂虫、马大哈——区里的文件中有时候这样称呼他。于是他就在心里琢磨:"我要不要到群众中去? 要不要在被人领导的共同生活中忘记自我?"但是他很快就清醒过来,因为他不愿意和大家一起过那种孤独的生活,也害怕长时间地苦苦等待那种每一个牧民都能享受快乐的社会主义,因为他现在就能成为先锋队的助手并且立即享受将来的所有好处。积极分子特别要花费很长时间去仔细研究文件上的首长签名,这是革命家用权势炙人的手一笔一画写出来的,而这手是那个沉醉于荣誉、受到群众拥戴的躯体的一部分。每当他欣赏那些清晰的亲笔签名和图章上地球的形状的时候,积极分子禁不住热泪盈眶。整个地球,整个地核都将掌握在一双果断利索的铁腕手中,难道他就对整个地球没有任何影响吗?于是,积极分子怀着一丝确凿无疑的幸福感抚摸自己被沉重的负担折磨得消瘦不堪的胸脯。

"干吗站着不动?"他问奇克林,"你去保护那两具具有政治意义的尸体,别让无耻的富农糟蹋了:你看,我英勇的弟兄们一个个倒下了!"

奇克林穿过集体农庄之夜的黑暗,来到了村苏维埃空荡荡的大厅。大厅里躺着他的两位同志,他们保持着永远不会改变的姿势。死者上方亮着那盏最大的开会使用的灯。两名死者并排躺在主席台上,下颌以下的部位覆盖着旗帜,这样可以遮住他们致命的伤口,也可以使活着的人不至于担心遭到同样的横祸。

奇克林站到死者的脚跟前,镇静地凝望着他们毫无表情的脸。萨弗隆诺夫再也不会说什么了,科兹洛夫也不会为了种种组织建设而牵肠挂肚了,也不会再去领取那份应得的退休金了。

时光在集体农庄漆黑的深夜中缓缓流逝。没有什么东西在破坏公有化的财产和扰乱集体意识的宁静。奇克林点燃一支烟,靠近死者的脸,伸手摸了摸。

"怎么样,科兹洛夫,你寂寞吗?"

死于非命的科兹洛夫继续默默地躺着。萨弗隆诺夫也十分平静,如同一个心满意足的人,他生前没有被人吻过,因此嘴唇上也长出了红褐色的胡子,耷拉在无力地半张着的嘴上。科兹洛夫和萨弗隆诺夫的眼眶周围泪痕斑斑,奇克林擦去泪痕,心里在想:萨弗隆诺夫和科兹洛夫临终前为什么要流泪呢? 大约他们想象自己死后会听到悼念他们的哀乐,所以感动得流出了眼泪。

"你怎么样,萨弗隆诺夫,是彻底倒下了还是想重新站起来?"

萨弗隆诺夫无法回答,因为在他破裂的胸腔中的那颗心脏已经失去了感觉。

奇克林仔细倾听院子里骤起的雨声,雨点落在树叶、篱笆和屋顶上的声音犹如一首延绵不绝的悲歌。新鲜的雨水无情地倾泻下来,如入无人之境。只有悲伤,哪怕一个倾听雨声的人的悲伤,才能弥补大自然的消耗。偶尔传来母鸡的尖叫声,那是沃谢夫钻到鸡窝里摸鸡屁股引起的。奇克林不想再听鸡叫,便睡到科兹洛夫和萨弗隆诺夫中间,和他们合盖一面旗帜——死人也是人啊! 村苏维埃的那盏灯在他们上面慷慨地一直亮到早晨叶里谢依进来,他进来后也没有把灯熄灭,因为对他来说明亮和黑暗反正都一样。他站了一会儿,然后像进来的时候那样走了出去。

叶里谢依胸脯贴着树立的旗杆,目不转睛地望着污水横流的空地。几只白嘴鸦聚集在那儿准备飞往温暖的远方,尽管目前还不是与当地分别的季节。大约白嘴鸦想提早飞到阳光灿烂的地方去感受集体农庄组织的秋天,然后再回来过普遍的宁静生活。早在白嘴鸦飞走之前,叶里谢依就已经发现燕子消失了,那时候他真想自己也变成一只身体轻盈、觉悟不高的鸟,但是现在他不想变成一只白嘴鸦,因为他不可能想了。现在他之所以活着并且能用眼睛观察,仅仅是因为他拥有中农的证明,因为他的心脏在依法跳动。

从村苏维埃传出了某种声音。叶里谢依走到窗口跟前,隔着窗玻璃往里看。他一直在仔细倾听来自群众和大自然的各种声音,因为谁也不跟他说话,也不给他解释,所以只能靠自己的耳朵去感觉,即使声音很远也要听。

叶里谢依看到奇克林坐在两个仰面躺着的死人中间。奇克林一边吸烟,一边不动声色地在安慰死者。

"你已经死了,萨弗隆诺夫!有什么办法呢?不过我留下来了,现在我要像你一样变得聪明起来,要发表我的观点,我会看到你的全部倾向——你完全可以不用存在……"

叶里谢依无法理解,隔着一层明净的玻璃他只听见说话的声音。

"你呢,科兹洛夫,也别再为生命操心。我可以忘记自己,但是我会时刻把你放在心上。你的整个死去的生命,你的全部任务,我会藏到我心里,永远不会抛弃,所以你就只当自己还活着。我会日日夜夜当积极分子,注意组织性,去申请退休。你就安息吧,科兹洛夫同志!"

叶里谢依呼出的热气模糊了窗玻璃,他看不清奇克林,但还是继续盯着他看,因为他无处可看。奇克林沉默了一会儿,感觉到萨弗隆诺夫和科兹洛夫现在很快活,便对他们说:

"让整个阶级都死光吧,我一个人留下来顶着,完成他们在世界上的所有任务!反正我不知道自己该怎样生活!……谁在那儿盯着我们看?进来,你这个异己分子!"

叶里谢依立即走进村苏维埃,站在那儿。他不知道自己的裤子从腰里滑了下来,尽管昨天还束得牢牢的。叶里谢依没有食欲,这几天越来越瘦。

"他们是你杀的吧?"奇克林问。

叶里谢依提起裤子,再也没有让它掉下来。他什么也没有回答，只是一个劲儿地用那双惨白的空洞的眼睛看着奇克林。

"到底是谁杀的？你去把杀害我们群众的人给我带来。"

庄稼汉走了。他走过那块潮湿的、聚集着最后一批白嘴鸦的空地。白嘴鸦为他让路。他看到了那个黄眼睛庄稼汉。那人把一口棺材靠在篱笆上，伸出食指从一只瓶子里蘸了不知什么稠乎乎的东西，在棺材上用印刷体书写自己的名字。

"你怎么啦，叶里谢依？是不是得到了什么指示？"

"没什么。"叶里谢依说。

"那好，"写字的庄稼汉平静地说，"村苏维埃还没有给死人净身吧？我就怕那个公家的残疾人坐着轮椅到这儿来，要是他看到我还活着，而他们两个死了，他准会揍我的。"

庄稼汉去给死人净身，以此表示自己的怜悯和同情。叶里谢依慢吞吞跟着那人走了，因为他不知道自己待在哪儿最合适。

庄稼汉给死者脱去衣服，把他们赤裸裸的身体浸入水池，然后用羊毛擦干，重新穿上衣服，最后把两具尸体放回到桌子上，对此奇克林没有表示反对。

"很好，"奇克林说，"他们究竟是谁杀的？"

"我们不知道，奇克林同志，我们自己也活得糊里糊涂。"

"糊里糊涂！"奇克林说着就拔出拳头朝庄稼汉脸上打去，他要让庄稼汉活得有觉悟。那庄稼汉眼看着就要倒下去了，可是他怕偏离太远会使奇克林认为他是富农，因此站得离他更近了，希望受到更严重的伤害，通过受苦的办法为自己争取贫农的生存权。奇克林看到眼前是这么个家伙，便不假思索地挥动拳头朝他的腹部打去。庄稼汉仰面倒了下去，闭上了两只黄眼睛。

默默地作壁上观的叶里谢依马上告诉奇克林说，庄稼汉死了。

"你可怜他吗?"奇克林问。

"不。"叶里谢依说。

"你把他放到我两位同志中间。"

叶里谢依把庄稼汉拖到桌子旁边,用尽全身力气抱起来横着扔到原有的两具尸体上,然后移动位置,让他躺在萨弗隆诺夫和科兹洛夫中间。叶里谢依刚离开,那庄稼汉睁开了自己的黄眼睛,从此再也无法闭拢了,就这样死死地看着。

"他有老婆吗?"奇克林问叶里谢依。

"他是光棍。"叶里谢依回答。

"那他为什么活着?"

"不活他害怕。"

沃谢夫进来告诉奇克林,积极分子要找他。

"给你个卢布,"奇克林赶紧把钱给叶里谢依,"你到基坑去看看,娜斯佳那孩子是不是还活着,给她买点糖果。我心疼她。"

积极分子和他的三名助手坐在那儿。这几名助手由于接连不断的英勇行为而变得骨瘦如柴,身无分文,可是他们的脸上都露出义不容辞、忘我献身的坚定表情。积极分子告诉奇克林和沃谢夫,他们必须遵照帕什金同志的指示,为发展集体农庄贡献自己全部的力量。

"无产阶级是不是应该拥有真理?"沃谢夫问。

"无产阶级应该拥有运动,"积极分子纠正说,"凡是今后遇到的一切,无论是真理还是抢来的富农的衣服,统统进入集体化的大锅,叫你什么也认不出来! 母鸡你都查过了?"

"摸了整整一夜——一个蛋也没有。"

积极分子认真思索起来,他的几名助手也开始认真考虑:难道鸡也成了富农的帮凶？

"必须收购所有母鸡，杀了吃掉。"积极分子的一位助手想出了这样一个主意。

"你有没有发现公鸡？"积极分子问。

"公鸡全没了，"沃谢夫说，"一个睡在院子里的人告诉我，说你视察集体农庄的时候突然感到饿了，就把最后一只公鸡吃了。"

"对我们来说重要的是谁吃了第一只公鸡，而不是谁吃了最后一只公鸡。"积极分子宣称。

"没准第一只公鸡是自己死的！"积极分子的助手猜测说。

"它自己怎么会死呢？"积极分子觉得奇怪，"难道它是自觉的破坏分子，故意在这样的时刻死去？我们去彻底地审问一下，这里肯定另有文章。"

大家站起来，出门去找那个杀了第一只公鸡充饥的坏分子。沃谢夫和奇克林也跟随积极分子一起走了。

"事情很严重，"奇克林说，"孩子们没有鸡蛋吃会变瘦的，岁数也长不上去！"

"那当然。"沃谢夫肯定地说，他自己却感到难受，因为他同意即使没有鸡蛋也可以死去，唯一的条件是要了解整个世界的基本结构。

积极分子挨家挨户详细审问了十来个家庭，得到的都是些消极的结果。他感到累了，便靠在一家农舍旁思考：下一步怎么办？这时候已经有一百多人围在积极分子旁边，全体群众显然都在为那不知道被哪一张嘴吃掉的第一只公鸡而感到伤心，最后一只公鸡的死也完全是因为第一只公鸡被人吃了。为了不让母鸡们感到寂寞，他们把母鸡抱在手里，带在身边，用手抚摸着鸡毛。母鸡们窝在他们手里,倒也感到满足。

没多久,遵守纪律的集体农庄全体人员都出现在积极分子眼前,他们认为与其一个人走十里还不如一千人行百步。

"同志们,公鸡都到哪里去了?"积极分子几乎不动声色地问围在他身边的所有人,"如果我们的家禽群众缺乏有效的领导,那我们的鸡蛋从哪里来?!"

集体农庄的居民不愿意说出自己的想法,一声不响地站在积极分子身边,神情忧郁地垂下了千篇一律的脸。有一个女人开始悄悄地流泪,过了一会儿忍不住号啕大哭起来,哭得人都倒了下去,最后不得不把她抬到了储藏室。

离这儿不远的几只白嘴鸦这时候飞了起来,飞到别的地方去了。有些庄稼汉望着白嘴鸦,有些就根本不看,因为白嘴鸦不管到远方去寻找多长时间,反正最后还是要回来的,对庄稼汉来说,留在原地不动也很好。

"公民们,公鸡到哪里去了?"积极分子神情悲伤地追问道,"就是说,你们是这样讨好苏维埃政权的吗?你们知道什么叫消灭集体农庄吗?你们要记住,这不是消灭富农,消灭富农让每一个穷人都高高兴兴的。我要把穷人也开除出集体农庄:没有你们我们这儿穷人多的是!"

整个阶级站在那儿无法回答一个问题。不下蛋的母鸡们在人们手里开始轻轻呻吟起来。从远方的自然界吹来一股风,吹得这里的一棵树上的残叶直晃动。

"公鸡没有了!"积极分子悲伤地说。

"公鸡全没了!"站在积极分子身边的一个女人凄惨地说。

积极分子受了周围的影响而醒悟了,赶紧朝办公室走去,其余那些按组织原则行动的人也都跟他走了。只留下奇克林一个人,他不想让集体农庄单单因为公鸡而在发展中处于落后状态。

"这究竟是怎么回事,你们这里会长期缺少公鸡吗?!"他说。

一位农庄庄员在人群中晃动了一下,不知道说了一句什么话,可是由于没有觉悟或者由于太挤,又不吭声了。

"谁在那儿晃动?请他到我这儿来!"奇克林喊道。

从人群里走出来一个个儿不高但是上了年纪的人,他戴着帽子,穿着裤子,但是衬衫洗过后还晾在篱笆上。他手掌里托着一只好像被母牛弄得脏乎乎的小鸡,他把小鸡递给奇克林。

"同志,你瞧我们这儿出了这样的小杂种,已经四五岁了,可老是长不大!"

"这是什么?是公鸡吗?"

"可以算是公鸡,八成是公鸡!"

"那就让它劳动吧!"奇克林做了这样的结论,说完就到村苏维埃去了。

人们正从积极分子住的房子里往外搬旗帜;积极分子自己走在后头,因为他不急于去和死去的同志们做永久的告别。奇克林向他提供了发现公鸡的情报,他并不感到奇怪;积极分子早就知道,在他领导下什么先进的事迹都会发生,公鸡也会有的。

积极分子走进村苏维埃,站到死人旁边。开始的时候他还感到悲伤,但是一想起正在建设的未来,就精神抖擞地露出了笑容并且命令助手们组织集体农庄举行送葬游行,让大家在财产公有化的光辉时刻感受感受死亡的庄严。

科兹洛夫的左手耷拉着,整个已经死亡的身体从桌子上倾斜下来,随时准备无意识地掉到地上。奇克林把科兹洛夫扶好,发现死者一个挨着一个挤得紧紧的：原来的三具尸体现在变成了四具。奇克林想不起这第四具尸体是谁，便向积极分子询问这件不幸事故的原委，虽然这第四个人不是无产阶级，只是个断了气、侧卧在那里的无聊的庄稼汉。积极分子向奇克林介绍说，这个单干分子就是杀害萨弗隆诺夫和科兹洛夫的凶手，现在他发现了针对他的一次有组织的运动给他带来的悲伤，就自己到这儿来躺在死者中间主动死了。

"本来过半小时我也会把他查出来的，"积极分子说，"我们这儿自发势力一点儿也没有了，谁也逃不掉！怎么还有个人躺在这儿？"

"那是我干掉的，"奇克林说，"我以为这个坏蛋是来讨打的，就给了他一拳，他就完蛋了。"

"做得对。我说只有一名凶手，区里绝不会相信，现在有了两个人——那就是地地道道的富农阶级有组织的活动了！"

葬礼结束之后，太阳在离集体农庄很远的地方落下去了，世界一下子变得空旷而陌生。从区的朝阳地带，从地下浮起一团浓重的乌云，午夜之前这团乌云必定会到达这里的田野上空，并且洒下沉甸甸的冷雨。集体农庄庄员望着乌云，不禁浑身发凉；母鸡们预感到秋夜漫漫，早就在鸡窝里咯咯地叫开了。不一会儿，黑夜降临了，在被众人来回践踏过的黑沉沉的大地的衬托下，夜色显得更加浓重。但是高处还有亮光，在潮湿的雾气和无声的风的陪伴下，那儿还残留着一线黄色的落日的余晖，并且映照着花园里默默低垂的最后几片叶子。人们不愿意待在家里——在家里种种念头和情绪会找到他们头上，他们在村里各个公共场所来来去去，尽量彼此多见面。此外，他们还仔细谛听有没有什么声音从远处顺着潮湿的空气传过来，其目的是要在如此难堪的空间里听到安慰。积极分子早就下达口头指示，要求人民生活讲究卫生，因此必须时刻待在室外，不能闷在家里。这样,积极分子们开会的时候从窗户中监视群众并且始终带领他们前进也就变得更加容易了。

积极分子也发现了那片颇似出殡的烛光的黄色晚霞,于是决定就在明天早晨派遣集体农庄庄员到附近几个热衷于单干的村庄参加星光游行,然后宣布开始群众大联欢。

村苏维埃主席,一个中农小老头,怕袖手旁观,就走到积极分子跟前领受指示,可是积极分子一把推开他,只告诉他村苏维埃应该巩固积极分子们取得的最新成果,保护占统治地位的贫农免遭凶恶的富农的破坏。那主席小老头感激不尽,放心地去制作打更的梆子了。

沃谢夫害怕黑夜,夜里他无法入眠,躺在那儿冥思苦想。他的基本的生命感觉向往着世界上某种规定的东西,思想的神秘希望允诺在遥远的将来拯救他,让他了解普遍的存在。他跟随奇克林去睡觉,一路上始终在担心:奇克林一躺下就会睡着,而他只能独自一人眼睁睁望着集体农庄上空的茫茫黑夜。

"奇克林,今晚你别睡,不然我会害怕的。"

"别害怕。告诉我你怕谁,我去宰了他。"

"我怕的是心里不踏实,奇克林同志,我自己也不知道究竟怕什么。我总觉得远处有一种特别的或者富丽堂皇却又无法实现的东西,所以我活得很伤心。"

"那我们一定把它搞到手。沃谢夫,你别伤心。"

"什么时候搞到手,奇克林同志?"

"你就只当已经得到了:这不,对我们来说现在一切都微不足道了……"

集体农庄的尽头有一座组织大院,积极分子和其他几个贫农骨干就在这里进行鼓舞群众的工作。这里还住着尚未定性的富农和受过不同处罚的庄员——他们有的因为陷入了卑劣的怀疑情绪而进了大院，有的在欢天喜地的时刻居然掉眼泪，并且在自己家里亲吻那些将要公有化的木棍，有的是由于其他种种原因。有一个小老头进入组织大院则纯属偶然，他是瓷砖厂的看门人，路过这里的时候被拦住了，因为他脸上有异己的表情。

沃谢夫和奇克林坐在大院中间的一块石头上，打算在这儿的凉棚下早点睡觉。瓷砖厂的那个小老头认出了奇克林，便走到他跟前。在这之前，他一直坐在附近的草地上用干洗的方法在衬衣底下搓掉自己身上的污垢。

"你到这里干什么?"奇克林问他。

"我路过这儿，可他们命令我留下，说你也许白白活着，让我们查一查。我本来想不理他们，继续往前走，可他们硬要拦住我。他们冲着我喊：站住，你这富农！打那时候起我就留下来了，靠吃土豆过日子。"

"你反正住哪儿都一样，"奇克林说，"只要不死就行。"

"这你可说对了！我什么都能适应，就是一开始苦点儿。这儿他们已经让我学会了认字母，还强迫我认数，说你应当成为一个合格的有阶级觉悟的老头儿。那好吧，要我做我就做！……"

老头儿真可以这样唠叨一个晚上，可叶里谢依从基坑回来了，还给奇克林带来了一封普罗舍夫斯基写的信。在那盏照耀着组织大院门牌的路灯下，奇克林读完了信。信里写道，娜斯佳还活着，扎切夫每天送她上幼儿园，她在那儿爱上了苏维埃国家，每天为国家收集破烂。普罗舍夫斯基为萨弗隆诺夫和科兹洛夫的牺牲深感悲恸，而扎切夫为他们痛哭流涕。

"我相当困难，"普罗舍夫斯基写道，"我怕自己会爱上某个女人并且和她结婚，因为我没有社会价值。基坑已经挖好，开春就要垒石块。娜斯佳已经学会用印刷体写字了，现将她写的纸条随信附上。"

娜斯佳给奇克林写道：

"把富农作为阶级消灭。斯大林、科兹洛夫和萨弗隆诺夫万岁！奇克林叔叔，斯大林比列宁只差一点儿，布琼尼比列宁差两点儿。向集体农庄的贫农问好，不向富农问好。"

奇克林久久地念叨着纸条上的这几句话。他深受感动，可是又不善于皱起眉头表示伤心和哭泣。过了一会儿他就去睡觉了。

组织大院宽敞的正房旁边有一间很大的厢房，由于天气寒冷，大家都睡在厢房的地板上。四五十个人张着嘴向上呼气，低矮的天花板下，在人们吐出的浑浊得像雾一般的空气中，挂着一盏油灯，由于大地的某种震动油灯在轻轻晃动。叶里谢依也躺在地板上，他睡着了，可是眼睛几乎完全张着，一眨也不眨地盯着灯光。奇克林找到了沃谢夫，挨着他身边躺下，一直睡到更加光明的早晨。

清晨，集体农庄庄员赤着脚在组织大院里排好了队。他们人人手里举着一面写有口号的小旗，身上背着一只装食品的袋子。他们在等待积极分子——集体农庄的创始人，希望他告诉他们为什么要到陌生的地方去。

积极分子在几位先进分子的簇拥下走进组织大院，他让大家排成五角星的队形，自己站到队伍中间发表演说，指示大家深入附近的贫农中间并且通过号召建立社会主义秩序的办法向大家展示集体农庄的性质，因为今后的前途反正相当糟糕。叶里谢依手里举着一面最长的旗帜,毕恭毕敬地听完了积极分子的演说,便迈开惯常的步伐向前走去,不知道该在哪儿停下来。

那天早晨的空气十分潮湿,从荒凉的远方吹来阵阵寒风。这样的环境也没有逃过积极分子们的眼睛。

"乱弹琴!"积极分子批评自然界居然出现这样寒冷的夜晚。

贫农和中农的游行队伍出发了,渐渐消失在远处陌生的空间。奇克林望着集体农庄庄员光着脚渐渐走远的身影,不知道今后该怎么办,沃谢夫不说话也不思考。滂沱的大雨从悬挂在远处荒凉的田野上空的一大片乌云中倾泻而下,密匝匝的雨帘遮住了远去的游行队伍。

"他们这是上哪儿去啊?"一名因为有害而被隔离在组织大院的富农帮凶问。积极分子禁止他走出篱笆,富农帮凶只能隔着篱笆说话:"我们一双鞋可以穿七年,可他们东跑西颠上哪儿去啊?"

"揍他!"奇克林对沃谢夫说。

沃谢夫走到富农帮凶面前给了他一巴掌。富农帮凶再也不敢吱声了。

沃谢夫走到奇克林身边,对周围的生活还是困惑莫解。

"奇克林,你看集体农庄在这世界上走路的模样——无精打采,还光着个脚。"

"他们正因为光着脚才要走路,"奇克林说,"他们没有什么可高兴的——集体农庄是件极平常的事。"

"当初耶稣基督大概也是这样无精打采地走来走去,自然界也下着这样的小雨。"

"你的脑袋瓜也是个贫农,"奇克林回答说,"那时候基督一个人走来走去,不知道为了什么,可现在这一大堆人走动是为了生存。"

积极分子坐镇在组织大院。昨天晚上对他来说是白白过去的——上级没有向集体农庄下达指示,他自己的脑海里却思潮翻滚,思来想去就怕有什么疏忽。他担心富农集中到单干户家里,而他没有发现。与此同时,他又担心自己卖力过头,因此只对马匹实行公有化,但又不放心那些牛羊和家禽,因为在自发的单干户手里即便一头山羊也是资本主义的杠杆。

积极分子克制着自己的主动性,一动不动地站在万籁无声的集体农庄里,他的助手同志们望着他紧闭的嘴唇,不知道该往哪儿运动。奇克林和沃谢夫走出组织大院去寻找农具,检查它们是否完好。

走了一段距离之后,他们在半道上停了下来,因为路右侧的两扇大门自动打开了,一匹匹神态安详的马陆续从大门里走出来。它们踏着均匀的步子,也不低下头去啃地上的草,团结一致地走过街道,朝着山谷里的水源走去。它们按标准饮过水,然后站到水里清洗身体,过了一会儿又爬到干燥的岸上,再往回走,依然保持原来的队形和距离。走到村口几家人家的时候,它们又四散开来。有一匹马停在草屋旁边,开始卸屋顶上的草,另一匹马低下脑袋叼起撒在地上的一束束细干草,其余几匹神色忧郁的马走进院子,分别在熟悉而亲切的地方叼起一捆干草搬到街上。每匹马都力所能及地衔着一份草料,小心翼翼地送到刚才出发的大门口。先到的那几匹马站在大门口等其他的马。全部到齐之后,领头的那匹马用脑袋拱开大门,于是整个马队带着草料向马厩走去。进了马厩以后,它们张开嘴,从它们嘴里掉下的草料堆成不大不小的一堆。这时候公有化的马匹围着草料站成一圈,开始慢慢吃了起来,不用人照管,也不争不吵,很有组织性纪律性。

沃谢夫惊恐地从大门的锁眼里看着这些牲口。令他吃惊的是牲口吃草时表现出的那种平静的心情,好像它们对集体农庄生活的意义都坚信不疑,只有他一个人日子过得很苦,连马都不如。

马厩后面是一间破烂的农舍,旁边既没有菜园也没有篱笆,地上光秃秃的。奇克林和沃谢夫走进屋子,发现里边有个庄稼汉脸朝下躺在炕上。他的老婆正在扫地,见了客人就撩起一角头巾擦鼻子,眼泪也习惯性地滚了下来。

“你怎么啦?”奇克林问她。

“两位亲人哪!”她哭得更厉害了。

“快擦干眼泪好好说!”奇克林开导她。

“我男人已经躺倒好几天了……他说,娘们,给我肚子里塞点吃的,要不我浑身空荡荡的,魂儿都出窍了,我怕要飞了。他让我往他的衬衫上压点什么重的东西。每天晚上我就把茶炊拴在他肚子上。我看早晚要出事的……”

奇克林走到那农民跟前,给他翻了个身——他确实很轻,也很瘦,那双惨白无神的眼睛都无法表达胆怯的感觉。奇克林俯身问他:

“你怎么啦,还有气吗?”

“我想起来就喘口气。”那人的声音很微弱。

“要是忘了喘气呢?”

“那就死了。”

“你大概感觉不到生命的意义,那就稍稍忍耐一下吧。”沃谢夫告诉那个躺着的人。

女主人上上下下地仔细打量着两位陌生人,由于眼睛受了刺激,眼泪不知不觉地干了。

"同志们,他以前什么都能感觉到,什么事他心里都一清二楚!可是打我们的马充公的那天起,他就躺倒了,再也不行了。我还可以哭一哭,可他不行。"

"最好让他哭出来,那样会舒服些。"沃谢夫劝说道。

"我也这样劝他。哪能一声不吭地躺着呢?当官的会起疑心的。我故意哭给他们看,我说的全是实话,看得出你们都是好人,我一出家门马上就哭得像个泪人儿似的。积极分子看到我——他随时随地都在监视别人,连一根根小木片都数得清清楚楚——他一看到我就下命令:哭吧,娘们,要哭得更厉害些——这是新生活的太阳升起来了,光明刺激着你们这些睁眼瞎。他说话很和气,我就知道不会有什么麻烦,所以我也很乐意哭……"

"也许你男人不久前才掉了魂?"沃谢夫问。

"是啊,那天他认不出我是他的老婆了,可以从那天算起吧。"

"他的灵魂是匹马,"奇克林说,"现在就让他留个空壳儿,将来一阵风就会把他吹走的。"

那女人刚张嘴还没来得及说话,沃谢夫和奇克林就消失在门外了。

另外一家有个用篱笆围起来的大院子。在农舍里面,一个庄稼汉躺在空棺材里,一听到声音就闭上眼睛,像死人一样。这个半死人的头顶上那盏长明灯已经亮了好几个星期了,躺在棺材里的人自己从瓶子里不时给长明灯加油。沃谢夫伸手摸了摸死者的额头,发现那人还热乎乎的。庄稼汉都听到了,于是完全停止了呼吸,他想让身体表面的温度降得更低。他咬紧牙关,不让空气进入自己的胸腔。

"现在他凉了。"沃谢夫说。

　　庄稼汉使出浑身阴暗的力量制止体内生命的搏动,而生命由于长年累月的运行已经无法在他身上中断。"唉,你真厉害,真把我当回事儿,"躺着的人在心里感叹,"但是我一定要拖垮你,最好还是你主动完蛋吧。"

　　"好像又暖和了点儿。"过了一会儿沃谢夫发现了这个变化。

　　"这就是说,他这个富农帮凶还真不怕呢。"奇克林说。

　　庄稼汉的心脏自动上升到了灵魂里,再进入狭窄的喉咙,在那儿缩成一团,将危险的生命热量散发到表层皮肤。为了协助心脏跳动,庄稼汉蹬了一下腿,可是心脏由于缺乏空气已经衰竭,再也无法劳动了。庄稼汉由于遭受死亡的痛苦而张大嘴喊了起来,他感到可惜的是自己完整的骨骼将化为灰烬,血肉之躯将要腐烂,眼睛将看不到这渐渐消逝的世界,自己的家庭将只剩下孤儿寡母。

　　"死人是不吵不闹的。"沃谢夫对庄稼汉说。

　　"我不闹了。"躺着的人表示同意,说完就安静下来,而且为迎合了政权而感到幸福。

　　"凉下来了。"沃谢夫摸了摸庄稼汉的脖子说。

　　"把灯灭了,"奇克林说,"他头顶上的灯还亮着,可他已经闭上了眼睛。一点儿也不为革命精打细算。"

　　奇克林和沃谢夫走出农舍,来到空气清新的室外。他们碰到了积极分子——他正要到农舍阅览室去处理文化革命的事情。接下来他还要挨家挨户地走访所有没有加入集体农庄的中农单干户,说服他们一家一户搞资本主义是行不通的。

　　那间农舍改成的阅览室里集中了那些先期组织起来的女人和姑娘。

"你好,积极分子同志!"她们异口同声地说。

"向干部们致敬!"积极分子若有所思地回答,然后站在那儿默默地想了一会儿,"现在我们复习字母 A,你们先听我说,再写下来……"

农舍阅览室里空空如也,因此妇女们只能趴在地上用墙上剥落下来的石灰写字。奇克林和沃谢夫也坐下来,希望巩固关于字母的知识。

"哪些字是 A 打头的?"积极分子问。

一位幸福的姑娘跪着回答得又快又干脆:

"先锋队、积极分子、阿谀奉承、预支、大左派、反法西斯分子!这些词都要加硬音符号,不过大左派不加!"

"说得对,马卡罗芙娜。"积极分子表扬她,"把这些词系统地写下来。"

女人和姑娘们认真地趴在地板上,用粗糙的石灰一笔一画地描出这些字母。这时候,积极分子正凝望着窗外,在仔细思考今后的道路,也许,他因为只有他一个人有觉悟而在苦恼。

"为什么她们要写硬音符号?"

积极分子回头看了看。

"因为路线和口号是由一个个词表示的,对我们来说,硬音符号比软音符号更有利。软音符号必须取消,而硬音符号我们不能缺少:它可以使公式变得更强硬、清晰。大家都明白了吗?"

"全明白了。"大家回答。

"接下来写'Б'打头的概念。你说吧,马卡罗芙娜!"

马卡罗芙娜抬起身子,抱着笃信科学的态度说:

"布尔什维克、资产阶级、丘陵、无人替代的主席,集体农庄是贫农的幸福,列宁主义者就是好就是好! 硬音符号打在丘陵和布尔什维克上,还打在集体农庄的词尾,其余的都是软地方。"

"你忘了官僚主义,"积极分子说,"好了,大家快写吧。马卡罗芙娜,你给我到教堂去一次,给烟斗点个火……"

"让我去吧,"奇克林说,"别耽误大家学习。"

积极分子往烟斗里装上牛蒡草碎末,奇克林去给烟斗点火。教堂位于村子的边缘,教堂后面已是秋风萧瑟的旷野和永远协调的大自然。奇克林望着宁静而贫穷的景象,望着远方黏土地上枯萎的藤蔓,暂时说不出什么反对意见。

教堂旁边是一片被遗忘的古老的草地,这儿没有小路,也没有行人的痕迹——看来,人们好久不进教堂祈祷了。奇克林穿过密密麻麻的滨藜和牛蒡草向教堂走去,最后跨上门口的台阶。凉飕飕的门廊里不见一个人影,只有一只麻雀蜷缩在角落里,但是它一点儿也不怕奇克林,只是默默地看着他,它显然打算在黑暗的秋天很快死去。

教堂里点着许多蜡烛。无言、悲伤的烛光使整个教堂,直到拱顶上最隐蔽的角落依稀可辨。圣徒们作为宁静的天国的居民,一脸纯洁,冷漠地望着死寂的空气,而教堂里却空荡荡的。

奇克林走到最近的一支蜡烛跟前点燃了烟斗,发现前面的讲经台上也有人在抽烟。奇克林走上前去。

"您是积极分子同志派来的吧?"抽烟的人问道。

"这关你什么事?"

"根据烟斗我就能看出来。"

"你是什么人?"

"我以前是神父,现在和自己的灵魂划清了界线,把头发理成了独步舞式。不信你瞧瞧。"

神父摘下帽子,给奇克林看他那理成姑娘式样的脑袋。

"样子不错吧?……可人家还是不相信我,说我暗地里还在信教,是公开和贫农作对的坏人。为了加入不信教的那个圈子,我还得经受一段考验。"

"你这混蛋是怎样接受考验的?"奇克林问。

神父把伤心事儿藏到心里,爽快地回答:

"我把蜡烛卖给大家,这不,整个大厅灯火通明!换来的钱都存在茶杯里,再献给积极分子买拖拉机。"

"别胡说了,这里哪有祈祷的人?"

"这里不可能有人,"神父说,"他们买了蜡烛奉献给孤零零的上帝,代替祈祷,他们放下蜡烛就悄悄溜走了。"

奇克林恨恨地叹了口气,又提了个问题:

"为什么老百姓不在这儿接受洗礼,你这畜生?"

神父毕恭毕敬地站在他面前,准备做详细汇报。

"同志,领洗是不允许的,谁领洗我就用速记的方法把他记在荐亡名单上……"

"快接着说!"奇克林指示说。

"我没有停止说话呀,队长同志,我说话速度慢,请您耐心听我说……荐亡名单上记着谁用手画十字了,谁向上帝鞠躬了,谁向帮助富农的圣徒表示了敬意——这些名单我每天半夜里亲自送给积极分子同志。"

"到我跟前来。"奇克林命令说。

神父顺从地走下讲经台。

"闭上眼睛,下流坯!"

神父闭上眼睛,脸上装出和蔼可亲的表情。奇克林拔出拳头朝神父的颧骨上打去,自己连晃也没晃一下。神父张开眼睛,随即又重新闭上,但是他不能倒下,不然奇克林会认为他不服管教。

"你想活吗?"奇克林问。

"同志,我活着没用处,"神父回答得很聪明,"我再也感觉不到造物的美妙——我没有了上帝,而上帝没有了人……"

说完最后一句话,神父跪下来向自己的保护神祈祷,理了独步舞式的脑袋碰到了地板。

村子里传来一声长长的哨声,哨声过后是一阵马嘶。

神父突然停止祈祷,他领会了哨声的含义。

"创办人会议。"他平静地说。

奇克林走出教堂来到草地。一个女人正沿着草地向教堂走来,边走边扶起身后踩倒的滨藜,一见奇克林就愣住了,吓得连忙递给他五戈比蜡烛钱。

组织大院里挤满了人,出席会议的有已经组织起来的成员和尚未组织起来的单干户,这些单干户觉悟不高,或者与富农有过瓜葛,因此还没有加入集体农庄。

积极分子站在高高的台阶上,神色忧伤,默默地注视着在潮湿夜晚的土地上运动着的芸芸众生。他无言地爱着贫农,他们只要能吃上面包就心甘情愿奔向看不见的未来,对他们来说,反正土地已经荒芜,而且还会招来麻烦。积极分子偷偷地把城里的糖果送给贫农的孩子,他决定在农业中实现共产主义之后采取结婚的方针,再说到那时候妇女的面貌会暴露得更加清楚。此刻,不知道谁家的一个小孩站在积极分子身边,正盯着他看。

"你干吗老看着我?"积极分子问,"拿着,给你一颗糖。"

小男孩接过糖果,但是单单糖果还满足不了他。

"叔叔,为什么你最聪明,可又不戴鸭舌帽?"

积极分子没有回答,只是摸了摸孩子的脑袋。小孩咬碎了那颗硬得像石头一样的糖,他感到奇怪——那糖像碎冰块似的闪闪发亮,里边什么馅也没有,里里外外全是硬邦邦的。小男孩把半块糖还给积极分子。

"你自己把它吃了吧,里面没有果酱,这是全盘集体化,我们的乐趣很少!"

积极分子微微一笑。他心里非常清楚,他已经预见这孩子长大后会想起他,那时候从乡下农舍里走出来的积极分子们同心协力搞成的社会主义将放出灿烂的光辉。

沃谢夫和其他三位忠心耿耿的庄稼汉正在把圆木抬到组织大院门口,然后把它们垒起来——积极分子早就安排他们从事这项劳动。奇克林也跟着他们到山谷附近扛了一根圆木送到组织大院:往公共的大锅里多添一点实惠,免得周围只有凄凉。

"我们怎么办,公民们?"积极分子问站在他面前的人们,"怎么,你们还打算播种资本主义或者已经觉悟了?……"

组织起来的人们坐到地上,一边抽烟一边津津有味地捋着胡子,最近半年来不知道什么原因胡子也长得稀少了。还没有加入组织的人们站在那儿,克制着自己空虚的灵魂,但是积极分子的一位助手教导他们说,他们没有灵魂,只有财产情结,因此他们现在根本不知道失去了财产将会出现什么情况。有些人低着头在敲打自己的胸脯,倾听胸中产生的思想,可是心脏跳得又轻松又悲伤,好像空的一样,毫无反应。站着的人们的目光一刻也没有离开积极分子,而靠近台阶的那些人目不转睛地看着领导人，一心盼望积极分子发现他们已经做好准备的心情。

奇克林和沃谢夫这时候已经顺利地搬完圆木，开始上下左右给圆木削出榫子，尽量做成一个大的物件。无论昨天还是今天，自然界都没有太阳，无精打采的傍晚早已降临到潮湿的田野上空，寂静现在正向整个有形的世界蔓延，只有奇克林用斧子削木发出的啪啪声，并且在附近的磨坊和篱笆上空回响。

"真拿你们没有办法！"居高临下的积极分子耐心地说，"难道你们就这样一直站在资本主义和共产主义之间吗？要知道现在该出发了——我们区里正在举行第十四次全会！"

"积极分子同志，请允许我们中农再站一会儿，"后排的庄稼汉请求说，"也许我们会习惯的，对我们来说最重要的是习惯，习惯了就什么都能忍受。"

"那你们就站着吧，让贫农坐着，"积极分子表示同意，"反正奇克林同志还没来得及把圆木拼装好。"

"拼装圆木干什么，积极分子同志？"后排的一位中农问。

"这是为了消灭阶级而扎的木筏，明天就让富农乘木筏顺小河漂入大海，再到更远的地方……"

积极分子取出荐亡名单和阶级成分统计表，开始在纸上做记号。他手里的铅笔是多色的，他一会儿用蓝色，一会儿又用红色，要不就边叹息边思考，直到做出决定之后再打上记号。站着的庄稼汉们张着嘴，注视着他手中的铅笔，这时候他们脆弱的、由于痛苦才从残留的最后一点财产中冒出来的灵魂充满了焦灼和不安。奇克林和沃谢夫同时挥动两把斧子干活，圆木在他们手下一根接一根拼起来，组成一个大木筏。

离积极分子最近的那位中农把脑袋贴在台阶上，一动不动地站了一会儿。

"积极分子同志，同志！……"

"把话说清楚。"积极分子对他说，没有放下手中的活。

"请允许我们在最后一夜痛苦个够吧，今后再跟你快活一辈子！"

积极分子简短地想了想。

"一夜太长。我们整个州到处都在加快速度。你们就在木筏做成之前去痛苦一番吧。"

"好吧，就利用这点儿时间，这样也好。"中农说完就哭了起来，他不想耽误时间最后痛苦一下。站在组织大院篱笆外的女人们立即放开嗓门号啕大哭起来，哭得奇克林和沃谢夫不得不放下手里的斧子。已经组织起来成为集体农庄成员的贫农从地上站起来，他们为自己无须再经受痛苦而感到满意，于是就离开这里去看自己那份已经公有的在乡下不可缺少的财产。

"请你也暂时回避一下，"两位中农请求积极分子说，"别让我们看见你。"

积极分子离开台阶走进屋子，在那儿他迫不及待地开始起草一份关于不折不扣实行全盘集体化以及用流放的办法消灭富农的报告。在这份报告里，积极分子不能在"富农"这个词后面打上逗号，因为上级的文件里也没有逗号。接着他请求区里允许他展开一场新的战斗运动，让本地的积极分子们连续不断地工作，清清楚楚地勾勒出宝贵的前进总路线。积极分子本来还希望区里在决议中宣布他是全区上层建筑方面最有思想的人，可是他立即打消了这个念头，因为他回想起粮食征购工作结束后他曾宣称自己是农村现阶段最聪明的人,有个庄稼汉听了就当众宣布自己是女人。

屋子的门打开了,只听得从村子里传来一阵阵痛苦的哭泣声。有一个人走了进来,他擦去身上的湿雪,说道:

"积极分子同志,外面下雪了,冷风吹得呼呼的。"

"下就下呗,关我们什么事?"

"跟我们没有什么关系,就是天塌下来我们也能顶住!"刚才进门的那个上了年纪的贫农完全同意。他一直为自己至今还活在这世界上感到惊奇,因为除了菜园里的蔬菜和贫农的特权之外,他一无所有,而且无论如何也没法过上更高尚的称心如意的日子。

"首长同志,请你告诉我:我究竟该不该报名加入集体农庄图个太平,还是再等一等?"

"当然要报名参加,不然我把你流放到海里!"

"贫农到哪儿都不怕。我本来早报名了,就是怕种王豆!"

"什么王豆? 要是黄豆,那倒是上级指定要种的作物!"

"对,就是那种破玩意儿。"

"行,那你就别种了——我会考虑你的心理状态。"

"让你费心了。"

积极分子把这位贫农登记到集体农庄名单之后,还必须发给他一张吸收他加入集体农庄以及集体农庄不种黄豆的证明,于是他当场为这张证明想出了一种合适的形式,因为这贫农不拿到证明说什么也不肯离开。

这时候外面冰凉的雪越下越大。这场雪使大地变得更加温顺,可是中农为宣泄自己的情绪而发出的声音影响了寂静的来临。伊凡·谢苗诺维奇·克列斯基宁老汉在亲吻自己院子里的小树,然后再把它们连根拔起,他的老伴正在为那些光秃秃的树枝哭泣。

"别哭了,老婆子,"克列斯基宁说,"你进了集体农庄就成了男人们的公共财产,可这些树是我的心血,现在让它们受点苦吧,当了公有化的俘虏,它们就会感到无聊的!"

老婆子一听老汉的这些话,立即躺到地上打起滚来,而另一个女人——不知道是个老姑娘还是寡妇——起先在街上一面跑一面哭,声音像僧侣布道那样枯燥,奇克林真想一枪毙了她,后来她看到克列斯基宁的婆娘在地上打滚,自己也一骨碌仰面躺下,两条穿呢长袜的腿乱蹬乱踢起来。

夜幕笼罩了整个村子。大雪使空气变得凝重而稠密,大家都感到胸口发闷,气也喘不过来,可是女人们还在到处尖声哭叫,为了适应痛苦,她们让号哭声持续不断。狗和其他神经敏感的小动物也加入了这场令人难受的大合唱。集体农庄里一片嘈杂和混乱,犹如澡堂里的更衣室。中层和上层庄稼汉在院子和畜栏里默默地干活,而女人们则站在敞开的大门口用哭声掩护他们。剩下没有公有化的那些马匹愁眉苦脸地在睡觉,为了不让它们倒下,它们被牢牢地拴在厩栏上,因为有几匹马已经站着死去了。精明的庄稼人在加入集体农庄之前不再喂马,他们宁愿自身公有化,也不想连累牲口一起受苦。

"你还活着吗,我的命根子?"

马儿永远低下了敏感的脑袋,站在马厩里一面打盹一面望着黑暗——它的一只眼睛微微闭着,另一只眼睛却无力闭上。马厩里少了马呼出的热气,温度下降了,雪花钻进马厩,落在牡马的头上,不再融化。主人灭掉火柴,搂住马脖子,孤零零地站在那儿闻着记忆中牡马耕地时发出的汗味。

"这么说,你已经死了? 没关系,我也快死了,咱俩都要清净了。"

一条狗没有发现马厩里有人，大摇大摆地闯了进去。它嗅了嗅马的后腿，然后吼叫着一口咬住马腿，用力撕下一块肉。马在黑暗中翻着两只白眼看了看，抬腿向前挪了一步，它尚未失去生命的疼痛感。

"也许你想加入集体农庄？那你就去吧，我可要等一等。"主人说。

他从角落里拿了一把干草塞到马嘴边。牡马的眼睛已经变成了两个黑点，失去了最后一线视力，可是还能闻出干草的味道，因为它的鼻翼扇了一下，嘴巴也分成了上下两半，尽管已经无法咀嚼。它的生命对疼痛和食物做出两次反应之后，正在渐渐消逝。过了一会儿，连干草也无法使鼻翼扇动了。两条新来的狗正从后面啃马腿上的肉，可是马的生命还是完整的——它只是变得越来越贫乏，被分割得越来越小，但是永远不会疲倦。

雪落在冰凉的地上，准备留下来过冬。柔软的积雪为一望无际的大地铺上了一层冬眠的被褥，只有畜栏周围的雪已经融化，露出了黑色的泥土，那是因为牛羊的血流到了栏墙外面，夏季里青草繁茂的地面成了光秃秃的一片。庄稼汉们杀死了大大小小所有能呼吸有生命的牲畜之后就开始吃肉，并且命令全家一起吃。在那段短暂的时间里，大家像吃圣餐似的大吃特吃，最后全都倒了胃口，再也不想吃了，可是还得把亲自喂养的牲口身上的肉藏到自己肚子里保存起来，使它免遭公有化。有些精于计算的庄稼汉早就吃肉吃得发胖了，连走路都十分困难，圆滚滚的像一座草垛在慢慢移动。有些庄稼汉在不停地呕吐，可是又舍不得和牲畜分离，于是连肉带骨头一起吞了下去，不管对胃有没有好处。凡是提前吃光了自己的牲畜或者把牲口送到集体农庄关起来的那些人，全都躺进了空棺材，住在这狭窄的小院里体验与世隔绝的安宁。

就在这样的夜晚,奇克林撂下了做木筏的工作。沃谢夫也因为缺乏思想而累得连斧子都举不起来了,于是就躺在雪地里:反正这世界上没有真理,也许曾经有过真理,依附在某棵植物或者某个英雄般的生物身上,但是路过的乞丐吃掉了那棵植物或者踩死了那个腹部下垂的生物,而乞丐自己又死在秋天的山谷里,连他的尸体也被风刮得无影无踪了。

积极分子从组织大院看到木筏尚未扎好,而他必须在明天早晨把总结报告送到区里,于是吹起了紧急集合召开立法大会的哨声。人们一听到哨声立即走出家门,乱哄哄地来到组织大院广场。女人们已经不再哭泣,脸上的眼泪也干了;男人们摆出了勇于自我牺牲的架势,做好了永远加入组织的准备。中农们挤作一团,一声不吭地盯着那个手提马灯站在台阶上的积极分子。灯光照着他,他却看不到人们脸上各种细微的表情,但是大家看他却看得一清二楚。

“大家准备好了吗?”积极分子问。

“且慢!”奇克林对积极分子说,“在开始未来的生活之前,让他们彼此告别一下吧。”

庄稼汉们本来已经准备好了,可是有人突然打破了沉默:

“再给我们一点时间吧!”

那庄稼汉说完就抱住身边的人连吻了三下,跟他做最后的告别。

“请你原谅,叶戈尔·谢苗内奇!”

“没什么,尼卡诺尔·彼得罗维奇,也请你原谅我吧。”

每一个人都开始挨个儿拥抱亲吻所有的人,所有的嘴唇都在伤心而友好地亲吻每一个人。

"请你原谅,达丽娅大婶,请你别生气,我以前烧了你家的干草房。"

"上帝会原谅的,阿廖沙,现在干草房反正不是我的了。"

许多人怀着这样的感情,嘴唇贴嘴唇地站了一段时间,以便永远记住新认的亲戚,因为在这之前他们彼此互不关心、缺乏同情。

"斯捷潘,咱俩结为兄弟吧。"

"请你原谅,叶戈尔,以前活着的时候我们是冤家对头,现在临死的时候都能按良心办事了。"

亲吻之后,大家跪在地上彼此磕头——一人磕大家,大家磕一人——站起来的时候心里感到又舒畅又轻松。

"积极分子同志,现在我们都准备好了,把我们都登记到同一张表格上吧,至于富农么,我们自己会指给你看的。"

积极分子事先早已把全体居民分门别类做了登记——谁该进集体农庄,谁该上木筏。

"是不是你们的觉悟提高了?"他问,"这么说来,积极分子们做的群众工作见了成效!这就是走向未来世界的鲜明路线!"

奇克林走上高高的台阶,吹灭了积极分子手中的灯——不点灯黑夜也被新雪照得雪亮。

"同志们,现在你们感到舒服了吧?"奇克林问。

"舒服!"组织大院的人异口同声地回答,"现在我们什么感觉也没有了,我们身上只剩下了骨灰。"

沃谢夫躺在一旁,他因为不理解自己生命的真理而无法安然入睡,于是从雪地里爬起来,走进人群。

"大家好!"他喜形于色地对庄员们说,"你们现在跟我一样了,我也是一无所有啊。"

大家都站在下面,奇克林也不愿意一个人站在台阶上。他从台阶上走到地下,用篱笆燃起了篝火。大家围着篝火取暖。

时间已晚,人们的头顶上笼罩着迷蒙的夜色,谁也不再说话,只听得见邻村的一条狗在按照古老的方式吠叫,仿佛它一直处于万古不变的永恒中。

奇克林第一个醒来,因为他想起了一件刻不容缓的事情,可是一张开眼睛又什么都忘了。只见叶里谢依站在面前,他手里抱着娜斯佳。他怕吵醒奇克林,抱着小女孩站了已经快两个小时了,而小女孩安静地睡在他温暖的怀抱里。

"你没折磨孩子吧?"奇克林问他。

"我哪有这个胆量!"叶里谢依回答。

娜斯佳睁开眼睛,看见奇克林就哇哇哭了起来。她以为世界上的一切都是真实的,都是一成不变的——如果奇克林走了,那么世界上今后再也找不到他了。在工棚里的时候娜斯佳经常梦见奇克林,甚至都不想睡觉,免得第二天早晨见不到他而难受。

奇克林接过小女孩抱在手里。

"你没有受委屈吧?"

"没有,"娜斯佳说,"你在这儿为斯大林搞了个集体农庄? 你把集体农庄指给我看!"

奇克林从地上站起来,让娜斯佳的脑袋靠在他的脖子上,然后去消灭富农。

"扎切夫没有欺负你吧?"

"他怎么会欺负我呢? 我要留在社会主义,而他快死了!"

"是啊,他不会欺负你的!"奇克林说着把注意力转向拥挤的人群。外来的客人或围成一团或三三两两地分布在整个组织大院,而集体农庄庄员们还在那堆已经熄灭的夜间篝火旁边睡觉。集体农庄的那条街上也有许多外乡人。他们在默默地等待着享受欢乐,因为叶里谢依和其他参加游行的集体农庄庄员带他们到这儿来就是想让他们分享这份欢乐。几个外乡人围着叶里谢依问:

"集体农庄的好处究竟在哪里? 我们是不是白跑了一趟? 还要我们不停地走多久?"

"既然把你们带来了,那积极分子肯定知道。"叶里谢依说。

"你们的积极分子说不定还在睡大觉呢!"

"积极分子不可能睡觉。"叶里谢依说。

积极分子带着几名助手出现在台阶上,和他在一起的还有普罗舍夫斯基,扎切夫在他们身后。普罗舍夫斯基是帕什金同志派到集体农庄来的,因为叶里谢依昨天路过基坑,还在扎切夫那儿喝了粥,可是由于缺少脑子他连一句话都没法说。帕什金得知这个情况后决定把普罗舍夫斯基作为文化革命干部派到集体农庄,因为组织起来的人们不应该糊里糊涂地生活,扎切夫作为残疾人是自愿来的——因此他们三人是抱着娜斯佳一起来的,当然不包括那些按照叶里谢依的吩咐到集体农庄来庆祝胜利的过路农民。

"快去把木筏扎好,"奇克林对普罗舍夫斯基说,"我一会儿就到你们那儿。"

叶里谢依带着奇克林去看那位受压迫最深的雇农。这雇农几乎自古以来就一直替有钱人家无偿干活,眼下在集体农庄的铁匠铺里当锻工,领取二级铁匠的口粮。不过这锻工不是集体农庄的正式成员,而是临时雇用的。工会系统得到了有关这个全区唯一的雇工的消息之后,深感不安。为了这个全区最后一位默默无闻的无产者,帕什金本人更是忧心如焚,他要尽快把他从水深火热中解救出来。

铁匠铺旁边停着一辆汽车,马达没有熄火,还在烧汽油。偕同夫人前来的帕什金刚走下汽车,便急不可耐地要找到那个雇工,为他改善生活条件,然后以对广大会员服务不周的理由解散区工会。可是没等奇克林和叶里谢依走进铁匠铺,帕什金已经从里边走了出来。他耷拉着脑袋,显得不知所措的样子,马上坐上汽车打道回府了。帕什金同志的夫人根本就没有下汽车,她此行的唯一目的是要看住自己心爱的人,防止别的女人勾引他,因为那些女人贪图她丈夫的权力,而她丈夫的坚强领导被她们误认为是可以向她们奉献爱情的魅力。

奇克林抱着娜斯佳走进铁匠铺,叶里谢依留在外面。铁匠正在拉风箱,一头熊正在用铁锤捶打铁砧上烧得通红的铁条。

"快打,米沙,咱们可是突击队啊!"铁匠说。

其实,不用催促熊也够卖力的了,满屋子都是一股熊毛被飞溅的火星烧焦的气味,可是熊自己却没有发觉。

"好了,现在别打了!"铁匠说。

熊停止捶打,走过去喝了半桶水解渴。接着,熊擦了擦疲惫的无产阶级脸,往爪子上吐了一口唾沫,抢起铁锤又干了起来。铁匠赶紧让它为集体农庄附近一家单干户打一块马蹄铁。

"米沙,这活儿得快点做完,晚上顾主一来,咱们可有酒喝啦!"铁匠指指自己的脖子,仿佛那是灌伏特加的漏斗。熊知道将有享受,捶打马蹄铁更加起劲了。"你这人来干什么?"铁匠问奇克林。

"你把这锻工放了,让它把富农指出来。听说它的无产阶级工龄很长。"

铁匠想了一会儿,说:

"这个问题你跟积极分子协调过吗? 铁铺可是有工业财政计划的,你这是破坏计划!"

"都协调好了。"奇克林回答说,"要是你的计划完不成,那我亲自来帮你完成……你听说过阿拉拉特山吗? 要是我往一个地方堆土,肯定能堆成一座阿拉拉特山!"

"那就让它走吧,"铁匠同意放熊走,"你到组织大院去敲钟,米沙听到钟声就知道吃午饭的时间到了,不然它不会走的,它在我们这儿很守纪律。"

叶里谢依懒洋洋地到组织大院打了个来回,在这段时间里熊已经打好了四副马蹄铁,并且要求继续劳动。但是铁匠派它去搬烧炭用的木柴,熊扛回来一段不大不小的篱笆。娜斯佳看着这头黑乎乎、浑身上下的毛都被烧焦的熊,心里真高兴,因为它支持我们,不支持资产阶级。

"它也是受苦的,也就是说,它拥护斯大林,对吗?"娜斯佳说。

"那还用说!"奇克林回答。

"野兽也有感觉的!"娜斯佳说。

洪亮的钟声响了,熊立即放下手里的活儿——在这之前它正在把篱笆拆成小块,现在马上挺直了腰,满怀希望地松了口气说:歇工了。它把两只爪子伸进水桶,洗干净之后走出铁铺去领取食物。铁匠给它指了指奇克林,熊习惯地直立起身子,迈开两条后腿,不慌不忙地跟着奇克林走了。娜斯佳摸了摸熊的肩膀,它也用爪子轻轻地摸了她一下,然后张大嘴巴打了个呵欠,喷出一股积食的酸味。

"你看哪,奇克林,它浑身的毛都白了。"

"它跟人一起生活,这才伤心得毛都白了。"

熊期待着小女孩再看它一眼。等到小女孩真的看它的时候,它为她眯起了一只眼,逗得娜斯佳咯咯地笑了起来。熊使劲往肚子上一拍,里面发出咕噜咕噜的声音,娜斯佳笑得更欢了,可是熊做出若无其事的样子。

他们经过几家人家的时候冷得就像走在野地里,而有些人家的门口很暖和。牛和马躺在院子里溃烂、浮肿——多年来阳光下积聚在它们体内的生命热量还在向空气中散发,向共同的冬日的空间散发。奇克林和锻工已经走过了好多人家,可是不知道什么原因还没有消灭过一户富农。

刚才还是稀稀拉拉从高处飘下来的雪,现在下得更猛更密了——一阵阵骤起的狂风开始制造冬天才有的暴风雪。可是奇克林和熊顶着劈头盖脸的大雪,沿着街道笔直前进,因为奇克林不能顾及自然界的情绪。奇克林只是把娜斯佳藏进自己的怀里,只露出她的脑袋,免得她在温暖的黑暗中感到寂寞。小女孩一直注视着熊——看到动物也是工人阶级,她心里很高兴,而那个锻工看着她,那神情就像她就是小时候在夏天的林子里与它一起吃母亲的奶长大的亲妹妹。熊想让娜斯佳高兴,便朝四周看看——有没有什么东西可以逮住或者折下来送给她当礼物。可是附近除了一间间草屋和篱笆之外,没有任何可以带来幸福的东西。于是锻工仔细观察漫天的风雪,突然从风雪中抓住了什么东西,再把握紧的爪子伸到娜斯佳面前。娜斯佳从它爪子里抓住了一只苍蝇,她知道现在不会有苍蝇,它们早在夏天结束的时候都死光了。熊满街跑着去追苍蝇——苍蝇像一团团乌云似的与纷飞的雪花搅成了一片。

"冬天怎么会有苍蝇?"娜斯佳问。

"那是富农派来的,闺女。"奇克林说。

娜斯佳掐死了熊送给她的那只富农派来的又肥又大的苍蝇,说:

"你把苍蝇作为阶级统统打死! 冬天有了苍蝇夏天就没有了,到时候鸟儿就没有什么可吃的了。"

经过一间坚固而干净的农舍的时候,熊突然吼叫起来,不愿继续前进了,把苍蝇和小女孩抛在了脑后。一张女人的脸贴在玻璃上,眼泪沿着玻璃流淌,那女人的眼泪好像早就准备好了似的。熊冲着那女人吼得更凶了,吓得她飞快地退到屋子里边。

"富农!"奇克林说着便冲到院子里,从里面打开大门。熊也跨过界线进入了院子。

奇克林和熊先搜查了畜栏和堆放粮食的地方。板棚里躺着四只或者更多的上面盖了谷糠的死羊。熊用脚踢了踢其中的一只羊,羊身上立即飞起一群苍蝇:它们钻进羊的身体里,躲在热乎乎的缝隙里大吃大喝,十分逍遥自在,一只只养得又肥又壮,在下雪天飞来飞去,一点儿也不怕冷。从板棚里冒着一股热气,羊的尸体的缝隙里大约热得如同夏天微燃的泥炭,苍蝇在里边完全可以正常生活。奇克林在宽敞的板棚里感到十分难受,他觉得这里仿佛生了几只澡堂的火炉。娜斯佳被臭气熏得眯起了眼睛,她在想为什么集体农庄的冬天很暖和,也没有四季的差别。秋天的旷野里鸟儿的歌声消失之后,普罗舍夫斯基曾经在基坑的工地上告诉她,一年分成四个季节。

锻工从板棚出来向正房走去,在前室里它就用敌对的声音吼叫起来,接着又把一只不知传了几代人的大箱子扔下台阶,箱子里滚出几个缝纫用的线团。

奇克林在农舍里遇到一个女人和一个男孩，男孩正坐在便盆上满头红涨地拉屎，他母亲在正房中央蹲下去之后再也没有站起来，仿佛她身上的物质全坠了下去。她已经不再喊叫，只是张着嘴使劲喘气。

"孩子他爹，孩子他爹！"她伤心得无力动弹了，只能呼唤自己的丈夫。

"干什么？"炉炕上有人应了一声，过了一会儿，那里的一口干裂的棺材发出"吱嘎吱嘎"的声音，男主人从棺材里爬了出来。

"皇上来了，"女主人慢声慢气地说，"你去接驾吧……我苦命的当家人！"

"滚开！"奇克林向全家发出命令。

锻工去扯男孩的耳朵，男孩从便盆上跳起来。熊不知道这低矮的容器是什么玩意儿，坐上去试了试。

男孩只穿着一件衬衫站在那儿，莫名其妙地看着坐在便盆上的熊。

"叔叔，把便盆还给我！"他请求说。锻工坐得不舒服，不停地扭动屁股，冲着男孩轻轻吼叫起来。

"滚出去！"奇克林向富农一家喝道。

熊坐在便盆上不动，嘴里发出声音。富农回答说：

"别嚷嚷，主人们，我们自己会离开的。"

锻工回想起很久以前自己曾在这个庄稼汉的地里刨树根的情形。那时候它饿得只能啃青草，因为那庄稼汉要到晚上才给它吃东西——那还是猪吃剩的，几头猪已经躺进食槽在睡梦中把熊的那份口粮给吃掉了。熊想起往事就气得从便盆上一跃而起，牢牢地抱住庄稼汉，把他积聚在体内的脂肪和汗水都挤了出来，还对着他的脑袋乱喊乱叫——由于愤怒,再加上听得多了,锻工几乎能够说话了。

富农等到熊一转身,立即拔腿跑到外面,从窗口一闪而过,这时候他老婆也跟着他跑了出去,屋子里只剩下那个男孩。他苦恼而困惑地站了一会儿,从地上端起便盆去追赶父母。

"他很狡猾。"娜斯佳数落端走便盆的小男孩。

越往前走遇到的富农就越多。刚走过三户人家,熊又叫唤起来,以此表示这里有阶级敌人。奇克林把娜斯佳交给锻工,独自进了农舍。

"亲爱的,你来干什么?"一位和蔼可亲、神情镇定的庄稼汉问。

"给我滚开!"奇克林回答道。

"怎么啦,我有什么不周到的地方?"

"我们需要集体农庄,不许你破坏!"

庄稼汉不慌不忙地想了想,好像是在跟自己谈心。

"集体农庄对你们没有用……"

"滚开,坏蛋!"

"滚就滚吧,你们要把整个共和国变成集体农庄,而整个共和国又成了个体经济!"

奇克林一听,气都喘不过来了,他冲到门口,打开门想看到自由——从前他由于不明白自己被囚禁的原因也曾经撞过紧闭着的监狱大门,心里憋足了气大喊大叫。他转过身背对着那个善于思考的庄稼汉,不让他参与那暂时的、仅仅涉及工人阶级的悲伤。

"你管不着,混蛋! 对我们有利的时候我们可以任命一位沙皇,也可以不费吹灰之力将他推翻……你给我滚吧!"

这时候奇克林一把抱起庄稼汉,横着抱到门外,把他扔进了雪地里。这庄稼汉因为贪财没有娶老婆,他把全部心血用来积聚钱财和确保生存的幸福,所以现在他不知道该做何感想。

"消灭了吧?!"他躺在雪地里问,"你们等着瞧吧,今天把我消灭了,明天也会把你们消灭的。最后的结果就是只有你们的头儿一个人进入社会主义!"

过了四户人家熊又恶狠狠地吼叫起来。从屋子里跳出一个手捧薄饼的穷光蛋。但是熊知道,当初自己累得推不动磨的时候曾经被这家伙用树根揍过。这家伙为了逃税就强迫熊代替风力在磨坊里干活,他一直装穷,跟老婆躲在被窝里吃东西。老婆怀了孩子,这磨坊主就亲自动手为她打胎。他只喜欢大儿子,并且早就把他送到城里当共产党了。

"吃吧,米沙!"庄稼汉把一块薄饼送给锻工。

熊把薄饼裹在爪子上,隔着这层烤熟的衬垫一拳打在富农的耳朵上,痛得富农哇哇叫着倒了下去。

"你把雇农的财产呕出来!"奇克林命令躺在地下的人,"给我从集体农庄滚出去,今后不准你活在这世界上!"

富农躺了一会儿,后来醒悟过来了。

"请出示你的身份证明!"

"你问我身份干什么?"奇克林说,"我什么身份也没有,我们有党,这就是身份!"

"那你把党拿出来,我要仔细瞧瞧。"

奇克林微微一笑。

"党是你认不出来的,我自己也只能勉强感觉到。现在到木筏上去吧,你这资本主义坏蛋。"

"让他到大海里,今天漂到这儿,明天漂到那儿,我说得对吗?"

娜斯佳说,"跟坏蛋在一起我们没劲!"

接着,奇克林和熊又清除了六户靠雇工的血汗发财的富农,然后回到了组织大院。大院里站着肃清了富农阶级的群众,不知道他们在等待什么。

积极分子根据阶级成分登记表核对了前来报到的富农阶级,没有发现什么差错,他为奇克林和铁铺锻工办事可靠而高兴。奇克林也十分赞赏积极分子。

"你觉悟很高,真是好样的!"他说,"你凭嗅觉就能辨别阶级,跟动物一样。"

熊不会表达思想,在旁边站了一会儿,就冒着漫天的大雪回铁铺去了。苍蝇伴随着雪花嗡嗡乱飞。只有娜斯佳望着熊远去的背影,对这衰老、灼痕累累、通人性的动物产生了怜悯之情。

普罗舍夫斯基已经完成了用圆木做木筏的任务,现在望着大家,准备领受新的任务。

"你这混蛋,"扎切夫骂他,"干吗在一边愣着?你胆子要大一点——该狠就得狠,该捞就得捞。你以为他们是人吗?不!仅仅披了张人皮。我们离人还远着呢,所以我可怜他们!"

遵照积极分子的命令,富农们弓着腰开始把木筏直接推进河谷。扎切夫跟在富农后面监督他们不折不扣地顺着河流漂入大海,这样自己就可以更加放心了:社会主义一定会实现,娜斯佳一定会得到社会主义这份嫁妆,而他扎切夫就会很快死去,就像疲惫的偏见消失一样。

把富农消灭在远方之后,扎切夫的内心并没有平静下来,不知为什么反而更加痛苦了。他久久地望着木筏有条不紊地顺着冰雪覆盖的河水缓缓漂去,望着晚风吹拂下的黑乎乎的死水穿过冰凉的田野注入远处的深渊,心里不禁充满了凄楚和悲凉。社会主义可不需要残疾阶层,不久的将来他们也将被消灭在偏僻的远方。

富农们从木筏上盯着一个方向——扎切夫。人们总想永远记住自己的故乡以及故乡的最后一个幸福的人。

瞧,河面上流放富农的那一长串木筏拐了个弯,漂到岸边的灌木丛后面去了。阶级敌人渐渐从扎切夫的视野中消失。

"喂,吸血鬼们,永别了!"扎切夫朝河面上喊道。

"永——别——了!"漂向大海的富农们回答。

从组织大院传来了号召前进的乐曲声。扎切夫赶紧顺着土坡爬去参加集体农庄的庆祝会,虽然他知道除了娜斯佳和其他孩子,参加狂欢的人以前都是帝国主义的参与者。

积极分子把广播喇叭安在组织大院的台阶上,喇叭里响起了《长征进行曲》,全体农庄庄员和附近各村来的客人兴高采烈地在原地踏步。集体农庄的庄员们容光焕发,脸上仿佛洗过了一般,他们空虚的心灵中如今没有半点怜悯,变得茫然而冷漠。随着乐曲的变换,叶里谢依走到院子中央,脚掌一蹭跳起了矮步舞。他上身笔挺,两只白眼一眨也不眨,节奏鲜明地扭动骨骼和身体,蜡烛似的绕着站立的人们转圈。渐渐地,男人们一个接一个地吆喝着,围绕舞伴旋转起来。女人们欢快地举起双臂,迈动裙子下的双脚跳起舞来。客人们把背包一甩,大声邀请了当地的姑娘,精神抖擞地往下一蹲,蹬腿跳了起来,为了招待自己,还频频亲吻伴舞的女庄员。无线电里的乐曲声更加激起了生命的活力,那些消极的男人心满意足地大声喊叫,比较先进的人们进一步从各方面把节日的气氛推向高潮,连那些公有化的马听到人们幸福的喧闹之后也禁不住纷纷进入组织大院嘶叫起来。

风停雪止,惨淡的月亮出现在遥远的天空。天空中再也没有风雪和乌云,是那么空旷,简直可以容纳永恒的自由,又是那么可怕,为了自由还需要友谊。

在这样的天空下,在洁净的、有些地方被肥大的苍蝇盘踞的雪地里,全体人民正在同志式地狂欢。连那些在世界上活了很久的老人也禁不住忘情地踢腿蹬脚跳起舞来。

"啊,苏维埃社会主义共和国,我们的母亲!"一位被遗忘的庄稼汉兴奋地喊道。为了卖弄自己的舞姿,他拍打着自己的肚皮、脸颊和嘴巴:"伙计们,快向我们的国家求婚吧,她还没有出嫁呢!"

"她是姑娘还是寡妇?"来自邻村的一位客人边跳舞边问。

"是姑娘!"正在手舞足蹈的庄稼汉解释道,"难道你没见她多么清高?!"

"让她清高去吧!"那位来宾表示同意,"让她自我陶醉吧。将来我们一定把她收拾得老老实实:情况会好的!"

娜斯佳从奇克林怀里下来,也在那些狂舞着的庄稼汉旁边跺脚,因为她喜欢这样。扎切夫在人堆里爬来爬去,谁妨碍他,他就打谁的腿。而那位想把苏维埃共和国这位年轻姑娘许配给单干户的来宾,扎切夫往他腰眼里捅了一拳,让他死了这份心。

"别痴心妄想! 难道你想尝尝流放的滋味吗? 那你赶快坐到木筏上去!"

来宾一看到他就已经吓得胆战心惊了。

"残疾人同志,今后我再也不敢胡思乱想了——现在我说话也要小声了。"

奇克林久久地望着狂欢的人群,心里荡漾着宁静而美好的感觉。从台阶的高处,他看到远方的月亮洁净如洗,月光凝重而凄凉,整个世界沉浸在温柔的梦乡。当初为了安排这世界,曾经耗费了多少劳动,经受了多少磨难!但是为了今后生活不再担惊受怕,大家把这一切都忘记了。

"娜斯佳,你不能在雪地里站得太久,会着凉的,到我这儿来吧。"奇克林叫她。

"我一点儿也不冷,大家都在这儿呼热气呢。"娜斯佳蹦蹦跳跳离开了亲切呼唤她的扎切夫。

"你搓搓手,不然会冻僵的:天地这么大,你又这么小!"

"我已经搓过了,你坐着别说话!"

广播喇叭里的乐曲声戛然而止,可是大家还是无法停下来。这时候积极分子发话了:

"给我停下,等待下一个曲子!"

普罗舍夫斯基在很短的时间里修好了无线电,可是喇叭里传出来的不再是音乐,而是人说话的声音:

"请听我们的通告:请大家储备柳树皮……"

这时候无线电又没有声音了。积极分子听到通告就开始认真思考起来。千万不能忘记这个柳皮运动,否则就要在全区背上马大哈的骂名。上次就是这样,他忘了组织大家收割灌木,害得整个集体农庄现在没有树枝坐。普罗舍夫斯基又开始修理无线电。工程师用冻僵了的双手仔细摆弄机器,再加上他缺乏信心——无线电会不会给贫农带来安慰?会不会给他本人传来那亲切的声音?因此活儿干得很慢,而时间就这么过去了。

积极分子担心集体农庄的情绪低落下去。为了避免出现这样的情况,他用自己的嘴唇吹起了乐曲,于是庄员们伴随着口哨声翩翩起舞。叶里谢依刚才因为没有音乐停止了跳舞,现在又开始蹬脚踢腿跳了起来。大院里团结一致的人们由于自己尚未感觉到却又必不可少的幸福而开始喧闹起来。

积极分子吹口哨吹得喉咙都哑了,但是大家舞兴正浓,不肯安静下来,继续扭动身体跳舞。奇克林大声问庄员们:

"你们感觉到了什么没有?"

"感觉到了。"大家回答。

"我们什么都能感觉到,就是感觉不到自己。"

奇克林看了看这些意见和理想,走下了台阶。他也想跳一会儿舞,就像当初年轻时跟姑娘们在树底下跳舞一样。

"积极分子,吹得响一些,让我们既快活又可怜,一半对一半!"

积极分子吹得更响了,还迫使普罗舍夫斯基也吹起了口哨——帮助自己。

奇克林挤进密集的人群,忘记了自己生命留下的年龄,脚下的动作如此快捷,以至下面的雪都不见了,潮湿的泥土也变干燥了。叶里谢依靠到奇克林身边,使自己在体验幸福方面尽量不落在他后面,但是他做不到。奇克林用越来越专注的目光看着叶里谢依,渐渐失去了跳舞的力气,最后站在原地不动了。叶里谢依没有觉察到,还在继续蹬踏跳跃,眼睛一眨也不眨。奇克林不知道怎样才能让他停下来,便一把抓住了他,叶里谢依顺势倒在他身上一动不动了。奇克林让叶里谢依躺在地上。叶里谢依一声不吭,气息奄奄,目光无神,好像有一阵风从他身体里穿过,吹走了生命的温暖感觉。

"你难受吗?"奇克林问。

"我——一点——不难受。"叶里谢依还能说话。

奇克林用自己的帽子遮住了他的眼睛,不让他东张西望,彻底忘记自己。积极分子还吹了几声口哨,最后停了下来,因为他的嘴唇肿了,但主要还是由于呼吸紧张导致意识出了毛病。但是人们无法停止跳集体舞,他们已经习惯于这种快乐的节奏,凭记忆就能手舞足蹈。"让他们乐去吧!"奇克林想了想,轻轻嘟囔了一句。

他去找扎切夫。扎切夫抱着娜斯佳躺在篱笆下面,用自己的肚皮和胸脯护着她。残疾人甚至掀起衬衫让孩子充分利用他的体温。小女孩已经睡得很熟了,扎切夫感到十分满意,因为他珍惜和温暖的不是那个你在梦中常常忘记的理想,而是这个就在他身边的未来的陌生人。

"沃谢夫在哪儿?"奇克林俯身问残疾人,避开默默跳舞的集体农庄庄员们发出的喧闹声。

"可能在什么地方睡觉,"扎切夫说,"这种混蛋不会很快咽气的。"

"不,他早就睡不着了。"奇克林说。

"他知道自己白白地活着,所以睡不着。"残疾人解释说。

时间将近午夜,月亮高悬在篱笆和温顺而衰老的村子上空,枯死的牛蒡草上蒙着一层细雪结成的冰凌,闪闪发亮。一只迷了路的苍蝇试图在冰凉的牛蒡上落脚,可是又立即嗡嗡地向月色朦胧的高处飞去,像阳光下的云雀。

集体农庄庄员们在继续吃力地踢腿蹬脚跳舞,同时又轻轻地哼起了歌曲。这首歌的歌词无法理解,不过大致还可以听出那是一个缓缓行路的人在发泄幸福的牢骚。

"扎切夫!"奇克林喊道,"你去叫大家停下来。他们是不是高兴死了,怎么跳得没完没了。"

扎切夫带着娜斯佳爬进组织大院,安顿她在那里睡觉之后又挤了回来。

"喂,参加了组织的人们,你们乐也乐够了,就别再跳了,畜生!"

舞兴正浓的庄员们并不理睬扎切夫,继续又跳又唱。

"你们想尝尝我的拳头吗？我这就给你们点厉害看看!"

扎切夫爬下台阶,钻到众多忙碌的脚下,无缘无故地抓住人们的脚把他们掀翻在地,让他们躺下休息。人们像一条条空裤子似的纷纷倒下。扎切夫甚至感到惋惜,人们还没有领教他的手劲就一下子安静下来了。

扎切夫让所有庄员躺下之后,还仔细察看了一遍：有没有什么人还在动弹。有一个人晃动了一下,为了让他安静下来,扎切夫朝他的脑袋蹬了一脚,那人就睡着了。

"沃谢夫在哪儿?"奇克林不安地问,"他到远处去找什么,这个小小的无产阶级?"

奇克林没有等到沃谢夫,午夜过后就去找他。他穿过村里那条空寂的街道,一直走到尽头,可是没有见到一个人,只有熊睡在铁铺里,鼾声响彻月光下的四面八方,铁匠也不时发出几声咳嗽。

周围又安静又美好。奇克林在困惑的思考中收住了脚步。熊还在打着呼噜,为第二天的工作和体验新生活而养精蓄锐。今后它再也看不到折磨它的富农阶级了,可以尽情享受生活的乐趣了。如果这世界上存在着一种神秘的力量,可以在农村里只保留那些它所喜欢的、默默地创造有益的物质并且能够体验部分幸福的中农,那么这位锻工今后将尽心尽力地锻造马蹄铁和轮箍铁。为了让锻工和奇克林的心脏只保留希望和呼吸的能力,为了让他们劳动的双手保持忠诚和富有耐心,生命的全部确切意义和全世界完整的乐趣就应该在挖土的无产阶级胸中受苦。

奇克林好心地关上了不知谁家的大门,而后又检查了街上的秩序——是否一切都完好无损。他发现路上有一件丢弃的厚呢大衣,他捡起来送到附近一家农舍的厢房里保存起来,供今后劳动的时候使用。

奇克林满怀信心和希望,猫着腰走进一家家后院继续寻找沃谢夫。他翻过篱笆,经过房舍的土墙,扶起歪倒的木桩,看到稀疏的篱笆外面满目都是空寂而漫无边际的冬天景象。娜斯佳可能会勇敢地冻死在这陌生的世界上,这世界不是为了容易着凉的孩子们而存在的,只有锻工才能忍受这里的生活,但是它也被压迫得毛都变白了。"我还没有生下来的时候你就无声无息地躺在这儿了,我可怜的!"奇克林听到有人在说话。那是沃谢夫的声音:"看样子你忍了好久了,去暖和暖和吧!"

奇克林侧过脑袋一看,只见沃谢夫正在一棵树背后弓着腰往一只鼓鼓囊囊的大口袋里塞什么东西。

"你这是干什么,沃谢夫?"

"没什么。"说着他把口袋打了个结,然后把这袋沉甸甸的货物扛到肩上。

他们俩到组织大院去过夜。月亮已经西斜,村子里弥漫着一片浓重的阴影。周围万籁俱静,只有那冷得浓缩起来的河水在熟悉的乡村河岸间缓缓流淌。

全体农庄庄员不可动摇地睡在组织大院里。庄员们被扎切夫摺倒后一直保持着原来的姿势,毫无舒服可言。叶里谢依的脸上依然盖着奇克林的帽子,奇克林自己已经忘记了这帽子。组织大院的屋子里亮着一盏安全灯——整个村子都熄了灯,全靠这一盏灯照明。积极分子正坐在灯下从事脑力劳动。他在划统计表,他要把贫农和中农资产登记的全部数据填进这张表格,以便留下一张正式的永恒图表和基本经验。

"把我的财产也登记上吧!"沃谢夫请求说,边说边解开口袋。

他收集了全村的所有破烂,所有叫不出名称的小玩意儿,所有被人遗忘的东西——以此实行社会主义的报复。这些破烂当初都曾经接触过贫农的血肉之躯,它们永远记载着在浑浑噩噩中消耗殆尽、在黑麦地里默默熄灭的生命的辛酸。沃谢夫并不十分清楚然而却十分爱惜地将那些已经销声匿迹的人们的遗物收进口袋,那些人活着的时候像他一样没有找到真理,却在最后的胜利来临之前死去了。现在他把那些被消灭的劳动者展示在政权和未来面前,将人的永恒意义组织起来从而达到报复的目的——替那些无声无息长眠地下的人报复。

积极分子开始登记沃谢夫交上来的那些东西。他在表格里增添了一个栏目,名称是:被富农阶级彻底消灭的无产阶级及其无人继承的财产清单。积极分子填写的不是人名,而是生存的迹象:上个世纪的一只草鞋、牧民耳朵上的一只锡耳环、一只粗麻布裤脚以及贫穷的劳动者身上的其他用品。

这时候,与娜斯佳一起睡在地板上的扎切夫已经在无意间吵醒了小女孩。

"把嘴巴转过去,你这傻瓜牙齿也不刷,"娜斯佳数落为她挡住从门口吹进来的冷风的残疾人,"资产阶级已经砍去了你的两条腿,你还想让牙齿也全掉光吗?"

扎切夫吓得闭上了嘴,开始用鼻子呼吸。小女孩伸了伸懒腰,整理了一下那条暖和的、睡觉时也没有解掉的头巾,可是再也睡不着了,因为她的睡意全消失了。

"这些都是可以利用的废物吗?"她问的是沃谢夫那一口袋东西。

"不是,"奇克林说,"这是给你收集的玩具。你起来挑吧。"

娜斯佳站起来挺直了腰,为了发展又跺了跺脚,然后在原地坐下,伸出两条腿夹住了登记过的那堆东西。奇克林把桌子上的灯移到地板上,让小女孩看清楚她喜欢的东西——积极分子即使在黑暗中写字也不会有差错。

过了一会儿,积极分子把统计表放到地上让小女孩签名,证明她收到了那些在孤独中死去的雇工们积攒的全部财产并将在今后使用它们。娜斯佳在纸上慢慢地画了一把镰刀和一把锤子,再把统计表还给他。

奇克林从身上脱下绗过的棉袄,又脱下鞋子,只穿了袜子在地上走来走去,心里相当满意和平静。如今再也没有人可以剥夺娜斯佳在这世界上生活的权利了,河水只能注入波涛汹涌的大海,而那些乘着木筏背井离乡的人再也不会回来折磨锻工米沙了,那些没有留下姓名,只留下草鞋和锡耳环的人们在九泉之下也不必永远地悲伤了,当然,他们也不可能起死回生。

"普罗舍夫斯基!"奇克林叫道。

"到!"工程师回答。他坐在角落里,背靠着墙在打盹。妹妹好久没给他写信了。假如她已经死了,那么他决定去为她的孩子们做饭,直到累得心灵麻木,然后再像感觉迟钝的垂暮老者那样告别尘世——这跟现在死去没有什么两样,只是更凄惨罢了。如果他去替代妹妹,那么他会更长久也更伤心地记住那位在青年时代邂逅相遇、如今未必在世的姑娘。普罗舍夫斯基真希望这位感情奔放的年轻女子——如果她已经死了,那么她已经被大家忘却了;如果她还健在,那么她正在为孩子们熬白菜汤——在这世界上再多活几天,哪怕只活在他隐秘的感觉中。

"普罗舍夫斯基!高超的科学成就能不能让那些腐烂的尸体重新复活?"

"不行。"普罗舍夫斯基说。

"你胡说!"扎切夫闭着眼睛呵斥道,"马克思主义什么都能办到。不然列宁为什么还完整地躺在莫斯科?他在期待科学——他想复活!"

"让他等吧,"娜斯佳说,"等到他站起来的时候准是个小老头了:斯大林已经把所有资产阶级都赶走了,列宁现在挺舒服的。"

"就是列宁我也可以为他找一份工作。"扎切夫大言不惭地说,"我可以告诉他,谁还可以得到一份额外的收入。不知为什么,我一眼就能识破任何一个坏蛋!"

"因为你是个傻瓜,"娜斯佳解释说,继续在雇农的遗物中挑挑拣拣,"你只能识破,而需要的是劳动。我说得对吗,沃谢夫叔叔?"

沃谢夫已经把那只空口袋盖在自己脸上,躺在那儿仔细倾听自己心脏的跳动,那糊涂的心脏正在把他整个身体拖到某个生命不愿意去的远方。

"不知道,"沃谢夫回答娜斯佳说,"你不停地劳动,劳动,劳动到最后,等到你明白一切的时候,你的体力也就消耗完了,你的生命也就结束了。孩子,你别长大,长大了会烦恼的!"

娜斯佳听了很不高兴。

"只有富农才该死,你真是个傻瓜。扎切夫,你还是守着我吧,我想睡觉了。"

"过来吧,孩子,"扎切夫说,"你离开这富农的帮凶到我这儿来。他这是想尝尝挨打的滋味——明天他就会领教了!"

大家不再说话,耐心地打发着黑夜,只有积极分子在沙沙地写着。在他有觉悟的脑海里,成就变得愈来愈巨大,以至他在暗暗责怪自己:"你这消极的鬼东西,你在给联邦带来损失,你本来应该让全区走上集体化的轨道,可是你只在一个集体农庄里愁眉苦脸;现在该是让居民们浩浩荡荡地进入社会主义了,可是你还局限在狭窄的范围内小打小闹。唉,真可怜啊!"

宁静纯洁的月光下,有人在轻轻敲门。从敲门声中可以听出恐惧的残余。

"进来吧,现在不开会。"积极分子说。

"噢,不开会呀,"门外的人回答,还是没有进来,"我还以为您在想问题呢。"

"进来吧,别惹我生气。"扎切夫说。

进来的是叶里谢依。他在地上已经美美地睡了一觉,因为他的眼睛由于充血而发黑,他的身体由于习惯于组织生活而变结实了。

"那熊在铁铺里一边打铁一边唱歌,闹得全体庄员都张开了眼睛:没有你我们心里就害怕!"

"应该去管管它。"积极分子下了决心。

"我亲自去走一趟,"奇克林说,"你坐在这儿好好写吧,你的事情就是动脑子。"

"我当傻瓜是暂时的!"扎切夫警告积极分子,"用不了多久我们让大家都成为积极分子:只要让群众受苦,让孩子们长大就行了!"

奇克林到铁铺去了。他头顶上的天空寥廓而寒冷,星星将无私的光芒洒向洁净的雪地,锻工叮叮当当的捶打声传遍四方,熊似乎不好意思在有所期待的星光下睡觉,于是就竭尽全力地报答星星。"熊不愧是规规矩矩的老无产阶级。"奇克林心里十分佩服。接着,锻工放开喉咙满意地吼叫起来,唱出了一支幸福的赞歌。

铁铺的大门向月夜,向整个明亮的地面敞开着。熔炉里烈火熊熊,铁匠亲自躺在地上拉风箱,锻工得意扬扬地捶打着烧得通红的轮毂铁,嘴里唱着歌。

"它怎么也不让人睡觉,"铁匠抱怨说,"一起来就大喊大叫,我给它生好了炉子,它就开始捣蛋了……一向都是安分守己的,可现在像发了疯一样!"

"究竟是怎么回事?"奇克林问。

"谁知道呢。昨天去消灭富农,一回来就手舞足蹈,嘴里直哼哼。说不定给了它什么好处。刚才还来过一个积极分子的助手,一来就把一块布挂到篱笆上。米沙的眼睛老盯着那儿,不知道在打什么主意。说什么富农已经消灭了,这才挂起了红色口号。我看是什么念头钻进了它的脑袋,停在那儿出不来了……"

"你睡吧,我来拉风箱。"奇克林说着,就拽住绳子,开始往炉子里鼓风,让熊为集体农庄的大车打轮毂。

将近拂晓的时候,昨天从附近村子来做客的庄稼汉们陆续回去了,集体农庄的庄员们无处可去,于是他们从组织大院的地上爬起来,朝着锻工干活的铁铺走去。普罗舍夫斯基和沃谢夫也跟着大家到铁铺里看奇克林帮熊干活。铁铺旁边的篱笆上挂着一幅照着旗帜描下来的标语:"为了党,为了忠于党,为了替无产阶级打开通往未来大门的突击劳动而努力奋斗!"

锻工累了,走到外面,吃了点雪凉快凉快,接着又抢起铁锤继续捶打,并且不断加快捶打的频率。至于唱歌,锻工已经完全停止了——他把浑身的狂热和无声的喜悦化作勤奋的劳动,集体农庄的庄员们渐渐开始同情它,并且随着铁锤的叮当声一齐吆喝起来,想让轮毂变得更加结实可靠。叶里谢依经过仔细观察,向锻工提出了忠告:

"米沙,你淬了火再打,那样轮毂就不会断了。可是你像揍坏蛋那样拼命捶打,铁也是财产嘛!这样不行!"

熊冲着叶里谢依张开了大嘴,叶里谢依赶紧闪开,心里还在为那块铁抱不平。不过,其他庄员也不忍心让熊这样糟蹋财产。

"轻点打,你这鬼东西!"大家七嘴八舌叫了起来,"别糟蹋公共财产。如今财产就像没娘的孩子,没有人心疼……轻点打,你这鬼东西!"

"你干吗这样狠命地打?!这铁是私人财产吗?"

"出去冷静冷静,魔鬼!累死也是活该,你这长毛的笨蛋!"

"应该把它从集体农庄开除出去,没有别的办法。不然我们真的要遭受损失的!"

奇克林继续往炉子里鼓风,锻工趁着旺盛的炉火赶紧拼命捶打,好像那铁就是生活的死敌,既然消灭了富农,世界上就好像只剩下熊了。

"真是一场灾难!"庄员们叹息说。

"真是罪过啊,现在全要裂开了!这铁全成了窟窿眼!"

"上帝的惩罚……你还不能碰它,一碰就会说它是贫农啦,无产阶级啦,工业化啦!……"

"这还算不了什么。要是他是干部,那咱们就要吃苦头了!"

"干部也算不了什么。要是指导员来了,或者帕什金同志亲自来了,那咱们就遭殃了!"

"没准什么事也不会有的?要不要揍它一顿?"

"你怎么啦,心肠变狠毒了?它是工会的人,前几天帕什金同志还专门来看过它——离开了雇农它也会觉得寂寞的。"

叶里谢依说话最少,可是内心的痛苦却比谁都多。以前他曾经有过畜栏,夜里都没法睡觉——老是要起来照料牲口,不是怕它们死了就是担心马喝得太多吃得太饱,还得让奶牛心情舒畅。现在要他照管整个集体农庄,照管这整个世界,他对别人又不放心,这一大笔财产早就吓得他肚子疼了。

"大家准会累得只剩一张皮!"默默地经历了整个革命的中农说,"以前我为一家老小担惊受怕,现在你得管好每个人——非把你累垮不可。"

令沃谢夫感到伤心的是,连野兽也在劳动,仿佛在附近嗅到了生命的意义,而他却东游西逛,不努力争取进入未来的大门——说不定那儿确实有什么东西。这时候奇克林已经停止拉风箱,开始跟熊一起制作耙齿。两位工匠既没有意识到围观的人群,也没有感觉到周围的事物,按规矩凭着良心的感觉在不知疲倦地干活。锻工捶打,奇克林淬火,但是他不知道耙齿在水里应该浸多长时间。

"要是耙齿碰上石头怎么办?"叶里谢依忧心忡忡地问,"要是碰上硬东西,那耙齿准会断成两半!"

"快把铁板从水里捞出来,魔鬼!"庄员们高喊着,"别折磨材料!"

奇克林正要把疲劳过度的金属从水里捞出来的时候,叶里谢依已经走进铁铺从奇克林手里夺过钳子,开始用自己的双手捶打耙齿。其他庄员也冲进企业内部,如释重负地开始加工这批铁制品。他们动作小心谨慎,心情迫不及待,也只有在利多弊少的情况下他们才会这样做。"应该记住给这铁铺刷一层白浆,"叶里谢依干活的时候心里在暗暗盘算,"不然里里外外都是黑乎乎的——这像什么生产单位?"

"请您把绳子给我,让我不停地拉风箱,"沃谢夫向叶里谢依请求说,"您往炉子里鼓的风太小。"

"行,你拉吧,"叶里谢依表示同意,"不过别拉得太猛,现在绳子挺贵的,新风箱集体农庄也买不起。"

"我会轻轻拉的。"沃谢夫说着就抓住绳子开始来回拉风箱,渐渐沉醉在不紧不慢的劳动中。

冬日的早晨来临了,平常的日光向全区扩散。而组织大院的那盏灯还亮着,叶里谢依发现了这多余的灯光,立即走过去熄掉,免得浪费煤油。

至今还睡在农舍里的少男少女们也醒了。总的来说,他们对父辈的忧虑抱着一种冷漠的态度,对老一辈的痛苦也不感兴趣,在村子里像局外人一样,他们似乎在苦恋着某种遥远的东西。即使家境窘迫,他们也并不在乎,完全沉浸于一种暂时尚无报答、今后必将实现的幸福之中。几乎所有的年轻姑娘和所有正在成长的一代人从一大早就走出家门到农舍阅览室去,在那儿不吃不喝待上一整天,学习写字、认字、算术,培养友谊,描绘未来的蓝图。庄员们在铁铺里忙碌的时候,只有普罗舍夫斯基一人一动不动地站在篱笆旁边袖手旁观。他不明白为什么要派他到这个村子里,也不知道他这个被遗忘的人在群众中间该怎样生活,于是他想确定一个具体的日期结束自己在世界上的存在。他取出笔记本,记下了这个宁静而黑暗的冬夜：等到人们躺下睡觉、建设工地上的喧嚣声消失、冻僵的土地恢复平静的时候,他不管自己身处何地,定将仰面躺下并且停止呼吸。要知道无论什么样的建筑物,无论物质上怎样富裕,无论是亲密的朋友还是征服星球,都无法战胜他心灵的空虚。他终将意识到友谊的虚妄,因为这友谊建立在优越和非肉欲基础之上;他终将意识到最遥远的星球的烦恼,因为那些星球的深处埋藏着同样的铜矿,也同样需要最高国民经济委员会。普罗舍夫斯基觉得,他的所有感情、所有爱好以及由来已久的烦恼都在理智中相遇并且彻底认识了自身,从产生的根源到任何一种天真的希望遭到扼杀的原委。不过感情的来历依然是生命的激动人心之处。人死后就可以永远失去这个唯一幸福的、真诚的生存领域,尽管他从未真正进入过这个领域。我的天哪,假如没有那些让生命骚动不安并且起来伸出双手迎接希望的观感,那可怎么办啊?

普罗舍夫斯基用双手蒙住了脸。就算理智是所有感情的综合,所有惊慌不安的运动在这里都会渐渐平息下来,那么这惊慌和运动又从何而来? 这一点他不知道,他只知道理智热爱的就是对死亡的向往,这是他唯一的感觉。也许到那时候他将走完那个圆圈——他将返回到感情的源头,回到那个夏日的夜晚,回到那次一去不返的邂逅。

"同志! 你是来帮我们搞文化革命的吧?"

普罗舍夫斯基放下蒙住眼睛的双手。一群姑娘和小伙子正从他身旁经过到农舍阅览室。一位姑娘站在他面前——她脚上穿一双毡靴,轻信的脑袋上包着一块寒碜的头巾,她望着工程师,眼睛里流露出惊讶、爱慕的神色,因为她不明白蕴藏在这个人身上的知识的力量。只要他教会她认识整个世界并且让她参与其中,那么她甘愿忠贞不渝地爱他这个白发苍苍的陌生人,甘愿为他生儿育女,听任他天天折磨她的肉体。她并不在乎自己的青春年华,也不在乎自己的幸福——她只觉得周围的一切在急遽而热烈地运动,她那颗心也被急速前进的共同生活所卷起的旋风托了起来,可是她无法用语言表达自己的喜悦。现在她站在那儿请普罗舍夫斯基教会她说那些话,教会她在头脑里感受整个世界的本领,从而让这世界大放光彩。姑娘不知道这个有学问的人肯不肯跟她走,因此怀着忐忑不安的心情看着他,心里已经做好了重新跟积极分子学习的准备。

"我这就跟你们一起去。"普罗舍夫斯基说。

姑娘喜出望外,简直要大声叫起来,但是她没有这样做,她怕普罗舍夫斯基生气。

"咱们走吧。"普罗舍夫斯基说。

姑娘在前面为工程师引路,虽然不可能迷路。她想表示感谢,可是又没有任何礼物可以送给这个跟在她后面的人。

集体农庄的庄员们烧完了铁铺里的全部存煤,为制作有用的产品耗尽了所有的铁,修理好了所有的农具,然后离开了铁铺。临走的时候他们的心情十分忧郁,一是因为劳动已经结束,二则是集体农庄要亏本。锻工早就累得不行了——刚才它为了解渴出去吃雪,还没等嘴里的雪化完,熊就打起了瞌睡,整个身体倒在地上睡着了。

集体农庄庄员们走到外面,在篱笆下坐成一溜,仔细打量着整个村子,雪在他们屁股底下慢慢融化。沃谢夫停止了劳动,突然又钻起牛角尖来了。

"你醒醒!"奇克林喊他,"你去跟熊一起睡觉,别胡思乱想了。"

"真理,奇克林同志,是不能忘记的……"

奇克林拦腰抱起沃谢夫,把他放到熟睡着的锻工身边。

"给我老老实实躺着!"奇克林俯身对他说,"熊能呼吸,可是你没这个本领!无产阶级在忍耐,而你却在害怕!你啊,真是个大坏蛋!"

沃谢夫紧紧贴着锻工,身上暖和之后就睡着了。

街上突然来了一个骑马的人,他是区里派来的,他的坐骑浑身在哆嗦。

"积极分子在哪儿?"他马不停蹄地大声问坐在那儿的农庄庄员。

"一直往前走!"庄员们为他指路,"千万别往右拐,也别往左拐!"

"我不会拐弯的!"骑手大声回答,人已经走出很远了,只见那只公文包在他屁股上晃荡。

几分钟后,那人骑着马又飞一般地回去了,手里挥舞着签收本,让风吹干积极分子签名的墨迹。那匹吃饱喝足的马一路飞驰,马蹄扬起一团团雪和尘土,一眨眼就消失在远方。

"多好的马给他糟蹋了,官僚主义分子!"庄员们心里在骂,"看着都心疼。"

奇克林从铁铺里拿了一根铁条给小女孩做玩具。他喜欢一声不响地带各种东西给她,让她在心里明白他喜欢她。

扎切夫早就醒了。娜斯佳微张着疲倦的嘴,忧伤而不自觉地继续睡觉。奇克林仔细端详着小女孩——从昨天起她有没有受过什么伤害,她的身体是不是完好无损。小女孩一切正常,只是脸蛋因为内在的童稚的力量而在发烧。积极分子的一滴眼泪啪地掉在指示文件上——奇克林立即注意到了这个细节。就像昨天晚上一样，领导人一动不动地坐在桌子旁。他颇为得意地让区里来的人带走了那份记载着消灭富农详细情况的统计表，他在统计表里还汇报了自己的成绩。可是上级突然下达了一份最新指示，这份由州里签发的指示不知道为什么越过了区乡两级领导。摆在桌子上的这份指示提到了冒进、过火、超前以及从鲜明的路线的尖峰滑向左右两侧的种种不良现象。此外，文件规定积极分子对中农要保持高度的警惕：如果中农混进了集体农庄，那么这个重要事实会不会就是众多的富农帮凶策划的一起阴谋，说什么只要我们像潮水一样涌进集体农庄，那就可以冲决领导的堤岸，到那时候政权管不着我们了，它自己会垮台的。

"根据州委员会掌握的现有的最新材料可以看出，"指示的结尾部分写道，"譬如总路线集体农庄的积极分子已经滑到了右倾机会主义的左倾泥坑。这个基层的组织者问上级部门：建立集体农庄和公社之后，有没有什么更加高级更加光辉的组织可以立即吸收当地那些不可遏制地向往历史的远方、向往渺茫的全世界各个时代顶峰的贫农和中农群众。这位同志请求给他寄一份这类组织的示范性章程，同时还要求寄一些表格、钢笔和两公升墨水。他不明白这是在利用中农真诚的、基本上健康的向往集体农庄的感情进行投机。不能不同意下述意见：这样的同志是在危害党，客观上是无产阶级的敌人，应该毫不迟疑地将他从领导岗位上永远清除出去。"

看到这里，积极分子脆弱的心"咯噔"往下一沉，他对着州委的文件失声痛哭起来。

"怎么啦,你这混蛋?"扎切夫问他。

积极分子没有回答他。最近一段时间难道他吃过一顿饱饭,睡过一个安稳觉,或者爱过哪怕一个贫农姑娘?他感到自己像在做梦一样,他的心脏因为负担过重而在勉强跳动,他只是在自身之外努力组织幸福,至少将来给自己在区里谋取一官半职。

"你给我回答,寄生虫,要不马上揍你!"扎切夫重复了一遍,"你这混蛋,肯定破坏了我们的共和国!"

扎切夫从桌子上拽下文件,摊在地上亲自研究起来。

"我要到妈妈那儿!"娜斯佳醒过来说。

奇克林俯身对想念母亲的小女孩说:

"孩子,妈妈死了——现在有我在这里。"

"你干吗抱着我?一年四季在哪儿?你摸摸看,我皮肤下面烧得多厉害!你把我的衬衫脱下来,要不会烧坏的,等我病好了就没衣服穿了!"

奇克林摸了摸娜斯佳,她浑身上下滚烫滚烫的,虚汗淋漓,骨头都可怜巴巴地突出来了。周围的世界应该多么温柔多么宁静才能保住她的生命啊!

"给我盖上,我想睡觉。我要忘掉一切,不然生了病就很伤心,对吗?"

奇克林脱下自己的外衣,又从扎切夫和积极分子身上剥下棉袄,把这些能保暖的东西全裹在娜斯佳身上。她闭上了眼睛,在温暖的睡梦中感到十分轻松,仿佛在寒冷的天空中飞翔。近来娜斯佳长大了一点儿,越来越像母亲了。小女孩本来可以是奇克林的女儿,她母亲甚至希望这成为事实,可是即使如此,孩子也未必更漂亮更聪明。这孩子的亲生父亲可能跟奇克林一样是个手艺人,这孩子身上的血肉来自同一个阶级。即使有人对那个死去的女人的柔情感到高兴的话，那么这柔情不是给孩子做的鉴定，这不是人类。

"我早知道他不是个好东西！"扎切夫给积极分子下结论，"现在拿他怎么办？"

"文件里有什么指示？"奇克林问。

"说非同意他们的意见不可！"

"谁敢不同意呀！"积极分子哭哭啼啼地说。

"唉，革命把我坑苦了，"扎切夫伤心地说，"革命这坏蛋真是可恶至极，你在哪里？你过来，亲爱的，尝尝残废军人的拳头！"

积极分子突然感到了思想和孤独，他不愿意把财产无偿献给国家和未来的一代，于是从娜斯佳身上扒下自己的那件棉袄：既然他被撤职了，那就让群众自己暖和自己吧。他手里拿着棉袄走到组织大院中央——他失去了对生活的进一步追求，脸上挂满了大颗大颗的眼泪，心里在怀疑资本主义可能会卷土重来。

"你为什么扒孩子的衣服？"奇克林问，"你想冻死她吗？"

"把你的孩子全扒光才好呢！"积极分子说。

扎切夫看了奇克林一眼，建议说：

"你去拿一块铁疙瘩！就是从铁铺里带回来的那种铁块。"

"这怎么行？"奇克林回答说，"我有生以来还没有用钝器伤过人，干了这种事我还能问心无愧吗？"

为了让孩子们能够怀抱希望而不是挨冻受凉，奇克林冷静地朝积极分子当胸一拳。只听得积极分子体内发出一阵骨头断裂的轻微的咔嚓声，随后整个身体倒在了地上。奇克林满意地瞥了他一眼，好像做成了一件好事。那件棉袄从积极分子手中掉下来，孤零零地落在地上,不再遮盖任何人。

"给他遮上!"奇克林对扎切夫说,"让他暖和点。"

扎切夫马上给积极分子穿上他自己的棉袄,还用手摸了摸——检查他完整的程度。

"他还有气吗?"奇克林问。

"情况一般,半死不活。"扎切夫说,他对整个事实感到高兴,"反正都一样,奇克林同志。你的手是在替党工作,所以这件事你没有责任。"

"他不该从发烧的孩子身上剥衣服!"奇克林愤愤地说,"要暖和可以煮热茶喝么。"

村子里雪花狂舞,但是听不到暴风雪的呼啸声。扎切夫打开窗户一看,发现这是集体农庄在扫雪搞卫生。现在庄稼汉们不喜欢雪地上沾满了苍蝇屎,他们希望有一个比较干净的冬天。

集体农庄庄员们躲进了组织大院,没有再继续劳动,一个个耷拉着脑袋站在凉棚底下,对今后的生活一筹莫展。尽管人们好久没有吃过东西,可是他们现在依然没有食欲,因为胃里几天前就塞满了大量的肉食。瓷砖厂的那个小老头和其他几名关在组织大院的可疑分子趁着庄员们愁眉苦脸以及积极分子不在的机会,纷纷溜出了后院的储藏室和形形色色的藏身之处,各自到远处去办要紧的事情了。

奇克林和扎切夫一左一右紧紧挨着娜斯佳,以便更好地保护她。小女孩被自己无处发泄的热量憋得全身发紫,变得十分听话,只有脑子里还在想着伤心的事儿。

"我还要到妈妈那儿去!"她闭着眼说。

"你妈妈死了,"扎切夫不悦地说,"活着的人都要死的,死后只剩下一把骨头。"

"那我要她的骨头!"娜斯佳请求说,"这是谁在集体农庄里哭啊?"

奇克林支起耳朵细听。周围静悄悄的,没有人哭泣,也没有必要哭泣。时间将近正午,苍白的太阳悬在当空,远方的群众沿着地平线去参加内容不明的村际会议——什么都不会发出吵闹声。奇克林走到台阶上。从无言的集体农庄里传来一声轻轻的不自觉的呻吟,接着又重复了一次。这声音来自附近某处,方向对着荒凉的旷野,目的也不是为了倾诉哀怨。

"这是谁?"奇克林站在台阶上对着全村喊道,他想让那个不满的人听到。

"这是锻工在嚎叫,"躺在凉棚下的庄员回答,"昨天夜里它还大声唱歌呢。"

确实,现在除了熊没有人会哭的。也许是它把嘴埋在地里,对着下面的泥土发出悲伤的嚎叫,但是又不明白自己的痛苦。

"熊在那儿惦念着什么呢。"奇克林回到厢房后告诉娜斯佳。

"你给我把它叫来,我也在惦念呢,"娜斯佳请求说,"抱我到妈妈那儿,我在这儿太热了。"

"这就去,娜斯佳。扎切夫,你去叫熊过来,反正现在没活儿干——材料没有!"

扎切夫刚走又马上折回来了:熊自己跟沃谢夫一起到组织大院来了。沃谢夫像搀扶病人似的搀着它的一只前爪,而锻工闷闷不乐地和他并排走过来。

一进组织大院,熊闻了闻躺在地上的积极分子,然后呆呆地坐在角落里。

"我把它抓来做见证人,证明真理是没有的。"沃谢夫说,"它只会干活,可是一停下来想问题,它就犯愁了。现在就让它作为一样东西存在吧——留作永远的纪念,算我招待大家。"

"你就招待未来的坏蛋吧。"扎切夫表示同意,"你要为他们好好保存这可怜的东西!"

沃谢夫低着头把娜斯佳掏出来的那些破烂一一装进自己的口袋。奇克林抱起娜斯佳,于是她睁开了那双无神、滞呆、枯叶般干涩的眼睛。她从窗口死死盯着那些在凉棚底下睡觉的庄员。

"沃谢夫,你把熊也当作破烂收集起来吗?"娜斯佳关切地问。

"要不搁哪儿? 我连骨灰都收集,更不要说这可怜的活物了。"

"那他们呢?"娜斯佳无力地伸出细得像羊脚一样的手,指指躺在院子里的农庄庄员。

沃谢夫惊奇地朝院子里看了看,又转过身把思念真理的脑袋垂得更低了。

积极分子依然无声无息地躺在地上。冥思苦想的沃谢夫出于对生命的任何损失的好奇心理弯下腰摇了摇他,可是积极分子毫无反应,也许是装死,也许真的已经咽气了。沃谢夫在他身边蹲下,久久地观察着他那张没有表情、城府很深、进入悲伤的深层意识的脸。

熊安静了一会儿,接着又吼叫起来。听到它的嚎叫,全体农庄庄员都从组织大院拥进了屋子里。

"积极分子同志们,往后的日子我们怎么过啊?"庄员们问道,"你们还是替我们想想办法吧,不然我们可受不了啦! 我们的农具件件好使,种子拣得干干净净,眼下正是干冬活的季节,我们也不必多情善感。你们可得尽量想办法啊!"

"没有人为你们操心了,"奇克林说,"你们的头儿躺倒了。"

集体农庄庄员们镇静地看着横倒在地上的积极分子,既不可怜他,也不感到高兴,因为积极分子说的话永远正确、无可挑剔、完全符合遗训,不过他本人实在太可恶了,有一次大家为了减轻他的负担打算给他娶媳妇,结果连那些面目丑陋的大姑娘和小媳妇听了这消息也伤心得哭了。

"他死了,"沃谢夫站起来通知大家,"他什么都知道,可照样还是死了。"

"说不定还有气呢?"扎切夫表示怀疑,"你摸摸看,他还没有尝过我拳头的滋味呢。要是还没有死,那我这就给他补上!"

沃谢夫重新趴在积极分子的尸体上。积极分子曾经多么的不可一世,他包揽了全世界的真理和生活的全部意义,而沃谢夫却什么也没有得到,只有让理智受折磨、在生命之河里随波逐流和盲目服从的份儿。

"咳,你这坏蛋!"沃谢夫对着无言的尸体轻轻地说,"怪不得我不知道生命的意义!你这狠心的家伙,不但喝干了我的血,也喝干了整个阶级的血,而我们这些到处漂泊的群众浑浑噩噩,什么也不知道!"

沃谢夫挥拳朝积极分子的额头上打去——为了让他死得彻底,也为了自己体验幸福。

沃谢夫开始感到自己有完全的理智,尽管还无法将理智的原始力量说出来并且让它付诸行动。他站起来对庄员们说:

"现在让我来替你们操心吧!"

"欢迎!!"集体农庄庄员们异口同声地说。

沃谢夫打开了组织大院通往广阔天地的大门,突然希望生活在那被隔绝起来的远方。那儿促使心脏跳动的动力不仅有寒冷的空气,还有征服世界上所有模糊物质之后的真正欢乐。

"把尸体抬出去!"沃谢夫下达指示。

"往哪儿抬?"庄员们问,"埋葬他可不能没有音乐啊!即使打开无线电也行!……"

"你们把他作为富农加以消灭,让他顺着河流漂到大海里!"扎切夫想出了这样的主意。

"这样也行!"庄员们表示同意,"河水还流着呢。"

几个人把积极分子举到高处,然后抬到河岸上。奇克林一直抱着娜斯佳,正打算带她到基坑工地上,可是被眼前发生的事情耽搁了。

"我浑身的汗都冒出来了,"娜斯佳说,"你这老傻瓜,快抱我到妈妈那儿去!我难受!"

"孩子,咱们这就出发。我跑步抱你去。叶里谢依,你去叫普罗舍夫斯基,说我们要走了,而沃谢夫将代表大家留下来,要不孩子会生病的。"

叶里谢依走了,可回来的时候还是一个人:普罗舍夫斯基不愿走,他说必须教会这里所有的年轻人,要不他们将来会完蛋的,而他又可怜他们。

"那就让他留下来吧,"奇克林表示同意,"只要他本人不出问题就行。"

残疾人扎切夫走不快,他只能爬,因此奇克林想了这样一个办法:让叶里谢依抱娜斯佳,而他抱扎切夫。就这样他们踏着冬天的道路急匆匆向基坑走去。

"你们要保护好米沙!"娜斯佳回头吩咐说,"一会儿我要到它那儿做客。"

"你放心吧,小姐!"庄员们保证说。

快到傍晚的时候,这一行人望见了远方一座城市的灯光。被奇克林抱在手上的扎切夫早就觉得累了,他说最好从集体农庄牵一匹马。

"走比骑马快,"叶里谢依回答,"我们那些马一直站在那儿,早就不会走路了!连马脚都肿了,只有在偷吃草料的时候才挪动几步。"

这一行人到达目的地之后就发现基坑里到处都覆盖着厚厚的一层雪,工棚里空荡荡、黑洞洞的。奇克林把扎切夫放到地上,打算生一堆篝火让娜斯佳暖和暖和,可她说:

"我要妈妈的骨头,你去给我拿来!"

奇克林吩咐扎切夫和叶里谢依生火,自己到瓷砖厂取骨头去了。那女人的尸体想必不会有人搬走吧。

奇克林进入瓷砖厂那个他和普罗舍夫斯基曾经来过的地下室,花了很长时间搬掉了当时他为了保存尸体而亲手垒在门口的石块。奇克林身边没有带火柴,他只能用手摸索,先摸到了那女人的头发,头发还像活着的时候那样柔软光滑,接着又从头到脚摸了一遍——她还完整,只是身上的肉没有了,所有水分都消失了。搬走所有遗骸有困难,再说那些起连接作用的筋早已酥了,所以奇克林只能把一根根骨头拆开来装进衬衫,再像口袋那样扎起来。装进所有遗骸之后,衬衫里还有很多空地方——那女人死后个子变得很小很小。

娜斯佳见到母亲的遗骸高兴极了,她把一块块遗骨贴在胸口,亲吻它们,用抹布擦干净,再整整齐齐地摆在地上。

奇克林在小女孩对面坐下,为了获得光和热,他不停地拨弄篝火,还派了扎切夫去找牛奶。叶里谢依在工棚门口坐了好久,一直在观察附近那座灯火通明的城市,他看到那儿有什么东西在不停地喧哗和骚动,整个气氛显得压抑而惊慌。过了一会儿,他侧身躺下,饿着肚子进入了梦乡。

有许多人从工棚旁边走过,可是谁也不来看望生病的娜斯佳,他们人人都耷拉着脑袋在专心致志地考虑全盘集体化的事。

有时候会突然安静下来,只听得娜斯佳拨弄尸骨的声音,可是过了一会儿,远处又响起了火车的汽笛声,打桩机一面放着蒸气一面发出轰然巨响,扛着重活的突击队在大声叫着劳动号子——大家都在坚持不懈地为社会做贡献。

"奇克林,为什么我老是能感觉到理智,怎么也忘不了?"娜斯佳惊奇地问。

"我不知道,孩子。也许是因为你还没有见到过什么好东西。"

"为什么城里的人夜里不睡觉,一直在劳动?"

"他们这是在照顾你。"

"可是我躺在这儿生病呀……奇克林,你把妈妈的骨头放到我身边,让我搂着骨头睡觉。现在我心里难受极了!"

奇克林把尸骨放在娜斯佳的肚皮上,给她盖上了两件棉袄,跟她告别说:

"睡吧,睡着了说不定就会忘掉理智的。"

已经虚弱不堪的娜斯佳突然支起身子,吻了吻奇克林的胡子——她像她母亲一样,会主动地、出其不意地亲吻别人。

这一生中第二次来临的幸福使奇克林激动得气也喘不过来,他呆呆地望着孩子,直到重新意识到自己对这幼小、发烫的躯体负有责任的时候才清醒过来。

为了给娜斯佳挡风,也为了给大家取暖,奇克林把叶里谢依从门槛上提溜起来,再放到孩子身边。

"躺这儿。"奇克林对吓醒了的叶里谢依说,"你用手紧紧搂住孩子,往她身上多呵热气。"

叶里谢依照着办了。奇克林在旁边躺下,支起胳臂,昏昏欲睡地倾听城里建筑工地上发出的惊慌不安的喧闹声。

半夜里扎切夫来了。他带来一瓶炼乳和两块蛋糕。他无法搞到更多的食品,因为新生的资产阶级不待在自己家里,都到外面摆阔去了。扎切夫到处寻找,最后决定处罚最可靠的储备力量帕什金同志。可是帕什金也不在家——原来他带了夫人上剧院看戏去了。扎切夫只能闯进剧场,观众们正在黑暗中全神贯注地欣赏几个演员那要死要活的表演。他大声要求帕什金停止看戏到外面小吃部去。帕什金立即走了出来,不声不响地给扎切夫买了食品,又匆匆赶回剧院大厅,继续领略感情的波澜。

"明天我还得去找帕什金,"扎切夫说。坐在工棚角落里,他的心情开始平静下来:"要他安个炉子,要不坐在这木板车厢里永远到不了社会主义!……"

第二天一大早奇克林就醒了。他冻得瑟瑟发抖,正在仔细倾听娜斯佳的动静。天刚蒙蒙亮,周围静悄悄的,只有扎切夫在睡梦中诉说着自己的忧虑。

"你在那儿呵气吗,鬼中农?"

"我是在呵气,奇克林同志,怎么能不呵气呢? 我整整一宿都在给孩子送暖气!"

"结果怎么样?"

"可是这丫头,奇克林同志,没气了,浑身冰凉。"

奇克林从地上慢慢爬起来,在原地站了一会儿,然后到扎切夫睡的地方看了看——残疾人是不是把炼乳和蛋糕都消灭了,接着又找来一把扫帚,扫掉了工棚空关期间积在那儿的垃圾。

奇克林把扫帚放回原处,心里产生了挖土的愿望。他砸掉了那间被人遗忘、存放备用工具的储藏室门上的锁,从里面取出一把铁锹,不慌不忙地上基坑工地去了。奇克林开始挖土,可是土地已经冻住了,他只能将泥土切成块,再把一块块沉甸甸的土扔出去。越往下挖,土越松软,也越暖和。奇克林不停地用力往下铲,不一会儿就隐没在几乎一人深的寂静的土坑里了。他还不觉得累,又开始铲两旁的土,将狭窄的土坑拓宽。铁锹碰到一块天然石板,由于用力过猛,铁锹弯曲了——奇克林连锹带柄一起扔到了日光下的地面上,把自己的脑袋紧紧靠在裸露的黏土上。

他想借用这些动作来忘却自己的理智,可是理智却还在不停地思考:娜斯佳死了。

"我再去拿一把铁锹!"说着奇克林爬出了土坑。

在工棚里,奇克林为了不相信理智,走过去摸了摸娜斯佳的脑袋,又把自己的手贴在叶里谢依的额头上,想根据体温来测定他的生命。

"为什么她凉你热?"奇克林问,可是没有听到回答,因为现在他的理智本身也糊涂了。

奇克林一直坐在地上,扎切夫醒过来之后也坐到了他身边,手里拿着一瓶炼乳和两块蛋糕。叶里谢依一夜没有合眼,一直在给女孩呵热气,已经累得筋疲力尽,躺在她身边睡着了,直到听见那些熟悉的已经公有化的马匹尖声嘶叫才醒过来。

沃谢夫走进工棚,熊和农庄庄员们也跟着他进来了,那些马匹等在外面。

"你来干什么?"扎切夫劈头问沃谢夫,"你为什么撇下农庄不管?你想让我们的苏维埃社会主义共和国彻底垮台吗?或者你想让全体无产阶级都来揍你吗?那你给我过来——尝尝无产阶级的铁拳!"

沃谢夫已经走了出去,到了那些马身边,没有听完扎切夫的话。他运来了一口袋专门挑选的废物作为给娜斯佳的礼物,这都是些在市场买不到的稀罕玩具,每一件玩具都是对某个被遗忘的人的永恒纪念。尽管娜斯佳看着沃谢夫,可是一点儿也不高兴,于是沃谢夫摸了摸她,发现她的嘴张着,没有气了,身体软绵绵的,没有感觉了。沃谢夫俯身看着这无声无息的孩子,站在那儿一筹莫展——如果孩子的感觉和确切的印象中没有共产主义,那他不知道现在这世界上哪儿还有共产主义?如果一个幼小的、忠诚的、将真理看作欢乐和运动的孩子死了,那么生命的意义和整个世界来历的真理对他又有什么用处呢?

只要小女孩安然无恙,做好了生活的准备,即使今后要遭受磨难,那么沃谢夫宁愿什么都不知道,宁愿糊里糊涂混日子。沃谢夫抱起娜斯佳,吻了吻她张开的嘴唇,怀着对幸福的强烈渴望将她紧紧搂在怀里。他找到的比他要寻找的更多。

"你为什么把集体农庄庄员都带来了?我再一次问你!"扎切夫问沃谢夫,并不放下手中的炼乳和蛋糕。

"农民们想加入无产阶级。"沃谢夫回答,"我带他们来是为了把他们作为微不足道的废物收集起来。"

"那就让他们加入吧。"奇克林在地上说,"现在应该把基坑挖得更宽更深。让任何一个来自工棚和农舍的人都能住进我们的大厦。你们把所有当权派和普罗舍夫斯基都叫到这儿来,我要去挖土了。"

奇克林拿了一根铁棍和一把新铁锹,慢慢走到基坑最远的那一头。他在那儿重新开始挖掘坚硬的泥土,他已经欲哭无泪,于是不知疲倦地一直挖到天黑,挖了整整一夜,直到他体内的骨头发出咯咯的断裂声才罢手。他看看周围,只见庄员们跟在他后面不停地挖土。所有贫农和中农都拼命干活,似乎要在基坑的深渊中求得永远的解脱。那些马也没有闲着——庄员们让它们搬运石头,他们坐在马背上,手里捧着石头,而熊也在旁边"呼哧呼哧"地使劲推着石头走。

唯独扎切夫一个人没有参加任何活动,只是伤心地看着这挖土的场面。

"你怎么像职员似的袖手旁观?"奇克林回到工棚后问他,"你可以磨铁锹嘛!"

"奇克林,我现在不相信共产主义了!"扎切夫在第二天早晨回答。

"为什么,恶棍?"

"你不是看到了吗,我是帝国主义的残疾人,而共产主义——那是孩子们的事情,所以我才爱娜斯佳……现在我要去告别,要去杀死帕什金同志。"

扎切夫说着就爬到城里去了,从此以后再也没有回到基坑工地。

中午的时候,奇克林开始为娜斯佳专门挖一个墓穴。他连续挖了十五个小时,他要让墓穴深得虫钻不进、树根伸不进、热气透不进、冷风吹不进,让地面上生活的喧闹永远不要去惊动孩子。奇克林在永恒的岩石上凿出了一口棺材,还准备了一块与众不同的、形状像棺材盖似的花岗石板,以防墓地里沉重的泥土压在小女孩身上。

奇克林休息了片刻,抱起娜斯佳,小心翼翼地把她放进石棺埋葬。夜色深沉,全体农庄庄员都在工棚里睡觉,只有熊嗅到动静后醒了,奇克林让它摸了摸娜斯佳作为永别。

*　　　　*　　　　*

苏维埃社会主义共和国会不会像娜斯佳那样死去或者长大成为一个完整的人,成为一个具有历史意义的新社会?作者的这种忧虑构成了本书的主题。作者可能错了,把小女孩的死亡写成了社会主义一代人的死亡,但是发生这样的错误仅仅是因为对某种钟爱的东西过于忧虑了,因为失去了这种东西就等于毁灭了过去的一切,也毁灭了未来。

疑虑重重的马卡尔

在其他劳动群众中有两位国家成员①：正常的庄稼汉马卡尔·加努什金和比较杰出的列夫·丘莫沃伊②同志。丘莫沃伊是村里最聪明的人，凭着聪明，他领导人民前进，沿着笔直的路线走向共同幸福。不过，每当列夫·丘莫沃伊从旁边走过的时候，全村的人都会这样议论他：

"瞧，咱们的领袖大摇大摆地出发了，你就等着吧，明天就采取措施了……聪明的脑袋，只是两手空空。单靠聪明过日子……"

像任何一个庄稼汉一样，马卡尔喜欢各种手艺胜过种地，他不关心庄稼，心思全用在娱乐上。根据丘莫沃伊同志的结论，他的脑

---

① 这是作家独特的用词，既非现代意义的公民或国民，也不是沙俄时代的臣民，而仅仅是国家的一分子、一个成员，确切说是一个农民。按照革命领袖的理论，工人阶级是领导阶级，农民是小私有者，是产生资本主义的温床。因此，农民仅仅是工人阶级的同盟军，属于"其他"一类，必须受工人阶级领导。
② 原意是疯子。

袋是空的。

有一天,马卡尔未经丘莫沃伊同志同意,擅自组织了一项娱乐活动——人人可以玩的旋转木马,但这木马要靠风力才能转动。爱热闹的人们里三层外三层的把马卡尔造的旋转木马围得水泄不通,大家期待着暴风来启动旋转木马。但是,暴风迟迟不来,大家站在那儿干等。就在这时候,丘莫沃伊的一匹小马跑到草原上,迷失在沼泽中。假如村民们不去凑热闹,那么很快就能抓到丘莫沃伊的小马,帮助丘莫沃伊免遭损失。丘莫沃伊自己没有去追赶小马,而是走到默默地为暴风发愁的马卡尔跟前,说:

"你把大家都吸引到这里,没有人替我去追小马了……"马卡尔一下子醒悟过来,猜到了对方的用意。他有一双灵巧的手,但是脑袋空空,缺乏思考能力,不过他有精准的猜测能力,往往一猜就中。

"别伤心,"马卡尔对丘莫沃伊说,"我给你做一架自行机。"

"怎么做?"他不知道空手怎么能制造自行机。

"用轮子和绳子。"马卡尔不假思索地回答,他已经感到了未来的轮子以及绳子的牵引力和旋转功能。

"那你赶快做。"丘莫沃伊说,"要是做不出来,那你得为非法的娱乐活动负法律责任。"

马卡尔缺乏思考能力,也就没有去想惩罚的事。他开始回忆哪儿见过铁,可怎么也回忆不起来,因为整个村子全是用泥土、麦秸、木头、树根这些地面上的材料建造的。

暴风没刮,木马没转,马卡尔也回了家。

马卡尔在家里喝水解愁,觉得水里有股苦涩味。

"这就对啦,"马卡尔猜着了,"原来咱们把铁和水一起喝掉了,怪不得找不到铁。"

夜里，马卡尔爬进一口枯井，在那儿待了一天一夜，他要在井底的湿沙里找铁。第三天，在丘莫沃伊的指挥下，大家把马卡尔从井里拉了上来。丘莫沃伊担心在社会主义建设前线发生公民死亡事件。马卡尔死沉死沉的——他手里抱着几大块褐色的铁矿石，庄稼汉们拉不动，一边拉一边骂他太重，最后总算把他拉了上来。丘莫沃伊同志向大家保证，一定要加倍处罚马卡尔，因为他扰乱了公共秩序。

马卡尔没当回事，过了一个星期，等到他老婆在炉子上烤好面包之后，他在这炉子里用矿石炼出了铁。至于他怎么样在炉子里熔化矿石，那就谁也不知道了，因为马卡尔靠的是聪明的双手，根本没有动过脑子。又过了一天，马卡尔做了个铁轮，后来又做了一个，可是没有一个轮子能自动旋转：只能靠手转动。

丘莫沃伊来找马卡尔，问："你那代替小牛的自行机做出来了吗？"

"没有，"马卡尔说，"我猜它们能转动，结果转不起来。"

"那干吗骗我，你这自发的脑袋？"丘莫沃伊摆出公家人的架势，大声训斥。

"那就给我造匹小马！"

"没有肉，要不我就能造出来。"马卡尔表示为难。"那你怎么能用黏土炼出铁了？"丘莫沃伊想起来了。"我不知道。"马卡尔回答说，"我没有记性。"

丘莫沃伊生气了。

"你想干什么？你这是在隐瞒对国民经济具有重大意义的发明，你这自私鬼！你不是人，你是单干分子！我这就要狠狠地罚你，罚得你都不知道该怎样思考！"马卡尔屈服了。

"我本来就不会思考,丘莫沃伊同志。我这脑袋是空的。"

"那就管好你的手,想不明白的事别干。"丘莫沃伊同志责备马卡尔。

"丘莫沃伊同志,要是我有你的脑袋,我也会思考的。"马卡尔承认。

"这就对了!"丘莫沃伊肯定说,"可全村就我这么一个聪明脑袋,你得服从我。"

丘莫沃伊狠狠地罚了马卡尔一大笔钱,马卡尔不得不到莫斯科去找活干,赚了钱还罚款,把旋转木马和家业托付给勤奋的丘莫沃伊照管。

马卡尔坐火车还是十年前的事,在 1919 年。那时候坐火车不要钱,人家一看马卡尔的模样就知道他是个雇农,都没有要他出示证件。"继续坐吧,"无产阶级的警卫员往往这样说,"我们就喜欢你这样的穷光蛋。"

像十年前一样,这一次他也自说自话的上了火车。奇怪的是车上人很少,车门都敞开着。不过他没有坐到车厢里,而是坐在车厢之间的连接部位,这样便于观察火车行进中的车轮。

车轮开始旋转,带动列车启程前往国家的中心——莫斯科。火车跑得比任何一匹杂种马都快。一片片草原迎着火车奔驰而来,而且永无尽头。

"它们要把机器折磨坏的。"马卡尔心疼车轮,"是啊,世界那么大,那么空,啥都不缺。"

马卡尔的双手闲着,手上的灵巧劲儿开始转移到空荡荡的脑袋,于是他有了思考的能力。马卡尔坐在车厢的连接处,开始天马行空地胡思乱想。不过,马卡尔没能一直坐下去。一位没带武器的警卫走到他跟前,要他出示车票。马卡尔没有车票,按照他的设想,苏维埃政权如今那么牢固,理该无偿地运送所有的穷人。警卫兼检票员告诉他,你逃票了就必须到下一个会让站立即下车,那里有个小卖部,不至于饿死在前不着店后不着村的区间。马卡尔看到,政权还是关心他的,并没有把他一赶了之,还建议他去小卖部买吃的,为此他感谢了列车长。

到了会让站,马卡尔还是没有下车,尽管列车停下来,从邮政车厢卸下书信和明信片。马卡尔想起了一项技术原理,于是留下来帮助火车继续前进。

"物体越重,作用力越大,"马卡尔在脑海里将扔石头和扔鸡毛做比较,"扔出去的石头肯定比鸡毛飞得远。我坐火车就等于增加了一块砖头,这样火车就能直达莫斯科。"

他不想惹检票员生气,就钻到车厢底下,进入机器的中央。他躺在那儿休息,倾听车轮滚滚向前,看着飞扬的尘土,马卡尔不知不觉睡着了。他梦见自己离开大地,顺着寒风飞到了天空。翱翔蓝天的感觉真是妙不可言,他为留在地面上的人们感到可惜。

"谢辽什卡,你干吗把烫手的脖子①扔掉?"

马卡尔被梦话惊醒了,他摸摸自己的脖子:身体是否完整?内脏是否正常?

"没关系!"谢辽什卡在远处喊道,"离莫斯科不远了:烧不坏的!"

火车停站了。工人们骂骂咧咧地检查火车的轮轴。

———————————

① 俄语中轴颈和脖子同音。

马卡尔从车厢底下钻出来,看到前方就是全国的中心——首都莫斯科。

"现在,我走也能走到!"马卡尔估摸着,"即使没有附加的重量,列车准能到达目的地!"于是,马卡尔朝着塔楼、教堂和高楼大厦林立的方向走去,那里就是科学技术创造奇迹的城市,他要在教堂和领袖的金色脑袋①下讨生活。

马卡尔把自己卸下火车,莫斯科已经遥遥在望。他对首都充满了好奇,为了不迷路,便沿着铁轨大步向前走去。他觉得奇怪的是,沿途频频出现车站的月台。月台附近有松树林和云杉林,树林里有几间小木屋。树木长得稀稀拉拉,树下糖纸、酒瓶、香肠皮和各种垃圾扔了一地。草在人的压迫下难见天日,树木更受折磨,长得又矮又小。马卡尔不太明白大自然为什么这般景象。

"没准这里的人特别坏,连花草树木也被他们糟蹋得快咽气了。这也太惨了:活人在自己身边制造荒地!科学技术有什么用?"

马卡尔心疼得抚摸了一下胸口,又继续朝前走。车站的月台上,正从车厢里卸下空的牛奶桶,而把一桶桶牛奶装上车厢。马卡尔的脑子里冒出了一个想法,于是停下前进的脚步。

"又不讲技术!"马卡尔下了这样的判断,"运送桶装牛奶——这做法是正确的:城里也有孩子,他们等着喝牛奶。可是为什么要让火车运送空桶? 这是浪费技术,容器可是用来装货的!"

马卡尔走到管理牛奶桶的首长跟前,建议他从这里到莫斯科建一条牛奶管道,不要再用火车运送空的牛奶桶。管牛奶的首长听完

---

① 俄语中脑袋与顶部同音,此处指教堂金顶和领袖的聪明脑袋。

马卡尔的建议——他尊重来自群众的人,但是他劝马卡尔到莫斯科去:那里掌权的都是些最聪明的人,凡是修理的事情都由他们负责管理。

马卡尔生气了:

"管牛奶运送的是你,而不是他们! 他们只知道喝牛奶,看不到技术的额外消耗!"

首长解释说:

"我只负责货物装卸:我是执行者,而不是管道的发明者。"

听完首长的解释,马卡尔不再跟他纠缠,满腹疑问地一直走到莫斯科。

到莫斯科的时候已近晌午。成千上万的人步履匆匆,就像农民去收割庄稼。

"他们要去干什么呢?"马卡尔站在拥挤的人群中想,"大概这里有几家大工厂,替远方的全体农民做衣服和鞋子!"

马卡尔看了看自己的靴子,对这些步履匆匆的人说了声"谢谢"。没有他们,他就没有鞋穿也没有衣穿。他们腋下都夹着皮包,也许里边都装着鞋钉和麻线。

"他们干吗要跑呢? 那不是浪费精力吗?"马卡尔感到纳闷,"还不如在家里干活,用马车挨家挨户地送饭!"

可是大家都在跑,在挤电车,把车盘的弹簧都压扁了,为了劳动成果而不惜牺牲自己的身体。马卡尔对此十分满意。"都是好人,"他想,"他们到厂里上班很辛苦,但是他们乐意!"

马卡尔很喜欢电车,它们自己能走,司机坐在车头很轻松,好像拉的是空车。马卡尔毫不费力地上了电车,他是被后面急着上车的乘客挤上去的。电车平稳地出站了,隐藏在车厢地板下面的机器发出轰隆的声响,马卡尔听着,不由得心疼这机器。

"真可怜!"马卡尔想,"憋着多大的劲儿。不过,它是送有用的人去干活,让脚省力了!"

一个女人——电车的主人——给大家发票。马卡尔不想为难她,没有取发票:

"我就算了吧!"马卡尔说着挤了过去。有人大声要求女主人按规定给他什么东西,她答应了。

为了弄明白她发的究竟是什么东西,马卡尔说:

"老板,你也按规定把东西给我吧。"老板拉了一下绳子,电车立即停了。

"下去!这是规矩。"

公民们告诉马卡尔。他们把他推下电车。

马卡尔来到马路上,外面是首都的空气:汽车排出刺鼻的嘎斯味,还有电车刹车溅出的铁屑味。

"哪里是国家的正中心?"马卡尔问一位路人。

那人用手指了指,把烟头扔进了路边的垃圾桶。马卡尔走到垃圾桶跟前,往桶里吐唾沫,以此表示他也有权使用城里的一切设施。

城里的房子全都又高又沉,马卡尔开始心疼苏维埃政权:它难以支撑这么多住房。

十字路口的一名警察举起红色的警棍,左手握拳冲着运送黑麦面粉的车把式。

"这里的人不尊重黑麦面粉。"马卡尔在头脑中得出这样的结论,"城里人都吃白面包。"

"中心在哪儿?"马卡尔问警察。警察朝山脚下指了指,告诉他:

"在大剧院旁边,在沟里。"

马卡尔走到山下，来到两个花圃中间。广场的一边是墙，另一边是一幢带立柱的房子。立柱支撑着上面的四匹铁马。这几根立柱本来可以做得细一点，上面的四匹马没那么重。

马卡尔开始在广场上寻找飘扬着红旗的旗杆，这旗杆应该成为市中心和全国中心的标志。但是，哪儿也没有这样的旗杆，只找到一块石头，石头上还写着几个字。马卡尔靠在石头上，他要在这正中心站一会儿，体验一下对自己和对自己国家的尊敬。马卡尔幸福地缓了口气，感到饿了。于是，他朝河边走去，来到了一处超乎想象的建筑工地。

"这里建什么呀？"他问一位行人。

"用钢铁、水泥和透明玻璃造一座永恒宫。"行人回答说。

他决定去打听一下，能不能在工地上找个活干，混口饭吃。

工地大门口有警卫把守。警卫问：

"你有什么事，来告状吗？"

"我打算在这儿找个活干，不然我要饿瘫了。"马卡尔说。

"你没带什么票证，哪能在这儿干活呢？"警卫说。这时候走来一位砌砖工，听了马卡尔的诉说后告诉他：

"你来我们这儿住工棚吃大锅饭吧——工友们会给你吃的。"砌砖工帮马卡尔解了燃眉之急，"不过，你没法马上在我们这儿上班，你是无业人员，也就是说你没有身份。你应该先申请加入工会，通过阶级审查。"

于是，马卡尔到工棚去吃大锅饭，先要保命，再争取今后美好前途。

马卡尔在行人所说的那个永恒宫建筑工地上住了下来。他先在工棚里吃了很有营养的清粥①,然后去看看建筑工地上劳动的情形。确实,地面上到处挖了坑,人们都在忙碌,几台叫不上名称的机器正在打桩。搅拌好的混凝土沿着木槽在浇灌,还有其他种种劳动事件也在眼前发生。一看便知,这里正在造大楼,尽管不知道为谁而建。至于这大楼造了给谁住,马卡尔根本不关心,他感兴趣的是技术,因为技术是所有人未来的幸福。马卡尔跟自己村里的那位首长截然不同,要是换成丘莫沃伊同志,那他感兴趣的是怎样分配这未来大厦的居住面积,而不是打桩机的锤子。马卡尔只有灵巧的双手,脑袋却是空的,因此他只想做成点什么。

马卡尔在工地走了一圈,发现工程进展得又快又好。不过,马卡尔心里总觉得不踏实,暂时又不清楚是怎么回事。他走到工地中央,用自己的目光环顾整个的劳动场景:工地上明显缺少了什么,失去了什么,至于究竟是什么——却又说不上来。希望凭良心干活的急迫感在马卡尔胸中越来越强烈。由于焦虑和饱餐,马卡尔找了个安静地方睡着了。马卡尔梦见了湖泊、各种鸟儿和已然忘却的乡下小树林,唯独没有梦见工地上缺少的东西。马卡尔醒了,突然明白了工地上的缺陷:工人们把混凝土装进铁框造墙。这不是技术,而是简单的体力活!为了让技术发挥作用,应该用管子将混凝土提升上去,工人只要轻轻松松扶着管子就行了,这样就可以避免将高级的智力转移到低级的手中。

马卡尔立即动身去找莫斯科科学技术管理总局。这机构坐落在城区的一个山沟里,是一幢坚固的不怕火烧的大楼。马卡尔在大

---

① 俄罗斯的传统食品,由荞麦粒、蘑菇、洋葱和鸡蛋熬煮而成,制作简单,既有营养又很耐饥。

楼门口找到一位年轻人,告诉他说,他发明了一种建筑软管。年轻人认真听了他的介绍,甚至还仔细问了马卡尔自己都不清楚的几个问题,然后让马卡尔上楼去找文书总管。这位文书是个有学问的工程师,不知为什么他决定从事抄抄写写的工作,根本不碰建筑的事儿。马卡尔向他详细介绍了自己发明的软管浇灌法。

"房子不应该是搭建的,应该是浇灌的。"马卡尔告诉有学问的文书。

文书听完他的介绍,问:

"发明家同志,您怎样证明您的混凝土软管浇灌比一般的混凝土框架浇灌更省钱?"

"我有明显的感觉,这就是证据。"马卡尔说。

文书想了想,让马卡尔去走廊尽头:

"那里会给贫穷的发明家每人提供一个卢布的饭钱和回家的火车票。"

马卡尔领到了一个卢布,但是拒领火车票,他决定一直住下去,永不回去。在另一个房间,马卡尔领到了给工会的介绍信。工会能给他更大的支持,因为他来自群众,又是软管浇灌法的发明者。马卡尔想,工会应该今天就会拨款给他去造软管,于是他去找工会。工会在一幢比科学技术总局更大的楼房里。马卡尔花了整整两个多小时,走遍了工会大楼的一个个房间,他要寻找介绍信上指明的群众工作部部长。但是部长不在办公室,他到别处去关心其他劳动者了。天快擦黑的时候,部长回来了,吃了荷包蛋,由自己的女助手——一个相当可爱又十分先进的大辫子姑娘——给他读了马卡尔的介绍信。大辫子姑娘去会计处,给马卡尔领回来一个新卢布,马卡尔以失业雇农的身份写了收条。介绍信又还给了马卡尔。介绍信上除了原来的内容又增添了几行文字："洛宾同志,请协助本会会员沿着工业路线实施其发明的软管浇灌法。"

马卡尔十分满意,第二天就去找工业路线,打算在这条路线上看到洛宾同志。但是,无论民警还是路人,谁也不知道这条路线。马卡尔决定自己去找。街上挂着许多标语和红色横幅,它们的落款就是马卡尔要找的那个单位。标语上清楚地指出,全体无产阶级必须坚定地站在发展工业的战线上。马卡尔恍然大悟:应该先找到无产阶级,这条路线就在无产阶级的脚下,洛宾同志就在无产阶级身边。

"民警同志,"马卡尔向他打听,"请指给我看走哪条路能找到无产阶级。"

民警掏出小本,在小本上找到了无产阶级的地址,把这地址告诉了高尚的马卡尔。

马卡尔在莫斯科到处寻找无产阶级,看到群众都坐公共汽车、电车或者用双脚奋力向前,他为这城市的活力感到惊讶。

"维持这样的动作要消耗多少粮食啊!"马卡尔在思忖。他双手闲下来的时候,脑子就有了思考的能力。

忧心忡忡的马卡尔好不容易找到了警察同志给他地址的那幢房子。那房子原来是个夜间临时收容所,为穷苦阶级提供歇息的地方。革命前,贫苦阶级只能把脑袋搁地上睡觉,任凭风吹雨打,月亮照星星闹,而脑袋躺着,受凉挨冻,睡觉做梦,因为它太累了。如今,贫苦阶级的脑袋搁枕头上休息,上面是天花板和铁皮屋顶,夜间的风再也不会打搅从前直接躺在地球表面的穷苦人的头发。

马卡尔看到有几幢整洁的新房子,于是对苏维埃政权感到满意。

"这政权不错!"马卡尔赞扬说,"只是别让它变娇惯咯,那可是我们的政权!"

像莫斯科的所有居民楼一样,这夜间收容所也有个办事处。假如没有办事处,肯定会造成一片混乱。那些动笔杆子的文书可以确保整个生活尽管缓慢但正确的运行,因此马卡尔尊重文书。

"就让他们存在吧!"他想,"既然他们领薪水,那总要考虑问题;既然要考虑问题,那肯定能成为聪明人。我们需要这样的人!"

"你有什么事?"收容所管理员问马卡尔。

"我要找无产阶级。"马卡尔告诉他。

"哪一个层次?"管理员问。

马卡尔想都不用细想,因为他预先知道自己需要什么。

"最底层的。"马卡尔说,"底层最广,人数最多,是群众!"

"啊哈!"管理员明白了,"那你得等到晚上:哪种人来得多,你就跟他们一起去睡吧——也许是乞丐,也许是打零工的……"

"我最好跟那些建设社会主义的人在一起。"马卡尔请求说。

"啊哈!"管理员又明白了他的意思,"你需要的是那些建新大楼的人吧?"

马卡尔这时候产生了怀疑。

"从前没有列宁,不是照样建房吗。空房子里哪有社会主义?"

管理员也开始仔细琢磨,更何况他自己都不知道,社会主义应该是什么模样——在社会主义会不会特别快活?为什么快活?

"以前也造房子,"管理员表示赞同,"不过那时候住的全是坏蛋。现在我给你开一张房票,你去新房子里过夜。"

"好!"马卡尔喜出望外,"这么说来,你是苏维埃政权的好帮手。"

马卡尔领了房票,在建筑工地无人照管的砖堆上坐下。

"话说回来……"马卡尔想,"我屁股底下的这些砖头,那可是无产阶级辛辛苦苦造出来的,苏维埃政权还太弱小——自己的财产都管不了!"

马卡尔在砖堆上一直坐到傍晚,眼看着太阳渐渐落山,灯火渐渐点亮,麻雀飞离粪堆回窝睡觉。

无产阶级终于出现了:有的带了面包,有的没带面包,有的有病,有的累了,但是长时间的劳动使他们个个显得可爱,而疲倦又使他们人人变得善良。

马卡尔等了一会儿,让无产阶级在国家的单人床上陆续躺下,从白天的建设中缓过气。然后,马卡尔勇敢地走进夜宿大厅,站在大厅中央宣布:

"劳动工人同志们!你们生活在首都莫斯科,生活在国家的权力中心,可是这里存在着种种混乱现象,浪费了好多宝贵财富。"

无产阶级纷纷在床上翻动身体。

"米特里!"一个低沉的嗓子大声喊道,"把他轰出去,别让他捣乱。"

马卡尔听了没有生气,因为躺在他面前的是无产阶级,而不是敌对势力。

"你们这里不是什么都发明了。"马卡尔说,"牛奶桶用宝贵的机器运输,可桶是空的,牛奶全喝光了。只要用根管子再加个活塞泵就行了……造房子盖板棚的情况也一样,应该用混凝土软管灌浇的办法,而你们用的是砖石垒砌法……我发明了软管浇灌的办法,可以免费提供给你们使用,这样可以使社会主义和其他公用设施尽快实现……"

"什么样的软管?"还是刚才那个看不见面目的无产者用低沉的声音问道。

"自己的软管。"马卡尔肯定地说。

无产阶级沉默了一会儿,接着,从最角落里传来一个清晰的声音,马卡尔听来像一阵风:

"我们不稀罕权力,我们就用砖砌石垒造房子,我们觉得灵魂才宝贵呢。如果你是人,那么关键不在房子,而在心灵。我们在这里精打细算干活,靠捍卫劳动过日子,参加工会,在俱乐部找乐子,彼此互不关注,我们把彼此交给法律……既然你是发明家,那就亮出你的灵魂!"

马卡尔一下子泄了气。他发明了各种各样东西,但都没有触及灵魂,对于这里的人们来说,这是主要的发明。马卡尔躺到国家的床上,不再吭声,因为他怀疑自己一辈子干的都是非无产阶级的活。

马卡尔睡的时间不长,他的苦闷转化为一场梦:他梦见了一座山,或者说是一个高坡,那山上站着一个科学人。马卡尔躺在山下,像懵懵懂懂的傻瓜,仰望着科学人,期待着他说话或者行动。可是那人站在那儿一声不吭,没有发现伤心的马卡尔。他一心想着全局大事,不关心马卡尔的私事。这位最有学问的人被未来的群众生活的曙光照得满脸通红。未来的生活就在山下,一直绵延到远方。可是他的眼睛非常可怕,呆滞无神,因为他身居高位,放眼远方。科学人默然无语,而马卡尔在睡梦中苦恼:

"我这辈子该做些什么,让我成为自己和别人都需要的人?"马卡尔问,他吓得不再吱声。

科学人依然默默无语,不作回答,千百万活生生的生命映现在他木然的眼中。

马卡尔惊恐地沿着荒凉多石的山坡向山顶爬去。面对岿然而立的科学人,恐惧三次侵入马卡尔体内,又三次被好奇赶出来。假如马卡尔是个聪明人,他就不至于去爬山,但他是落后分子,只有一双好奇的手,脑袋却像木头疙瘩。在愚蠢的好奇心驱使下,马卡尔终于爬到了最有学问的人身边,轻轻摸了摸他肥硕高大的身体。就这么轻轻一摸,那神秘的躯体像活人似的晃动了一下,然后就轰然倒在马卡尔身上,原来那是具尸体。

马卡尔被压醒了,只见临时收容所的管理员正在用茶壶顶着他的脑袋,让他醒过来。

马卡尔从床上坐起来,看到一个麻脸的无产者用一个小碟子洗脸,居然滴水不洒。马卡尔觉得奇怪,这么一点水怎能把脸洗干净,于是问麻脸:

"大家都去上班了,你怎么一个人留下来洗脸?"

麻脸把打湿的脸在枕头上蹭干,回答说:

"干活的无产者很多,可思考的很少。我决定替大家思考。你明白我的话吗?你是因为愚蠢和受压迫才不吭声吗?"

"因为苦恼和怀疑。"马卡尔回答。

"啊哈,那咱们走吧,说不定我们俩能一起替大家思考。"麻脸想出了个主意。

马卡尔站起来,打算跟随这个名叫彼得的麻脸一起去寻找自己的使命。

马卡尔和彼得一路走去,迎面见到的尽是形形色色的女人。她们穿着紧身的衣服,似乎告诉大家,女人都巴不得不穿衣服才好。当然还遇到很多男人,他们穿的就比较宽松。为了爱惜自己的身体,成千上万的男男女女乘坐汽车和敞篷轻便马车,即使乘坐拥挤不堪,因超载而吱嘎作响,速度缓慢的电车,也没有怨言。坐车的和步行的人们都拼命向前,脸上带着科学的表情,活像马卡尔在梦中见到的那个巨人。马卡尔看到人人都有那种文化科学的架势,心里不由得害怕起来。为了寻求帮助,马卡尔瞥了一眼彼得:难道这一位也是眼望前方的科学人?

"没准你也懂得所有的科学,能够看得很远?"马卡尔怯生生地问。

"你说的是我吗?我希望像伊里奇·列宁那样活着:既能看远,又能看近,既能看广,又能看深,还能看上。"

"这就对啦!"马卡尔放心了,"前阵子我看到一个科学巨人,他只看着远方,可就在他身边一两丈的地方躺着一个孤独无助的人在受苦。"

"那还用说吗!"彼得回答得很巧妙,"他的立场站偏了,所以觉得什么都在远处,近处啥也没有。还有人只盯着自己脚下看——千万别被泥块绊倒摔个半死——他还认为自己是正确的。可群众嫌慢慢吞吞过日子没意思。老兄啊,我们才不怕那些土坷垃呢!"

"现在我们的老百姓都穿上鞋了!"马卡尔附和说。

彼得让自己的思路继续往前,不受任何干扰。

"你有没有见过共产党?"

"没有,彼得同志,人家不给我看!我在乡下见过丘莫沃伊同志!"

"丘莫沃伊那样的同志在这里多的是。我给你说的是纯洁的党,它的目光专注,只盯着一个点。我参加党内会议的时候,总觉得自己是个傻瓜。"

"为什么会这样呢,彼得同志?看你外表,差不多就是个科学人。"

"因为我的智慧被身体吃了。我喜欢美食,可是党对我说:'将来我们要建工厂——没有钢铁庄稼长不好。'你明白我说的先后顺序吗?!"

"明白。"马卡尔回答。凡是造机器建工厂的人,他一听就懂,像一位科学家。马卡尔一出娘胎就在观察泥土和麦秸的乡村,从来不相信农村会有好的命运,除非使用冒火的机器。

"就这么回事。"彼得说,"你不是说,你不喜欢前不久梦见的那个人!党不喜欢他,我也不喜欢他!他是资本主义傻瓜的产物,我们要让这种家伙渐渐走到邪路上去!"

"我也有点感觉,只是不知道究竟是什么!"马卡尔说。

"既然你不知道,那就得听我的,服从我的领导。不然,难免从狭窄的路线上栽跟斗。"

马卡尔把目光转向莫斯科人民,心里想:

"这里的人都有吃有喝,神清气爽,日子过得挺滋润,按理说,他们应该生儿育女才是,可就是看不到孩子。"马卡尔把自己的想法告诉彼得。

"这里讲究的不是本能,而是文化。"彼得解释说,"这里的人有家庭没孩子,不劳动有饭吃……"

"怎么会这样?"马卡尔觉得奇怪。

"是这么回事。"了解内情的彼得告诉他,"有的人只要出个主意写个报告,全家一年半载就不愁吃喝……还有人什么也不写,单靠教训别人也能过日子。"

马卡尔和彼得来来回回一直走到傍晚。他们看了莫斯科河,游览了市容,还逛了几家出售针织品的商店,最后感到肚子饿了。

"我们到民警局吃饭去吧。"彼得说。

马卡尔跟着他,心想:"民警局还管饭呀。"

"我来说话,你别吭声,难免要受点委屈了。"彼得预先给马卡尔打招呼。

民警分局里坐着抢劫犯、流浪汉、暴徒和其他不知为何倒霉的人。这些人的对面,坐着一位值班民警,他逐个逐个地接待处理。有的送拘留所,有的送医院,有的打发回家。

轮到彼得和马卡尔的时候,彼得说:"首长同志,我在街上帮你们抓了个疯子,把他带来了。"

"你为什么说他是疯子?"值班民警问,"他在公共场所破坏了什么?"

"什么也没破坏。"彼得坦率地说,"他晃来晃去的,情绪非常激动,接下来准会行凶杀人,到那时候你就审判他吧。而跟犯罪斗争的最好办法就是预防犯罪。您瞧,现在我就预先防止了一项犯罪。"

"有道理!"首长同意说,"我这就送他去精神病研究所——供大家研究……"

民警开好了介绍信,又犯愁了:

"没有人押送你们——我们的人都外出了……"

"我来送吧。"彼得建议说,"我是正常人,他才是疯子。"

"快去吧!"民警喜出望外,把介绍信交给彼得。

一小时后,彼得和马卡尔来到了精神病研究所。彼得介绍说,民警分局派他送来一个危险的傻瓜,而且要寸步不离地守着他,这傻瓜已经饿了好久,眼看就要发作了。

"你们去厨房,那里会给你们吃的。"好心的女护士告诉他们。

"他饭量很大,"彼得拒绝了,"他要吃一锅汤加两锅粥。让他们送到这儿,不然他会往大锅里吐口水。"

女护士按规定做了安排。给马卡尔送来了三份可口的饭菜,彼得也跟马卡尔一起饱餐了一顿。过了一会儿,医生过来接诊,开始详细询问马卡尔的病情。马卡尔对自己的生命一无所知,真的像疯子那样一五一十地回答医生提出的种种问题。医生检查马卡尔的身体,发现他的心脏里有多余的血液在奔涌。

"需要留下来进一步观测。"医生给马卡尔下了诊断。

马卡尔和彼得留在精神病院过夜。晚上,他们去阅览室。彼得给马卡尔朗读列宁的小册子。

"我们的机构是狗屎。"彼得开始读列宁的著作,马卡尔听了,为列宁思想的精辟感到惊讶。"我们的法律是狗屎。我们只会下达指示,但不善于具体实行。坐在我们机关里的是一些对我们抱着敌对情绪的人,我们有些同志成了高高在上的官老爷,对待工作像傻瓜……"

其他精神病人也都听得津津有味,他们以前不知道列宁什么都知道。

"说得好!"精神有病的工人和农民齐声称赞。

"应该让更多的工人和农民进入我们的政府机构。"麻脸彼得继续朗读,"建设社会主义要靠群众的双手,而不是我们政府机构的官样文章。我相信,这种情况不改变,我们总有一天会遭到严厉的惩罚……"

"看到了吗?"彼得问马卡尔,"连列宁都被国家机关搞得焦头烂

额,可是我们还在晃悠,还在睡觉。现在你该明白革命是怎么回事
了吧,列宁写得非常生动……这本书我要偷走,因为这里是机关,明
天咱们就随便去找一个机关,跟他们说,我们是工人和农民。咱俩
就开始坐机关,思考国家大事。"

读完书,马卡尔和彼得就躺下睡觉了。在疯人院忙了一天,该
好好休息。更何况明天他俩要去为列宁的事业和全体穷人的事业
而斗争呢。

彼得知道该去哪儿——工农检察院,那里喜欢接待告状的人和
各种受了委屈的人。他们来到工农检察院,在二楼走廊稍稍推开第
一扇门,发现办公室里空无一人。第二扇门上挂着一块标语,上面
简明扼要地写着:"谁战胜谁?"于是彼得和马卡尔走了进去。房间
里除了廖夫·丘莫沃伊同志,没有其他人。丘莫沃伊同志坐在那儿
主管某个部门,他撂下自己的村子不管穷人死活。

马卡尔不怕丘莫沃伊,对彼得说:

"既然标语上说'谁战胜谁?',那我们来干掉他……"

"不行,"有经验的彼得表示反对,"我们有国家,不能胡来。我
们去找上级吧。"

上级接待了他们,因为那里正在为缺少人手和有执行力的底层
智慧而发愁。

"我们是阶级成员。"彼得告诉上级首长,"我们积累了足够的智
慧,给我们权力吧,让我们去战胜那些为非作歹的笔杆子……"

"你们拿去吧。权力归你们了。"上级首长把权力交到他们
手里。

从此以后,马卡尔和彼得就坐在丘莫沃伊对面办公,开始跟来

访的穷人谈话,在脑子里解决所有事情——基于对穷人的同情。过了不久,人民群众不再到马卡尔和彼得的单位里来了,因为他们思考和解决问题的办法非常简单,简单到连穷人自己都能思考和解决,于是劳动人民开始在自己家里思考了。

丘莫沃伊一个人留在了机关,因为没有人用书面的形式要他离开。他在那儿一直工作到消灭国家工作委员会成立。丘莫沃伊同志又在这个委员会工作了四十四年,最后死于遗忘和体现了他的国家级组织能力的文牍中。

译后记

　　一九八七年，我在苏联杂志《新世界》上读到安德烈·普拉东诺夫的中篇小说《基坑》，这是我第一次接触这位作家，至今已三十六年过去了，但当初这部作品对我的强烈震撼，在我内心引起的激动和狂喜，依然记忆犹新。我被作家深邃的思想、高超的艺术和勇敢无畏的精神深深折服了，于是迫不及待地想把这篇小说介绍给中国读者，居然不自量力地着手翻译起来。当时我大病初愈，不管不顾地日夜兼程，终于花了将近半年时间译出了初稿。上海译文出版社决定将《基坑》与我的同事和朋友曹国维老师翻译的布尔加科夫的《狗心》列入苏联当代中篇译丛。一九八九年，当《狗心》和《基坑》结集付印之际，因形势变化而突然叫停，这一停就是十三年，直到二〇〇二年才与读者见面。

　　一九九七年，我赴莫斯科做学术访问，其间参加了俄国科学院俄罗斯文学研究所(普希金之家)举办的普拉东诺夫国际研讨会，从而得知并具体感受到普拉东诺夫不仅是俄罗斯文学界的研究热点，而且受到英、美、法、德、意、日等国学界的关注和重视，成为一个世界级的现象。

　　回国后，在浙江文艺出版社总编辑沈念驹先生的支持和鼓励下，我根据俄国科学院审定的最新版本对《基坑》做了修改，又增加了几个短篇，书稿以《美好而狂暴的世界》为书名列入"经典印象"丛书并于二〇〇三年出版。

二〇〇八年夏天,我结束了在台湾中国文化大学的讲学,彻底告别三尺讲台,开始了期待已久的退休生活。家属和孩子们都劝说:"辛苦了一辈子,该歇歇了。"我自己也觉得随着年龄增长,精力、脑力和体力日益衰退,是该金盆洗手,彻底离开学术圈子,享受人生的最后几年。必须承认,要彻底离开搞了一辈子的俄罗斯文学似乎并非一件容易的事。普拉东诺夫还盘踞在我内心的某个角落,时不时跳出来引诱我。

二〇一六年,浙江文艺出版社新任领导、著名出版人曹元勇先生约请我继续翻译普拉东诺夫。大家都知道,普拉东诺夫几乎是不可能翻译的。如果说当年翻译《基坑》是因为自己还年轻,抵挡不住诱惑,凭着一股热情明知不可为而为之,那么进入老年后,更加知道这件事多么困难,我的能力和精力都不比当年了。因此,曹元勇先生送来合同时,我不敢贸然签字。三年后,待我将译稿反复推敲打磨,自以为基本合格后才正式签订了出版合同。

我深知,限于水平,译文还有不足之处,甚至错误,希望专家和广大读者指正。

呈现在读者面前的《切文古尔》《基坑》和《原始海》这三本书,是我翻译生涯的最新也是最后成果,在此我要衷心感谢:

浙江文艺出版社前任总编辑沈念驹先生和现任副社长曹元勇先生的信任、支持和鼓励;

俄罗斯友人鲍里斯·康达科夫、叶莲娜·加齐佐娃和娜塔莉娅·布罗夫采娃在不同时期的答疑和帮助。

徐振亚

二〇二三年二月

一本书打开一个世界

欢迎订购、合作

订购电话：0571-85153371

服务热线：0571-85152727

KEY-可以文化

浙江文艺出版社

京东自营店

关注 KEY- 可以文化、浙江文艺出版社公众号，

及浙江文艺出版社京东自营店，随时获取最新图书资讯，

享受最优购书福利以及意想不到的作家惊喜